当代中国实力派女作家书系

魏微 著

暖与凉

中国言实出版社

图书在版编目（CIP）数据

暖与凉 / 魏微著. -- 北京：中国言实出版社，
2014.1

（女作家书系 / 梁鸿鹰主编）

ISBN 978-7-5171-0351-6

Ⅰ.①暖… Ⅱ.①魏… Ⅲ.①中篇小说—小说集—中
国—当代 Ⅳ.①I247.5

中国版本图书馆 CIP 数据核字（2013）第 310141 号

责任编辑：肖　彭

出版发行 中国言实出版社
地　址：北京市朝阳区北苑路 180 号加利大厦 5 号楼 105 室
邮　编：100101
电　话：64966714（发行部）　　51147960（邮　购）
　　　　64924853（总编室）　　68581997（编辑部）
网　址：www.zgyscbs.cn
E-mail：zgyscbs@263.net

经　销 新华书店
印　刷 三河市祥达印刷包装有限公司
版　次 2014 年 1 月第 1 版　　2014 年 1 月第 1 次印刷
开　本 880 毫米×1230 毫米　　1/32　　7.25 印张
字　数 172 千字
定　价 22.00 元　　　ISBN 978-7-5171-0351-6

女歌者或这个世界发生的一切

——为《当代中国实力派女作家》书系而作

梁鸿鹰

　　写下这个谈论小说的题目，心里有些打鼓，首先是"女歌者"，然后又是"世界"云云，难道男作家不是"歌者"？难道男作家不面对"世界"？但我也想问，面对每天都在被制造的喧闹、浮躁与庞杂，哪些说法对哪些人会真正具有合理性呢？还有——什么合理，什么不合理，难道会是有一定之规的吗？而且，文学或者小说如果都在一定之规里面，那还能称之为文学或小说吗？其实，文学经常面对的恰恰是一些不确定、不肯定的经验，作家提供细节、动机、苗头，一步步地构建着自足的审美世界，往往是在含混中与读者共同探寻意义、发现价值、暗示前景的。魏微、乔叶、金仁顺、戴来、叶弥、滕肖澜、付秀莹、阿袁，八位作家是当前女作家行列中的佼佼者，创作活跃、备受瞩目，中短篇小说向来人缘极好，她们善于用自己极富感性与智性的笔触，描摹出现代社会中男男女女躁动不安的心态，勾勒出这些人在迅速变化着的世界里的奔忙、辛劳，让读者一窥世间那些万番流转、林林总总、千折百回的真面目。作家们还特别善于透过主人公光鲜的外表，把他们的情感焦虑、内心挣扎、行为异动揭发出来，

1

提醒人们提防、拒斥生活中那些磨损人心的负能量，安顿好自己的心灵，亲手全力以赴地迎接更加多彩美好的未来。

因为，这未来正是从当今延展而来的，由这世上万端细枝末节的真面目造就，大多情况下隐了在平常人的日子里，只不过我们没有长上一双灵异的慧眼——像眼前这八位无比敏感而聪慧的女作家或女歌者们那样，能够细致入微地、一层层地把真相亮出来。在魏微看来，日子表面上看一家与一家大同小异，内里却是没法比的，家底儿、德行、运气统统都要裹进来搅局，然而"更多的人家是没有背景的，他们平白地、单薄地生活在那儿，从来就在那儿。对于从前，他们没有记忆，也不愿意记忆。从时间的过道里一步步地走出来，过道的两旁都是些斑驳脱落的墙壁，墙角有一双破鞋，一辆自行车，过冬用的大白菜；从这阴冷的、长而窄的隧道里走出来的人，一般是不愿意回头看的。"（《薛家巷》），这薛家巷已然成为一个世道人心的凄冷演兵场，你在上面不管有多凛然，不管如何深文周纳，也迟早要露出大大小小的破绽来，烟火气就是这样产生的。

有烟火气处必有精彩或倒霉的人生，无非是饮食男女、蜚短流长、聚散无定。比方说在职场，在商场，一边是金融、实业、期货、投资，一边是男男女女、你来我往，听他们口头上说是渴望平静的，是要心如止水，但一落实到行动上就偏偏是不肯安分的了。他们不知是被欲望还是被生活之流推着、牵引着，一步步走向自己未曾预料到的结局。滕肖澜在《倾国倾城》里写的那个叫庞鹰的女孩子，不知不觉地"与人家苏园园"的老公佟承志搭上了。有天晚上，她"脑子里乱糟糟的，像缠成一团的毛线，总也找不到头。一会儿，好不容易理齐了，倏忽一下，变戏法似的，又整个的没了，空荡荡的，什么也没有。更叫人彷徨了。"而且，她到底还是要沿着这条路走下去，生活中的那些吊诡的东西，犹如她的"老前辈"崔海的告诫——"每个字都是双刃刀，两边都擦得雪亮，碰一碰便要受伤。不是这边受伤，便是那边受伤。血会顺着刀刃流下来，一滴一滴，还没觉出痛来，已是奄奄一息了。"可开弓没有回头箭，她决绝地体验着、领悟着，不肯抽身而去。这便是一种新的人生样态吧。

当然这种样态在金仁顺的笔下更多的是情爱，是男男女女之间的瓜葛或者纠葛，她有篇作品写了一般人都不怎么敢涉笔的医生，写在医生之间发生过的情爱关系的逆转。其中有两个人这样议论男人和女人，"他们这些做医生的男人，从来不会觉得女人是玫瑰，女人对他们而言是具体的、真实的，里里外外都清晰无比。只有黎亚非老公那种职业的男人，才会觉得女人是玫瑰，是诗，结果呢，我们这些当医生的，能救女人的命却不一定能得到她们的心，或者说爱，而黎亚非老公这类男人，却能要了女人的命。"（《彼此》）你不得不佩服作家看得深。作品中的男人与女人，始终是在寻找着彼此。他们得到了彼此却又忙着远离彼此，最终实实在在地失去了彼此。这便是生活的变数造成的，更是心灵的变数所致。

不过，生活的变数或者世界的变数，无论城乡，恐怕都会有相似、有相异的吧。但乡村给人的感觉到底是不一样的，在付秀莹笔下，乡村散发的气息不单有十足的底气与野性，在细腻具体方面往往超过我们的认知。因为，即使世界再变化，我想总有一些东西是要影响人的舌尖、心头或者眼底的啊。比方乡下的时间感，乡下的色彩与声响——"夏天过去了。秋天来了。秋天的乡村，到处都流荡着一股醉人的气息。庄稼成熟了，一片，又一片，红的是高粱，黄的是玉米、谷子，白的是棉花。这些缤纷的色彩，在大平原上尽情地铺展，一直铺到遥远的天边。还有花生、红薯，它们藏在泥土深处，蓄了一季的心思，早已经膨胀了身子，有些等不及了。"（《爱情到处流传》）就在这样如诗如画的背景下，在人们的意识之外，那些有关爱情的故事慢慢地、永久地流传着，不管我们是否记得、写得下来，一切似乎都难以阻挡。

不过，世上的一切终究又都是可以细究与质疑的——只要关乎人的心灵，关乎人的情感，文学生长的空间就是这样构建、生长起来的，用以丰富人们的感觉与感官。我们的眼睛、我们的视觉，可能是最可宝贵的东西之一，可能也仅次于生命了，但现代都市里的我们给它什么样的机会呢？我们应该给它什么样的机会呢？戴来有篇小说叫《我看到了什么》，很让人有所触动。是啊，人虽说贵为宇宙之灵长，似乎一切都可以在人的掌控之中了，但是，似乎一切又都从人的眼前溜走了。如果我们只满足于死心塌地做俗世的"甲乙丙丁"，如果我们按照生活规定的步子"一、二、一"地走下去，每个人大概都不会为自己的内心收获更多的。幸好，那些天才而敏感的歌者们，用自己的文字，不倦地为我们留存了这个世界所发生的一切的踪迹，不是这样吗？

为追溯、探访这些踪迹，还是让大家再次回到自然、回到乡间吧。自然无疑是我们心中最辽远、最开阔的存在了，这里生长与发育的一切都没有受到惯常的约束，任何踪迹都是天然伸展的。不过，我还是惊叹于叶弥的感官对大自然、乡间所有美好的精准捕捉，而且，她生发于内心的情愫是那样的纯粹——"农历九月中旬，稻田收了，黄豆收了。每当看见空空的稻田和豆田，我的心中会涌起无比的感动，人类的努力，在这时候呈现出和谐、本分的美。种植和收割的过程，与太阳、月亮、风息息相关，细腻而美妙，充满着真正的时尚元素。"（《拈花桥》）当然，她向来毫不吝啬自己对生长于自然之中的鱼虫花草、猫狗鸡犬的赞美，她在《香炉山》里写"我"在乡间的道路边上掩埋蝴蝶翅膀，在《桃花渡》里写在蓝湖边葬掉一岁大的猫咪"小玫瑰"。她写着这一切，是为了哀悼什么吗？"城市的光和影极尽奢华，到处是人类文明的痕迹。我出生在城市，在城里整整生活了二十八年，从来不知道城市到底意味着什么。就在今晚，我突然明白，城市里的文明和奢华，原来是为了消除人心的孤独。"在这个世界上，人原来是如此的孤独啊。在这里，我想起110年前德国诗人里尔克吟诵过的："说不定，我穿过沉重的大山/走进坚硬的矿脉，像矿苗一样孤独/我走得如此之深，深得看不见末端/看不见远方：一切近在眼前/一切近物都是石头"（《关于贫穷与死亡》），叶弥发现的孤独居然需要城市的喧嚣给予支撑，与里尔克的想法如此相通。

其实最需要支撑的当然还是人的内心，乔叶的《妊娠纹》写了想偷一次情的女人的矛盾心理，她事到临头，性的冲动生生被自己的妊娠纹给制止了，这便是心里没有底、没有支撑吧。再比如惯于写高校众生相的阿袁，同样发现了现代人心里发虚与飘忽的状态，她在《汤梨的革命》里以"围城"式的笔调写道："三十六岁对女人而言，按说是从良的年龄，是想被招安的年龄。莫说本来就是良家妇女，即便是青楼里的那些花花草草，到这年龄，也要收心了，将从前的荒唐岁月一古脑儿地藏到笸子里去，

5

金盆洗手之后，开始过正经的日子。这是女人的世故，也是女人的无奈。所以陈青说，女人到这个时候，黄花菜都凉了。陈青三十九，是哲学系最年轻的女教授，也是哲学系资格最老的离婚单身女人。这使她的性格呈现出绝对的矛盾性，也使她的道德呈现出绝对的矛盾性。"因发虚所以就矛盾、就纠结，这同样是这个现实世界投射给人们心理的种种不正常情状之一，女作家们记录下来这一切，是惋叹，更是歌吟。

是为序。

2013 年 12 月 8 日北京德外

（作者为中国作协创研部主任、著名文学评论家）

目 录

薛家巷

　　从汉口路出来，穿过宽敞的中央路，就到薛家巷了。薛家巷是一条小巷，不足 500 米，巷面很窄，它的尽头，横向是另一条巷子，叫"藏经楼"，从这条巷子走出去，向北是鼓楼，向南是珠江路。这条巷子又分支出更多的巷子出来，弯弯曲曲，曲径通幽。住在这一带的人，大多是一些中下层的平民，虽不是老南京，大约也在南京生活了几十年，很小的时候就住在这里，现在还住在这里。

　　这一带的房子，大多也是一些低矮潮湿的平房，灰砖灰瓦，看上去很陈旧了。也有楼房，两层小楼，沿街的墙壁上开出窗户来。不管是平房还是楼房，都有飞檐和尖屋顶，下雨的时候，雨水沿着瓦缝往下淌，细细的，很文静。

　　房子是很有点历史了，只要看那砖瓦的样式和房子的结构就知道了，砖瓦的样式很秀气，窄而长，房子的构造呢，分过道和厢房，进去以后才是正房，这中间便是天井。天井一般都很小，

1

　　有的天井里能住几户人家，楼上楼下，踏着褪色的红漆地板上楼，陈年的灰尘会落到楼下人家的窗户上。

　　晴天的时候，这里又是另一番情景了，家家户户忙着晒衣服、晒被子，夏天也不例外。夏天的时候，人们把隔年的衣服从箱子里搬出来，照太阳，衣服里有陈旧的气味，絮絮棉棉的，仿佛像灰尘，也有一种淡淡的清凉，那是樟脑的气味。

　　有背景的人家，这时候尤为伤感，因为有一些旧衣衫，也许是朴素的布衫，也许是绫罗锦缎的旗袍，现在旧了，破损了，压在箱子里很多年，每年都要拿出来晾一晾。明知道是没有用处的，穿不得的，还是很小心地，爱怜地，在太阳底下抚摸着织锦的缎子，想起了从前，自己的出身，那一段光华的岁月，现在都去了。

　　更多的人家是没有背景的，他们平白地、单薄地生活在那儿，从来就在那儿。对于从前，他们没有记忆，也不愿意记忆。从时间的过道里一步步地走出来，过道的两旁都是些斑驳脱落的墙壁，墙角有一双破鞋，一辆自行车，过冬用的大白菜；从这阴冷的、长而窄的隧道里走出来的人，一般是不愿意回头看的。

　　还有一些是穷人，他们每天都在走路，很努力地，挣扎着，他们朝时间的深处走去了……

　　这一带是南京的繁华地带，位于著名的新街口和鼓楼之间，也有很多标志性的建筑物和单位，如南京大学，鼓楼广场，江苏电视台，北京东路。总之，出了薛家巷口，天地一下子变得开阔了，明朗了，静静的空气里有种盛世的气息，它是物质的，现在的，沾满了灰尘的，享用的。每天，从中央路上经过的人流不计其数，青年人穿着华服，也有一些老人和孩子，满腹忧虑的中年人，穷人和富人，小商贩和妓女……他们从中央路上经过了。

　　有时候，他们也会经过薛家巷口，朝里略张望一下，并不停下来，又继续前走了。也有一些人会在这里买一份报纸，或者在巷口吃一碗鸭血汤，很便宜的，一块钱一碗。坐在干净的桌椅前，看着秋天的梧桐在风中有节奏地摆动，听着昆曲《牡丹亭》的唱腔，温婉的、哭泣的声音在整个巷子的上空飘荡。在不远处，巷子的尽头，风吹过来油炸花生米的香味，油腻的，温暖的，肥沃的气味，让人想起了跟幸福和喜悦相关的一些事。

在南京，这样的巷子还是很多的，它们分布在城市的深处，各个角落里。有的巷子更为阔朗些，柏油路面，两旁的梧桐枝叶很茂盛，天空从枝叶间一点点、一条条地漏进来。在宁海路一带，就有着这样的巷子，它们清洁，寂静，太阳即使在夏天也显得阴凉。这儿分布着一些旧官邸，青灰的砖墙，爬山虎从墙上探出头来。

华侨路一带的巷子是明朗的，这里离新街口已经很近了，它的上空常常是一方苍白的天。如果是在夜晚，凌晨两三点走进这条巷子里，抬头看天，天色仍是苍白的，像白夜。巷子两旁的人家都睡着了，在那灰白的夜色里，还能依稀分辨出砖红色的两层小楼，较之薛家巷的更为挺拔，精致。这里一家一户地住着人，都是些体面人家，有计算的、安详地过着物质生活，并不过份的——是祖上留下的房子，很有些基底了。

太平南路一带的巷子呢，则是另一种，窄而长，从院墙之间走过时，只能看到尖尖的屋顶上的"一线天"。巷面是宽敞的，也是那种两层的青砖小楼，家家户户的窗户开着，迎阳的那一面用竹竿搭着晾晒很多衣裳。下午三四点钟光景，有人开始做甜点吃，窗户里飘出黑糯米的甜香。这一带的生活里有着沉醉靡烂的气息，是属于典型的城南的、市民的。——从前的南京在这些巷子里又重新活过了。

薛家巷1号是一个长方形的院子，临街，里面挨挨挤挤地住着十来户人家，都是些中底层的平民，开修车铺的，卖茶叶蛋的，也有家境稍好一些的，比如鼓楼医院的退休护士，或者是烤

薛家巷

鸭店的厨师，他们是薪水阶层，每个月靠那么点微薄的工资吃饭，然而觉得很平安。

院子并不很大，要穿过两个狭长而光线幽暗的过道，才能进入正房；在过道与过道之间，有一个小小的天井，扁而偏狭，在天井的右侧，有一个公用的自来水平台，平时，1号大院的人们来此洗衣、淘米，水费是按人头算的。

穿过第二个过道，就进入正房大院了。院子右首，相当于在厢房的位置上，有一幢两层的红砖小楼，很旧了，楼上楼下分住四户人家。左首是一排平房，也是正房，坐北朝南，房子六间，分住三户人家，一律是灰砖灰瓦，年久失修，外墙上的石灰有点斑驳脱落了。

能够住在这正房大院的，也都还是一些体面人家，虽然穷，可是那穷是有根底的，像楼下的陈三家。陈三在下岗之前，是国棉十三厂机修组的组长，一个小小的组长……现在，只有陈三自己记得，他曾经是一个小小的组长，是七八个机修工的小头目，自己也带学徒，两个十六七岁的小孩子，很难得了——现在，还有谁家把自己的孩子送来做学徒呢？人虽小，绒毛还没长足，就开始学说色情笑话了。

陈三自己也说，但不是很自信，说到一半，自己先笑起来；虽然结婚很多年了，也知道那劳什子是怎么回事，但说起时，还是觉得气力不够，很腼腆了。大部分时候，他在一旁听着，有人敬上烟，点上火——陈三一旁听着，觉得很尊严。

那时候，他是他自己世界里的王。一个男人，不拘怎么样，在他那微小而整齐的世界里，他被人需要着。他健壮，蓬勃，雄性，话很少，那声音却因肯定而显得铿锵。成年里，听得机器"哐当哐当"发出轰鸣的声音，也有女工"咭咭呱呱"说笑的声音，——女人大都是喜欢跟他在一起的，也不怎么地，只不过一起呆着，说上两句话；也有调皮大胆的，喜欢逗他，跟他说一些上火的话，陈三倚在栏杆上，只是微笑着，或者侧头看过来，烟叼在嘴里，一翘一翘的，很坏了。——那些女人啊，现在，她们在哪呢？

常常地，机修组会出现很多故障，也有机器的，也有人的；这时候，就有人从太阳底下跑过来，一叠声地叫着"师傅师傅"——那时候，他也不过才三十吧——他听着，拿报纸擦手上的油垢，连眉毛都不眨一下。有一次，他一个学徒病了，他去医院看他，临走的时候，他在他的枕头底下塞了一些钱。对这件事，他至今还记得，也不知为什么，大概总能给他一种温暖尊严的感觉。

他离开厂的时候才三十六岁，从十六岁起开始做学徒，他在工厂里呆了整整二十年。到现在，他回忆起那段往事，仍有种很吃力的、扑朔迷离的感觉，因为隔得太远了，也不太可能回去。整个时代像"轰隆隆"向前开的列车，陈三跟着列车跑了几段，就停了下来。

离开厂的时候很平静，他是最后走的那批人。也没有办什么手续，只是脱下沾满油污的工作服，换上深蓝色的圆领 T 恤，就回家了，从此再也没有回去过。

陈三家的里侧，住着一个老太太，八十多岁了，姓姜，是鼓楼医院的退休护士。她年轻的时候身体不好，病病歪歪的，却一直活了下来，自己都觉得意外。现在呢，身体反而比从前健硕了，硬朗了，也不知为什么。

她生育的四个女儿，除了一个在西欧小国，三个女儿都生活在南京，并已结婚生子。她们常回来看她，在某个星期天的下午，也许是晴天，穿过斑驳的、撒满了梧桐影子的庭院，她们来到了母亲的家，看见门正洞开着，老人家正端坐在外间的藤椅上读报。读《扬子晚报》。阳光撒在当门的油漆地板上，一跳一跳地，不知为什么，有一种很寥落的、清冷的感觉；院子里静极

薛家巷

了，静静的中午人们都睡去了。在老太太的房间里，也只能听到钟摆的摇动声，显得异常的庞大。

屋子里摆放着一些日常的东西，五斗橱，太师椅，弓墩桌，在地下，有一只小竹椅，有些旧了，坐上去会发出吱吱嘎嘎的声音。有一只猫，它躺在竹椅上，蜷缩着身体，它似乎是睡着了。墙上挂着木质镶边的镜框，镜框里有一些很含糊的旧照片，大大小小的，尺寸不等，也有一些照片斜挂着，想是因为外物震动的缘故，露出镜框里那暗黄色的硬纸板。——房间收拾得一尘不染，干净得有些刺鼻，缺少人气，毕竟这是一个老太太的房间，房间里有一些空气是属于从前的。

她女儿站在门外，看着母亲，在太阳光底下；这也许是她心目中母亲生活的理想，一个老太太，八十多岁了，身体健康，精神矍铄，她每天都在看《扬子晚报》，很认真地，戴着老花眼镜，每一页每一页地翻过。她最喜欢看分类广告版，里面有征婚的，转让旧家具的，出租或招租房子的，找工作的，只有这些，她觉得是和她的生活靠得很近的，里面有一些旧阳光，很慢地，很温暖地靠近了她。有时候她也抱怨着：现今的晚报实在不能看了，差哟，哪像从前……可还是一页一页地看下去了，能在报纸里消磨一个下午，一天，漫长的、也许是短暂的光阴，她觉得正确。

她女儿站在门外看她，久久地，也许只是一瞬间，突然觉得心里很是酸楚；她站在阳光底下，可是无端地感觉到有些冷。她叫了声"妈"，拉得很长，很绵软，因为知道自己的声音很艰难，有些异常。

老太太抬起头来，看见亲爱的小女儿回来了，这空洞的屋子里又多了一个人，多了一条身影和一些声音，她觉得欢喜。她折起报纸，把眼镜放到镜盒里，撑着扶手正欲站起来，已被女儿一把按下去了。

　　母女俩在空明的房间里说着话，无非是一些日常的生活。她这几个女儿中，她最疼的就是这小女儿，也不知为什么。生她的时候很吃了一点苦头，差点连命都送掉了，每次想起来还后怕。现在呢，还活着，一天天地捱下去，说不定哪天就终结了；前头的路很苍茫，也没有多少快乐可言，然而能活下去还是好的。她大女儿已经年近五十了，在一家科研所做主任，活得兴兴头头的，二女儿是下岗女工，三女儿呢，十年前移民到比利时去了。只有这小女儿，她的生活不好，也不坏，比较接近于某种真实，仿佛从来就在那儿。

　　母女俩拉着家常，说起邻居们，住在平房里的吕家，以及对门的孙老头，——他快要死了，最多熬不过这个冬天。他住在一间背阴的小房子里，一看就知道是临时搭建的，比不得那些老房子有身份，有历史。他年轻的时候在码头做苦力，现在呢，老了，气力一天天地从他的身体内消失了，他变得小而瘦，成了一具躯壳。

　　老太太叹道："可怜见，这么一把老骨头了，每天还要自己生炉子做饭，烟熏得鼻涕眼泪一把抓；又病着，一到天凉，咳嗽病就犯，夜里，我睡在里间，离得这样远都听得见，有时真担心他一口气接不上来，就背过去了。他那房间，你待会儿去看看，更是待不得，又潮湿，光线又不足，尿屎硫磺屁，全搅和在一块了。说起来，真正又可怜，又可嫌。"

　　女儿正在织一件酱黄色的开襟毛衣，已经织到袖子了，不时地在母亲的膀子上比试着。她并没有听母亲的说话，只是很安详地，坐在自己母亲的脚边，那只小竹椅上，不时地听到身底下的竹椅发出"吱吱嘎嘎"的声音；虽然自己的女儿已经念初中了，然而能像现在这样，坦荡地、娇痴地做一个人的女儿，她到底是喜欢的。

　　老太太又说："他比我还小三岁呢，我是属羊的，他属狗。"

女儿自顾自地织她的毛衣，又伸手把搁在脚边布包里的绒线团松了几圈，然后说道："这是不能比的，一个人能活到几岁，他自己做不了主的。"虽然她这话里并没有别的意思，然而这样冷淡地谈论生死，在她母亲面前，她自己也觉得有点不恭了。

因此，隔了一会儿，她又搭讪道："他的女儿——"老太太接口说："他那女儿，你又不是不知道，一年半载，来个两三次，绕个狗尾圈，就走了。——也难怪，他那个人，也实在叫人难以喜欢。"女儿说："我看他也孤僻得厉害。"老太太说："要我说呢，人活到这个份上，真是一点情趣也没有，倒不如死了干净，省得给儿女添麻烦。"女儿听了，织毛衣的那只手慢慢地停住了，竹针停在毛衣的针孔里，面前一大片一大片的阳光，有"毛衣子"在阳光里蠕动。

老太太也觉着了她这话无趣得很，虽然是自己的女儿，也一直相亲厚，然而凡涉及赡养和生老病死的，她是应该停下来，或者跳过去的。因此，老太太又说："所以呢，生死由不得人定，也许他自己早就想死了，每次睡觉前总希望自己能一直睡下去，不要醒来，结果呢，还是醒来了，看见光亮，也听见人说话的声音，一直要搁很长时间，才弄清楚自己确实活着。"她自以为这话说得轻松俏皮，自己先笑了起来，但是笑得不够肯定，也有点心酸，因为这话说的其实是她自己。

女儿继续织毛衣，偶尔从前方拽回来一些线团。线团在猫的脚底下，生龙活虎的，就像小孩子玩的足球一样。女儿抬头看了两眼嬉戏的猫，一边呼唤着"老黄"，一边又"扑哧"地笑起来，说："还是那么无聊。"

隔了一会儿，她突然想起了什么，"哎"了一声，正待说话，又低头数绒线的针子，数完了，方才说："我最近常看见吕东升，一会儿在鼓楼广场，一会儿在夫子庙，一会儿又跑到城北的金桥市场去了。我看他也无聊得很。"老太太正埋头在针线匾里找丝线，一晃没听清楚，问道："谁？你刚才说谁无聊？"女儿说："住在隔壁平房里的吕东升呗。"老太太笑起来，虽然并没有人偷听，她还是侧着身体，把嘴巴放在离女儿耳朵很近的某个地方，说道："中午俩口子还为这个吵架来着呢。"女儿侧过头来看她母亲。那是一张中年女人的养尊处优的脸，端庄而丰腴，一看就知道是个良家妇女。她笑了起来，脸上开出许多细小的、雏菊般的皱纹。她说："吵什么呢？"老太太说："还能吵什么呢？就为着他整天无所事事，他的捉摸不定，近五十的人了，没事在家呆着不好吗？整天出去逛，像游魂一样，也不知道他整天在想什么。——他不是捉摸不定是什么呢？"老太太虽然已经八十多岁了，又在市井生活了很多年，然而说话用字仍是文诌诌的，丝毫不含糊。

女儿说："他们家的吕敏也有二十了吧？"老太太说："二十一了。小风二十二。"女儿叹道："无怪乎我们都老了，这一代小孩已经窜起来了——我结婚的那阵子，他们还是孩子呢！"她一下子没想起，她自己的女儿已经十四岁了。

两人正说着闲话，忽听楼上一阵"叮咚"作响，有脚步"踢踢踏踏"走下楼来。一个男人大声地发着脾气，纯正的南京腔，急促而火爆的，说到深处，音调有点拐弯了，也不清楚他在说什么。隔了好长一段时间，一个老妇人的声音，怯怯的，是扬州话，——母女俩伸着耳朵听了好一会儿，也没听出个大概来；两人侧着头，互相对视了一下，不知为什么，竟微笑了起来。老太太呶着嘴，向天花板上指了两下，女儿卷起毛衣，连同线团一起放进布包里，低头小声地笑道："吴老二的脾气还是这样火爆。"

在庭院里，那个被称作吴老二的站在楼梯口的阴影里，看见了秋天的太阳底下，落了满院子的梧桐叶的影子，那样的清晰和明净，一片片叶子的光与影，静静地躺在那儿，像死去了一样。不知为什么，他竟迟钝了一会儿。他是个俊朗的年轻人，身材伟

薛家巷

岸，眉宇舒展，大约三十四、五岁的样子。他是楼上吴老太的二儿子，在一家老字号的烤鸭店做厨师，一个月能挣到两三千块钱，生活很是"得过"。

他扶着楼梯站了会儿，眼睛直直地看到空气里去。他还能记得刚才在楼上的一幕，刚午睡醒来，昏昏沉沉的，一个人坐在雕花木椅上发呆；午饭吃得很饱——不知为什么，最近总有纵食的倾向——不过是些家常菜：一碟凤爪，辣仔鸡，蕃茄炒蛋，还有几样蔬菜。他哥哥照例喝了点啤酒，他没有喝，可是有点醺醺欲醉的感觉。他推开饭碗，走到隔壁自己的房间里，路过阳台时，看见了正午的阳光，更加深了这种感觉。他睡得很沉，几乎感觉到自己的身体在一步步地往下沉，像要死去一样。他甚至做了梦，也听见自己打鼾的声音，有几次，他强欲睁开眼睛，以为自己会醒过来了，然而终于又一点点地睡着了。整个睡的过程中，他始终感觉到了阳光，那正午的、秋天的、缓慢得像只虫子一样的阳光，在他的身体上，嘴唇上，眼睫毛上，手臂上……它压迫着他几乎喘不过气来。它透过毛衣，钻进他的肌肤和血肉里去了。它是一大片一大片的、没有边际的，又是细小如颗粒的，它跳动着，汇成了一片旧红色的背景。

醒来的时候，他发现自己斜躺在床上，连鞋子都没脱。他睡在被子上面，羽绒被也是旧红色的，像阳光，暖融融的、软塌塌的……他觉得自身的一部分被什么东西带走了，它一点点地，往深里沉了下去。他想起自己刚才做的一个梦，很沉迷，然而现在一点也想不起来了。只知道很疲惫，很荒远，他想，他在梦里一定哭过，他依稀记得。

也不知为什么，这正午的阳光带给他的总是一些相反的东西。午睡后醒来，饱而闷，嘴巴里粘达达的，牙缝里也塞了一些肉屑，胀得疼。墙上的挂钟在一分一秒地走动，很紧迫，那声音在静止的空气里，像是在震颤和抖动。他的妻儿在隔壁的房间睡着了，很安静地，也打着轻鼾，也有阳光照在他们的身体上。他觉得自己的身体很重，脑子里大片大片的、可怕的沙漠。

现在，他坐在外间的那把雕花木椅上，无端地感觉到有些阴凉。阳光仿佛是隔年的事了，然而他身体上还留有它走过时的痕迹。他的眼前，也总是晃动着那大片大片的沙漠，温暖的，没有尽头的，那旧红色的喜悦的背景。它缓慢地，缓慢地从他的身体上沉下去了。

他从牙签盒里取出牙签，郑重地剔起牙来。突然感觉到异常地萎顿。这就是他全部的生活么？一天天地过下来，每天都要经历这么一场午觉，有时候是阴天，看不见阳光了，醒来的时候，就看见在后窗的玻璃上，挂在竹竿上的小孩子的衣衫，或者是房屋的灰色的飞檐，也有一些梧桐的枝叶……他觉得他身体上，有什么东西被带走了。一天中，他最害怕的就是这正午，有人害怕黑夜，有人害怕光明，可是他害怕这正午的阳光。他看见了在阳光的背后，那真正的荒凉，许多人睡着了，许多人在街上走着，吵闹着，可是有一种东西，它随着阳光一起，缓慢地，缓慢地落下去了。它再也不会生长了。

一天中，下午和晚上他是喜欢的，他在店里忙碌。店堂设在延陵巷里，那是一条宽敞而阔朗的巷子，许多人在巷子里走着，路灯照亮了他们的黑眼睛。凌晨两三点回家，骑着他的"幸福牌"摩托，在大街小巷穿行，他觉得自己快要飞起来了。南京的深夜真是很好看的，那么安静而清洁，许多梧桐静静地绽放，在路灯底下，还能看见一些古旧的城墙，也有一些老房子，充满风情的样子。有两个青年在梧桐的深处接吻，他一直回头看着，微笑了起来。他想起了他熟睡的妻，他们的感情一直很笃厚。虽然结婚很多年了，然而亲热起来还是不要命的。一星期至少也有两三次吧，很算正常。食欲呢，也正在控制着，人到中年了，有发福的危险。总之，一切都是有计划的，正在进行中，放眼未来，

薛家巷

可以看到很远，像他的两千多块钱工资。

不像这正午，只有短短的一两个小时。然而正是在这短短的一瞬间里，他觉得他的生活全部毁掉了，它没有任何意义。他的饱食终日的物质生活，性欲，人生的不多的欢娱……，他不知为什么。为什么。

现在，他坐在屋子里，喘息着；因为刚从睡梦中醒来，整个人显得异常的痴呆。他确实知道，窗外的阳光开始下沉了。他听见了自己的喘息声，那样的清晰和匀称，起此彼伏，生命正在延续着。——他想，他真是脆弱啊，他已经禁不起这虚空了。

桌子上有一根用剩的牙签，它是脏的，不知为什么，总让他想起可耻和下流这类的字眼。

他生气了。每天午睡后，他总是要发一通脾气，他的发泄对象总是他的母亲。因为她老了，也因为她是这个家里唯一不睡午觉的人。她是那样一个活泼的老太太，满头银丝，七十多岁的人了，还会讲许多俏皮话。可是逢着他儿子发脾气的时候，她就沉默了。她半跪在地板上修理衣架，整个人的神情已经很暗淡了。

儿子看着他的母亲，自始至终她都在修理衣架。他不知道她在想什么，她的冷漠激怒了他。她系着旧围裙，手上有很多皱纹，她的头发也乱了。很邋遢。一个人老了，真的会变得很顽强么？她老了不要紧，可是她不应该依仗她的老，越来越自暴自弃，她是在要胁他么？

他的脾气更加大了。

有时候呢，他不理她，转身安静地走开。下楼梯的时候，他感觉自己的双腿都在打软。

——其实也不是真的生气，只不过是有点不愉快，或者是消沉，或者是沮丧。脾气发完了，也该上班了，他的新生活又重新开始了。

母亲目送着儿子走出院门，拐了弯，消失了。刚才他跟她吵架时，忘了把摩托车钥匙丢在沙发上了，她追下楼来送给他。

她在院子里站了会儿，一回头看见隔壁门前有辆自行车，就知道是姜老太的女儿回来了。她刚欲上楼，瞥见门洞里站着个人，只好迎上去，客气地笑道："是四姑娘回家了？"四姑娘微笑着抿着嘴，在那静静的一瞬间，突然低下了头；虽然结婚已经很多年了，然而她还是喜欢别人这么叫她，仿佛又回到了她的少女时代，那些很旧的岁月里。

四姑娘说："吴阿姨进来坐一会儿吧。"吴老太踅到门口，一只手很温暖地把自己的另一只手握紧，微笑着，然而并没有进去的意思。她的脸上始终挂着那么一种黯败的笑容，很吃力地，她自己也觉得难堪了。

她说："到底养姑娘要比养儿子要好——"自己先笑起来，又朝屋子里睃了一眼，然而她并没有看姜老太，只是看见了姜老太的身后，那白色的粉墙上，一团耀眼的阳光。

姜老太也知道，吴老太这席话并没有说给她听，可是她还是觉得自己有答话的必要。她皱着眉头，无奈地微笑着，叹道："好什么呢？嫁出去的姑娘，泼出去的水。"四姑娘低着头，淡淡地笑着，很善良，很会意了。

吴老太冷眼看着这一对母女，不知为什么，她觉得她们的神情里，有一些东西伤害了她，像鱼刺一下子卡了脖子，泪水迷漫了双眼。她几乎是自卫地、勇敢而坚决地说："二小子他——"她没再说下去，因为眼泪淌下来了。

四姑娘拉着吴老太的手，吴老太很快拨开了它。她恨她们！因为她在她们面前淌眼泪，她也恨自己。（她倒没想过，她为什么不恨她的儿子！）这么多年了，他在她面前大呼小叫，这已不是第一次了，他们都已经习惯了。她的心早就死了，她坚硬如铁。可是今天……她奇怪她竟这么柔软，她的眼泪又淌下来了。

四姑娘说："吴阿姨快莫这样，自己养的儿子，自己不知

薛家巷

道？人是没有坏心的，只是脾气暴躁了些。自小儿一起长大的，我也算是了解他了。"

暖与凉

吴老太说："四姐你不知道，最主要还不是脾气的问题……"她那满脸泪痕的脸突然抬起来，向前一探，倒把四姐唬了一跳。四姐说："那倒是什么？"吴老太这么多年来，难得有这样一次正当机会和人谈起儿子，哪怕是谈起儿子的坏，她也觉得是幸福的。她拿拇指撮着食指和中指，做出数钱的动作，四姑娘笑道："是钞票？"

吴老太说："这还用说吗？他以为他一个月交那么点伙食费，他腰杆就粗了，壮了，四姐你不知道，500块钱够做什么的呀？一家三口，老婆孩子，老婆又那么胖。"吴老太说着从嘴里喷出一口凉气，她自己也不知道，她媳妇胖和她儿子交500块钱伙食费有什么关系。"再说了，谁又是吃闲饭的人？老大也交钱了，一个人吃饭。"她伸出三个指头，朝四姐眼前晃了晃。四姐走了会神，眼睛看到左侧的空气里去了。

吴老太耸了耸肩，虽是下午两三点钟的太阳，她仍觉得寒冷。她把袖口往下拉了拉。继续说道："老大一个人就交三百块钱，一家子谁是吃闲饭的人？我的伙食费是老大出的，莫说他两兄弟是我养的，就不是我养的，我为他们做那么多年的老妈子，吃他们两口饭也是应该的。"她被她这话里的口气激励着，一下子理直气壮了许多。她倚在门口，鼓着嘴，待笑不笑的，眼睛认真地看着前方，直直地，几乎是迟钝和呆板了。现在，她重新坚强了起来，气馁和悲伤从她体内被驱散了，她又回到她那熟悉的、麻钝的生活里去了。她的手伸进了旧毛衣的袖口里，在手肘处停了下来。手肘处的皮肤很松弛了，摸上去有点麻木。她在那儿停了下来，也不是因为温暖，也不因为别的，她停了下来。

吴老太上楼去了，母女俩重新回到原地坐着，不知为什么，突然有些寥落。四姑娘本来想上街剪些布料做窗帘，现在重新回到她母亲身边，她懒得动了。玻璃窗上反射出一大片的阳光出来，把屋子照得透体明亮。下午的光阴是这样安详，缓慢，像长长的一生。四姑娘觉得自己的眼睛里生出一点温暖的泪光来。

两人又讲起了吴老太。四姑娘笑道："她倒不恨她儿子，只恨她儿媳妇。你看她刚才说话时的口气。"姜老太太对她这位近邻向来敬而远之，一半也因为薛家巷里，年老的女性就她们两个。她嫉妒她。因为她比她老，天性没有她活泼；她只会读《扬子晚报》和爱情小说，而她会做很多家务活；因为她没有可以让她诋毁的儿媳妇。

姜老太太说："我看她那儿媳妇比她贤良得多。"她也知道这话不很准确，但她几乎任性了，说这话时她像孩子一样的快乐。她想起这么多年来，她的对手一向张扬，说话做事势必压她的上风头。姜老太太最不能原谅她这一点。她差不多够得着恨她了。她在那儿静静地坐着，可是她在心里想着，虽然她们年岁相差十岁，可是谁比谁先死，那却不一定。

她也知道这样想，近乎恶毒，也很无聊。可是今天她很任性，今天，她恨她。

四姑娘说："他们家老大也真够奇怪的，要说样子那样整齐，不该到现在还单身一人。也有四十了吧?"姜老太太从桌上拿起报纸，很重地打开，说："我刚才看报纸里的夹缝，有征婚启事，我还为他留意着呢。"她这话是说给自己听的，里头的人情味和温暖的东西是她真正喜欢的，也很深很深地打动着她。对于刚才，她对他母亲的不恭也是一种弥补。

四姑娘突然说："可是妈妈，你为什么不跟我回去一起住呢?"她弯下腰，把手肘撑在并拢的双腿上，低头看着地上。她觉得她这声调里有一些东西是柔软的，它柔软之极。她不想让她母亲知道。

她们四姐妹都是极孝顺的，一开始是孝顺，后来……四姑娘

薛家巷

自己也不知道，后来，她对于她母亲的感情，怎么会掺和那么多伤感的东西？她同情她吗？也许。每次来看她，即使是在一种最快乐的情境下，她也会掉转过头想淌眼泪。她母亲老了，她也老了，时光在她们的身体内穿行了几十年，生命慢慢地走过去了。

可是有一些东西她是喜欢的，因为这些东西的存在，生命的枯萎变得可以原谅了，它不再那么面目可憎了。就像现在，她挨着母亲坐了，她身底下的竹椅发出"吱吱嘎嘎"的声音；或者像刚才，她织毛衣，在阳光的屋子里，可以看见很多灰尘，还有"毛衣子"，它们在阳光里飘浮；老黄呢，它是个多动症的"孩子"，一刻也闲不着，现在它用尾巴扫她的裤脚。还有挂在墙上镜框里的那些旧照片，里面就有她和姐姐们的合影，很多年前了，那时候她大姐也不过才刚结婚。……这一幕幕的场景里，有很多让她心动、心疼的东西，因为它活泼而温暖，它在时间之外，有一天，人老了，可是这些场景还在着，它们会重复。

母亲说："我一个人生活不是蛮好的嘛，又清静，又累不着我。李嫂每到钟点就来，洗衣做饭，她勤快着呢；我想吃什么，想玩什么，也只管跟她说。你们呢，也常回来看看，我喜欢过这种生活。"

四姑娘并没有听见母亲在说什么，她听得很认真，一字一句的，她努力地把母亲的话语放进她的记忆里了。这些日常的话语，它们在时间之外，有一天她们老了，可是这些话还在着，由另外一些人嘴巴里重复出来。四姑娘和她母亲肩挨肩地坐在一起，彼此都能感觉到对方的呼吸和体温，那肉体的存在。她几乎是出于本能地，希望她母亲的生命能延续下去——由她母亲为她挡着前头的大部分光阴，她觉得自己很娇小，很安全，仿佛人世的衰亡还离她很远。

她们在秋天的阳光底下坐着，也爱着，依靠着，需要着——所以心疼着。

　　在秋天的太阳底下，薛家巷的人们都入睡了。四姑娘回家来看母亲，在空明的屋子里静静地说着闲话。吴家老二发了一通脾气，骑上他的"幸福牌"摩托车，上班了。住在平房里的吕东升呢，他正在街上行走。

　　他每天都在街上行走。不需要上班，可是比上班的人还要有规律。他五十多岁了，像一切五十岁的男人一样，走过了生命的大半个旅程，有一天突然回过头去，他几乎看不见什么。走得太匆忙了，也没有来得及看路两旁的街景和树叶子，还有人，听一下热闹而活泼的市声。只记得一天又一天，它们重叠起来，合成了人影憧憧的背景，里面也有阳光，或者是阴天，也有一些快乐的事情，或者在当时看来算是切肤的痛苦……然而现在都远了，一切变得很模糊，迟钝，仿佛就是一天。

　　现在，吕东升走在北京东路上，像所有正在行走的人一样，很漠然地，他把手抄在风衣的口袋里。这条路他太熟悉了，从中央路拐进来，经过江苏电视台，沿着林荫道一直往深处走，气象渐渐变得深而狭。抬头看天，只见水杉细碎的叶子从高处挂下来，它的影子落在人的身上，一小片一小片的。这一带很有点中山陵的气象，很宽很宽的一条甬道，树木高大、苍翠、蓊郁，大片大片的阳光从高处直射下来，人影子在太阳底下显得很小。

　　许多人在太阳底下走着，很匆忙地，胳膊底下夹着公文包；也有的呢，很忧虑地皱着眉头，满怀心事的样子；大部分都是像吕东升这样子的，面无表情地，有时候是在东张西望，有时候呢，会抬头看一下天空，在那静静的一瞬间，人显得有些迷茫。

　　很多年了，吕东升一直喜欢这样漫无目的地走走路，手插在裤兜里，什么都可以想，什么都可以不想。刚吃完了午饭，人很饱，心情似乎也不错，所以出来四处走走。——有时候呢，也不一定是午饭后，或者是晚饭前，或者是在冬天的深夜，他一个人走在街头，袖着手，走在回家的路上。天很冷了，有风吹过来，

薛家巷

对街的路灯底下站着一个姑娘，瑟缩着脖子，看样子是在等人，她是站街女吗？他走至一家卤菜店门口，还没有打烊，玻璃窗里灯火通明，看得见一只盐水鸭躺在银色的铁盒里，孤零零的。他停了下来，踮起脚朝玻璃窗里探了一下，也并没有看见什么，也并不想看见什么，弯着腰又继续前走了。

他几乎是跑了起来，在深夜的街道上，就像孩子一样，听见脚步在身底下发出"吱吱"的声音，耳边是风，是热的，也是凉的，他不多的头发也飞起来了。他这样跑着，觉得自己是在世界的另一端，一个陌生的地方，那个地方离他很远，他永远也跑不进去。它是无边无际的，它不是幸福，也不是悲伤，它在他的情感之外，他没法描述它。但是他喜欢它。

他这样跑着，也许是走着，在那静静的一瞬间，觉得自己获得了某种自由之身。他离他的日常生活远了，他的妻儿，爱和憎，苦恼，那日渐衰老的肉身，都离他远去了。

吕东升并没有分明在想这些，自由，它对他来说，是那样一个艰难的概念，它接近虚无了。他行走，这么多年来，他如此热衷于这枯燥的动作，原因很简单，因为他是个无所事事的人，他有大把大把的时间，他必须正确地去浪费它。可是偶尔，在行走的过程中，某一瞬间，他自己也不期待的某个时刻，它来到了他的身边，他的身体突然停顿了一下，感觉到了一种无边无际的空洞，和飞翔。

现在，吕东升走在北京东路上，看见城市的上空，一片旷朗的天。秋天的晌午，白花花的阳光当空照下来，刺得人眼睛疼。街上有很多人影子，它们矮而肥，从吕东升的身旁静静地淌过去了。不远处，15路公交车从鼓楼开过来，驶进北京东路了，它们在阳光底下，朝阳光的深处淌进去了。

吕东升低着头，把手抄在风衣的口袋里，他走在人行道上，很注意自己的步伐，每两步就能跨过三块石板，非常的准确，他自己也满意了。有时候，他也会抬起头来，注意看对街的人行道上，是否有一个修鞋匠——每次走到这里，他都要忍不住看他一眼。已经成为习惯了。他觉得他和他之间有种默契。有一次，他没能看见他，找了附近好几条小街，也没能找到。不知为什么，他突然有些失落，他在阳光底下站了会儿，心里无端地想，他死了么？——那个戴着护袖的干净的老人，他每天都坐在同一个地方，低头拿锤子去砸一双鞋。偶尔他会抬起头来，一双很深很深的小眼睛里有阳光，也一直在微笑着。

第二天，他又看见了他，在同一个地方，那个老人在修补一双鞋，但没有用锤子，而是用麻线，麻线从鞋子里穿过来又穿过去，太阳底下手臂的影子长长的。吕东升站在对街看过来，看了很久，充满了感激。自己也觉得没来由的，仿佛他的生活并不曾改变什么，他又可以这样一天一天地走下去了。

有时候他也会找一个地方坐下来，比如鼓楼广场，不收费的乌龙潭公园，或者只收一块钱门票的明故宫遗址。他在秋天的园子里坐着，看见很多他叫不出名字的树木，在阳光底下一排一排地开放了。园子里有很多落叶，金黄的，红的，褐色的，铺了满满的一地。园子的外面，是一排排参天大树，很长很长的花圃，沿着干净的路面一直延伸进去了。偶尔会有一两辆公交车从树木的阴影里静静地驶出来。——秋天在明故宫这一带，比别的地方更旺盛么？

园子的里面，当门堆着很多断壁残垣，石狮子的头像，舌头被砍了一截，稍稍卷起，眼睛也还在睁着。青砖铺成的甬道一直伸到城墙底下，城墙上有很多青苔，爬墙虎从城楼上静静地蔓延下来。很高很高的拱形门，下午的阳光落进去了一截，再往里去就阴暗了。

一个港台人模样的老人爬上了城楼，扛着摄影机，他要再看看这一带的南京城。他要留住它。他看见很多风筝，在城市的上

薛家巷

空飞翔，很多老人和孩子，坐在马路对面的草坪上；也有一些人，他们站起来，手搭凉棚，眼睛定定地看着远方。……他从摄影机里看见了他们，他们是一片一片的，有的人进来了，有的人从边框里滑了出去。

他看见了一个中年人，坐在甬道旁边的绿漆长椅上，他穿著一件米黄色的风衣，风衣有些旧了，肘弯处有很多折痕。在他的周围，还有一些绿漆长椅，一对夫妇模样的中年人很端庄地坐在一起，眼睛直直地看到空气里去了——正在走神。不远处，一个年轻姑娘正在看书，戴着耳机，嘴唇不时地翕动着——她在学外语么？

还有一些椅子是空着的。园子里的人不多，虽然是星期天。在他的镜头里，他还看见了一些树木，都是半截子的，静静地长在空中，疏疏落落的枝叶后面，露出来深蓝色的晴朗的天。

然后，这个扛着摄影机的男人，再次把镜头对准了那个坐在绿漆长椅上的中年男人。他把焦距又调了一下，现在，他离他已经很近了，他甚至看见了他风衣的右襟上，一大块深深的油渍。他迎阳坐着，看得出很无聊了，手臂沿着长椅的靠背一直伸过去；偶尔他会拿手指去敲击长椅，很有节奏地，他似乎沉浸到他这动作里去了。在他的身旁，椅子的另一侧，有一片叶子，很小很小的椭圆形，它是银杏叶吗？

下午的阳光落在了这个男人的身体上，有一片叶子挡住了他，使得他的脸上一片是阳光，一片是阴凉。他的神情里似乎有一些东西，很微弱的，在那安定的瞬间里，也许连他自己也不知道他身在何处了。他是个懒惰的人，从衣着上看——从衣着上看，他是个穷人吗？扛摄影机的人不知道。现在，穿风衣的人坐在阳光底下，他的神情寡淡得近乎稀薄，他在想些什么呢？他有很多过去吗？他的细长眼睛直直地看着前方，是安定的，也是游离的，在他的前方，是一片旷朗的天，还有大片大片的阳光，可是看得出来，他没有看到他的将来。

他年轻的时候大概是个美男子，高爽的身材，小小的玉白脸，一双清目。有很多女人喜欢他吗？为他发疯吗？他的性欲怎么样？他有很多情史吗？——他那种长相是最经不起老的，一老，人就塌相了。现在，他的脸变成了团白脸，像放了发酵粉的小白馒头，圆鼓鼓的，肉滋滋的。脸上一丝皱纹也没有。

扛摄影机的男人定睛地站在那里，他把摄影机从肩头上放下来，他的眼前模糊了。有几片青藤挂在眼前，以为是隔着很远，伸手一够，却够着了。他决定走下城楼，去见见这个穿风衣的男人，和他坐在同一张椅子上，和他一起说说话。——这个穿风衣的男人，他是谁？他叫什么名字？他是南京人吗？他神情里有一些东西，深深地打动了他。或者说，他神情里几乎没有什么东西，有很长的一段时间，他游离在他的感情之外了。有时候呢，他也侧转过头来，东张西望的，也一直在微笑着，仿佛对他的身外世界重新充满了孩童般的乐趣。他那张小团白脸上所绽放出来的神情近乎天真了。

扛摄影机的男人深深地疼惜了，也不知为什么。这个穿风衣的男人……他是个不快乐的人。他神情寥落，可是他微笑了。他看着自己一点点地老去了，所以他微笑了。他软弱，无聊，穷困，对于生命，他觉得自己没有力量。他的生活还算平静吧，有饱饭吃，也有妻儿，不多的一点希望……没有人能理解他。扛摄影机的男人自己呢，他叫徐光华，今年已经七十多岁了，来自台湾。他年轻的时候……是啊，谁能相信呢，他也曾年轻过！那一年他才二十五岁，住在南京仁爱东村。他曾有过极丰泽的肉体，被许多女人爱过，恨过。——是个十足的花花公子呢！记得有一年，去夫子庙得月台看戏，那时他还小，大概也有十七八岁了，就开始跟他堂哥学捧角儿；也会去逛窑子，第一次，真是不行

薛家巷

的，很害羞，再学也学不像的，只是坐在客厅里，虽也说着话，可是额头上已渗出汗珠了。那些窑姐儿，真行的。……

后来经历了很多事情，不少都和女人有关。也爱过，哭闹过，恨得牙痒痒的，其中也有是当真的，在身心上留下了痕迹。现在呢，很多年过去了，大浪淘沙，很多极重要的事都忘了。过去了。仿佛它们从未发生过。女人呢，也不记得了，都老了，成了别人的女人，母亲和祖母了。没有性欲了。有的也死了。不重要了。徐光华现在能记得的，还是那段岁月，柳叶青的时光，和青春，物质，繁华的京都有关的记忆。春天走在大街上，满街梧桐的影子，大街小巷的，一片一片的影子。从巷口走出来一位姑娘，面目清朗，也不施粉黛，清明的眼睛在太阳底下细细地眯起来。典型的南京小户人家的女孩子，大多端庄而娉婷，却不作媚。有人骑着自行车从大街上飞过，大概是个店堂伙计，手里托着一只大银盘，一路吆喝着飞过去了。也有无轨电车，从街的另一头开过来，慢慢地停下了，很多乘客的头探出窗外，也有用手拍打着窗外的梧桐树叶。一辆黄包车在"鸿翔绸缎庄"前停下了，车里走出来一位风姿绰约的女人，大约三十五岁上下，身着织锦缎旗袍，有微微的小腹，付了钱，一路花摇柳颤地走进店堂的阴影里了。

还有一些巷子，当然，巷子他肯定是记得的，他就曾住过巷子，许多人都住过巷子。这里藏着光阴，最日常的生活。一天天地，太阳升起了，落下了，婴孩诞生了，主妇们在谈论米的价钱，男人们呢，在去公事房的路上，还在想着隔壁办公室的女同事，她的娇嗔和微笑，她的裙子是否太短了一些？也在想着时局和政治，也想升迁——听说战争又要开始了，打呀，打得好，这世界的末日，人都死光光了。在巷子里，12幢D座的李家老太太也死了，其实年纪也不大，刚好过了六十五岁生日。青年人在谈恋爱，享受着物质、精神和肉体。在巷子里，新的一批少年又迅速成长起来了。

　　也有一些穷巷，徐光华也记得，在很多年前，他生活的那个时代里，南京就有很多穷巷，那里住着人力车夫，小本生意人，妓女，大学生。那里的时日是缓慢的，暗淡的，那里头的阳光似乎也比别处更弱一些，其实也不尽然，也许更强些——徐光华没有住过穷巷，他不太清楚。那里头也有梧桐叶吗？有不快乐，静静的希望，一点点的物质生活，也有情感和幸福吗？像这位仁兄——徐光华看着不远处的穿风衣的男人，想，他也是穷巷的人吗？

　　这十几年来，徐光华每隔两年就要回一次南京，他退休了，无所事事。他最丰华的记忆还是在南京，二十五岁以前。他一生的好日子全留在那里了。——他在台湾混得不好，在一所中学里教国文，教了一辈子，连个组长也没混上。至今也还孑然一身。——那些风流韵事究竟是靠不住的。

　　现在，两个男人坐在了一起，正襟危坐地谈起话来了。也交换了名片，——那个穿风衣的男人没有名片，他把住址和电话号码写下来交给了徐光华。徐光华注意地看到，他叫吕东升，家住鼓楼附近的薛家巷。

　　他们在秋天的太阳底下坐着，下午三四点钟的阳光已经很稀薄了，正午的阳光仿佛是一瞬间的事了，然而它确实存在过，那样的强烈、旺盛、繁华。现在，阳光开始堕落了，很慢很慢往深里沉了下去。它是一点点的，又是一片片的，很哗然——速率极快。一束阳光打在徐光华的眼睛上，他侧转了一下头，灭了烟蒂，再回来时，阳光已经不见了，取而代之的是一片叶子的阴影，它挂在他的眼前，一跳一跳的。

　　萧索的园子里，有一种东西，它很慢很慢地往深里沉了下去。然而阳光还是在的，它普遍而广大，徐光华很注意看自己的身后，他们的影子在太阳底下拉了很长。

薛家巷

在他们的前方，不远处，有一块水泥地坪，有十几对男女在跳舞，跳欢快的华尔兹。他们都是一些上了年纪的人，男人西装革履，女人们呢，满头华发，也有年轻一些的，体态还相当轻盈，有身段和曲线，她们穿着艳装，黑色的连衣裙，或者鱼尾裙。她们的头发也是经过修理的，梳成了鬏，或者是波浪形的短发，用夹子细细地夹住。她们转过脸来了，确实见老了，在阳光底下，深深的皱纹从脸上浮现出来。

个中也有一些很倜傥的男士，瘦削身材，穿着华达呢条纹西装，戴着金丝边框眼镜，也不系领带，很有当年落拓不羁、风流潇洒的痕迹。徐光华把手按着腿，轻轻地拍打，他想道，这些人中，也许有当年的五陵年少们也未可知。

这就是南京的好处，你在任何一个地方，都可以找到从前的时光，看到一些熟悉的场景和事物，还有人。这些人，他们和你一样生活在从前的空气里，不管是跳舞的人，还是坐在长椅上的穿风衣的人，他们愉悦着，恍惚着，可是他们都是忧伤的。

这个城市太适合回忆了，它有背景和底子，它很悲伤。徐光华记得，在很多年前，他生活的那个时代里，南京就有回忆了。老年人在太阳底下坐着，老棉裤裤管里里藏着深深的冬天。中年人很恍惚，有一部份人在静静地过着物质生活，另一部分人呢，他们沉浸到情爱和肉欲的欢腾里去了。穷人们呢，他们走在阳光底下，眯缝着眼睛，袖着手，沉沉的太阳照在他们的身体上，使他们快要睡着了，睡着了。城市很"绿化"，许多梧桐静静地绽放，阳光的深处有很多阴凉。那时候，夫子庙就有很多假古董行，乌衣巷也在那一带；朱雀桥呢，他不知道，它是一个很好听的名字，它是一座桥，但是它在书上，一首诗里，字词间。——它的意境伤感得快要滴出血来，那里头珍藏着富贵，人世的衰亡，呜咽声，回归的日常生活。

现在呢，朱雀桥边集聚了一片片低矮潮湿的民房，雨天的时候，积水会涌进屋里去。夏天呢，本埠的姑娘跐着木屐走上了桥，她们穿上家常的花布裙子，神情懒懒的。也有一种时候，比如晴朗的冬天的晌午，家家户户晒被子了，这时候，桥边的栏杆上就搭晾了很多被子。

——只有青少年和儿童，在这个城市里，他们是快乐的，他们一步步地往前走着，朝他们自己也看不到的未来走去了。

这么多年过去了，成百上千个时代在这里变更着，开始了，又衰亡了。每一天都处于变化莫测中。物质世界呢，它在上升，前进，它是如此的富丽堂皇，人们已经认不出它了。——可是这么多年过去了，还有一些东西没变，人们还在过着从前的生活，有着从前人的情感和道德，还有一些场景，它也是从前的。

徐光华很记得，有时候他走在一条小街上，黄昏时分，看见街头有一家卖糖炒栗子的，有人拿着铁铲在锅里搅着，灯光下他的脸被蒙上一层层热气，有些含糊；卖栗子的是个年轻人，一个穿花呢大衣的妇女站在摊前，可是她有点心不在焉，她弯下腰去和她那五岁的儿子说话。很多人从摊前走过……徐光华也从摊前走过，一开始他并没有在意，心里一直疑惑着，猜测着，隔了很长时间，蓦然回首，他看见了，就是那个东西，它在那儿，很多年过去了，它从来不曾消失过。

有时候，也会看见一类人，他们从街上惶然而过了，他们的影子在正午的太阳底下，是矮小的、肥胖的。他们的神情，是怯弱的，贪生怕死的，无聊的，充满了欲望的，悲伤的……徐光华定定地站在那里，他看见从前的时光又回来了。从前的人已经死了，可是他们借尸还魂，他们的情感和神态在活着的人身上又醒过来了。

也会在巷子里，看见他所熟悉的时光，——那个千百年来沉淀下来的南京。一条非常干净的巷子，两旁有人行道，风起时，一片落叶贴着地面飞翔，它飞到了一扇银色的铁门上，被吸得牢

薛家巷

25

牢的。正午的阳光底下，家家户户的窗户开了，一个孩子从窗户里探出头来，东张西望的，他是在看风景吗？也有人从窗户底下走过了，在那一瞬间，他抬起了头，他的身体在空气中定定地停了会儿，又继续前走了。

徐光华觉得他是站在自己的身外，一个很遥远的地方，来看这些场景，它是那样的安宁，和平，悲哀。他觉得这其中有什么东西深深地伤了他，使他不安，使他怀念，疼痛，他的眼泪淌了下来。

现在呢，他和吕东升坐在明故宫的废墟里，一张绿漆长椅上，这是1999年秋天的一个下午，夕阳快要落下去了。有很长一段时间，他们没有说话，他们在看跳舞。偶尔徐光华会侧头打量着他的同伴，看见他在绿漆长椅上坐着，不时地拿手去拨弄风衣的衣角，把它塞到身底下，再把它拿出来。——徐光华觉得自己是如此地熟悉他，仿佛他是他的兄弟，甚至是他自己，他让他想起了与这个城市休戚相关的一些东西。

舞场还没有散，草坪边上的一只录音机里正在放一首乐曲，舒缓的三步舞曲。舞池边上，一对男女踏着三步舞曲，在跳华尔兹，他们旋转起来了，很缓慢地，像电影里的慢镜头。

有一瞬间，两个男人都沉醉到如油画一般浸染开来的画面里去了，他们听着细细的音乐，调子有点似曾相识。两人于音乐上都不内行，徐光华只记得在他很年轻的时候，听过一首乐曲，名字仿佛是《夏日的最后一朵玫瑰》，因为很诗意的名字，便记住了。也不知道它是不是乐曲的名字，也许它是一首诗呢，也未可知。

至于吕东升呢，他坐在长椅上，在某一种时刻，他觉得自己是微笑了。他的双腿自然架起，有好几次，他很注意看自己的脚，是不是和着音乐在打节拍，其实没有。可是在心里，他觉得他身体的某一个地方，一点点地全活了。

　　他自己也没有想到，今天下午，他会和一个陌生人相遇，和他坐在同一张椅子上，和他一起说说话。他将和他说些什么呢，说说天气，南京，也许还有时局和政治什么的……也许他会跟他说一些心里话，他的情感和生活，他的苦恼，他会吗？没关系，反正他们都是陌生人，他就要回台湾去了，他们彼此是不搭界的。刚才他们已经聊了一会儿，这个台湾人是个薄舌之徒，一看就知道是个老花花公子。他开朗，热忱，精力旺盛，时常会发出爽朗的笑声。

　　他会和他谈谈女人吗？——吕东升把双眼睛定定地看到空气里去，微笑了。

　　这么多年了，他很少有机会和人谈谈女人，没有合适的气氛和环境，没有合适的人——他断定这个台湾人，这个老花花公子，他轻浮而细敏，——他断定他是个合适的人。

　　似乎是犹豫了一下，他开始说话了。他指给他看一个正在跳舞的女人——他把一双眼睛细细地眯起来，做出很笃定的、大方的神情看那个女人。她穿著黑色筒裙，红色高领套头羊绒衫，很有风姿的样子。她年轻的时候大概是个美女，年老了，容颜仍保持得细致而白晰。仍有身段和微微的起伏的胸，也略略化了一点淡妆，一双松驰的、下沓的大眼睛看到对面人的眼睛里去。

　　他让他猜测她的年龄。这么说的时候，他微微皱着眉头，做出一幅极自然的神态出来。台湾人笑了起来。他没有想到这个穿风衣的男人，这个无聊的男人——他会跟他提这个！当然，猜测一个女人的年龄……这并不能说明什么；可是他没有想到他会跟他说这个。

　　台湾人说："大概会有七十吧。"

　　吕东升笑了起来，说道："看上去更年轻一些，六十五像吗？"

　　台湾人摇了摇头，他于这方面是个内行。隔了一会儿，他用很有权威的语调再次说道："应该会是七十。你只要看她的步态就知道了，她的步态很软。你不能光看她的身段，女人的身段从来是不可信的。"

　　两人同时笑出声来。吕东升向他身边的人说道："看得出徐先生是经历了很多事情的。"徐先生听出这话有恭维的意思，客气地摆手，笑道："我跟你说，一点意思都没有。男女的事情，咻，我是经历多了，可是到头来一场空，一点意思都没有。我再跟你说呵——"他拉拉吕东升风衣的袖子，说道："女人过了五十，一年一个样子，隔了两三岁就是一个阶梯，真是看不得。"

　　吕东升想起他的妻，的确，才四十八岁，就很见老了。他现在很难相信她也曾年轻过、貌美过……然而这是不容怀疑的。这仿佛就是昨天的事情。她穿著月白的衫子，宽大的黄军裤，她的两条辫子又长又粗，挂在胸前，有时候她也会把它盘在头顶，就像蛇一样。他更喜欢她把辫子垂下来，更显得她那张脸娇俏可人。她是宣传队里的红人。也不知为什么，她虽然很美，可是演戏她从来演不了李铁梅，而只能演沙奶奶。把个脸画成了很老的一张假脸。和很多年后她的脸不太一样……完全是另一个人。她母亲也常常说起这个。

　　现在，她朝他走过来了，她走在三十年前的街道上，那时候的街道很萧条，人迹稀少，然而却有无止境的阳光，它是大片大片的，繁华，热闹，喧器。蝉声也是一片片的，无理由地响起，又熄灭了。……那些可爱的蝉声啊，它们现在哪儿呢？很多青年都离开了城市，能够留在家里的，都是一些有权势人家的孩子，或者是独生子女，需要留下来，照顾年迈的父母。

　　他骑着自行车，带着她穿街走巷，他骑得飞快，一天又一天，他们飞过了城市的所有街道，有时候他也会急刹车，她来不及准备，身子倒在他的后背上。手里的葵花仔撒了一地。她尖叫着，拧他的后背，他脚一蹬，骑着车又飞起来了。

　　有时候他也只身骑着单车，在正午的阳光底下，他的背整个伏在车上，眼睛从车笼头上看着前方，他飞起来了。在正午的阳光底下，他看见了自己的影子，迅速地变换着，小了，又大了，到左边了，又到右边了。他听见耳边呼呼的风声，全世界的风声。他超越了一个人，又一个人。街上有人在跳绳子舞，他从他们身边飞过了。

他淌了很多汗，那些年，为了一些极细碎的事情，他总在淌汗。

他们恋爱是件很自然的事情，被很多人看好了，花一般的年纪，金童玉女的组合……可是再也没有想到会是这样。两个好人，社会的顺民，一向安分守纪的；处理感情的方式是中国式的，也没有外遇。曾经多情过，现在呢，老了，情感慢慢的消淡了。

吕东升最不能原谅这一点。……说起来，真有点难以启齿，他和她已经有很多年没有性生活了。他们分住两间房子，他和儿子睡外间，她和女儿睡里间。有时候是白天，儿女都上班去了，她低头正在计算"入会"的人数和帐目，他最反对她做这个——他更信任银行。可是她强嘴道，她喜欢"入会"，她就喜欢——一则利息高，二则遇事了，别人的钱可拿来暂为应急。

他看见她坐在当门的椅子上，手里拿着一支笔，弯腰伏着膝盖，在本子上写着什么。有时候她也会停下来，拿铅笔在头皮上轻轻地划着。她的长睫毛在阳光底下眨着，眨着，就像孩子一样。他的心动了一下。他不得不承认，这么多年过去了，虽然她老了，邋遢了，可是偶尔，她看上去还是有一点美的。要是物质条件好一点，过着与当下截然不同的生活，她的样子可能还要整齐清洁一些……可是也很难说，也许因此更不快乐了。

他笑了起来，他逗她说话，把一双眼睛直直地看到她的身体里去了。她领会了，可是不予理睬，低头继续算她的帐目。这些年了，她的欲望是越来越淡了。——他就恨她这一点！有时候，

薛家巷

他拉扯她，逢着她心情好，她和他撕扯一通，笑着躲开了；逢着心情不好呢，她还会给他冷脸子，说道，孩子都那么大了——孩子都那么大了，这是很好的理由么？吕东升一想起这个，身体就发麻。

吕东升觉得他应该恨他的妻子，因为这么多年了，她从来不懂得安慰他，她总是为一点鸡毛蒜皮的事情和他吵架；她不了解他，人生的大半辈子过去了，也曾经相亲厚过，喜悦过，可是她不了解他，在某一种时刻，他们是陌生人。因为她老了，慢慢地失去了性欲。……可是现在，他坐在绿漆长椅上，想起她这个人的时候，他觉得他对她的恨，不知为什么，竟慢慢地模糊了，迟钝了。

其实也还是恨，只不过到最后，它竟走样了。

他跟台湾人讲起他的苦恼。他把身子稍稍抬起来，裹紧风衣，又重新安然地坐下了。他说："今天中午还吵架了，她说了很多刻薄话，你不知道她这个人——"他把头稍稍扬起，眼睛空洞地看着前方，在那一刻，他觉得自己很悲伤了。

台湾人侧转过头来看他，善解人意地微笑着。他问："为什么吵呢？"

吕东升在空气中静静地坐了片刻，也许是很长时间，终于说道："因为钱——"他皱着眉头，眼睛看着前方，努力地想了一会儿。现在，连他自己也忘了他们是为什么吵架了，也许是因为别的事情，言行上的一点小磨擦，小风的被子没晒，自行车的链条松落了，煤气罐有些漏气……然而这么多年来，即使是因为这些鸡毛蒜皮的小事情，吵到最后，落到的还是钱字上。所以，归根结底还是一个钱字，这总归没错。

台湾人说："可是你们的感情……"

吕东升抿着嘴，突然微笑了。他的眼睛跟着一片落叶，看着它在空中漂浮，停顿，然后慢慢地降落。他说："总归说得过去吧，她那种人，有时真气不得她的。"

台湾人又微笑了，他听得出来，他说这话时是有一些感情的。

吕东升自己也觉得了，他很不满意他刚才话里的那种愉悦的口气，所以隔了一会儿，他执意地纠正道："可是她一点也不了解我……她，她不懂得安慰我。"他重新找回了悲伤。在那静默的空气里坐着，他觉得自己一点点地消沉了。消沉了。他的圆圆的小肥脸鼓起来了，很郑重地，就像孩子一样，他生起气来了。

台湾人说："可是每个女人的生理构造是不一样的，有的女人强一些，有的女人淡一些。你的太太……"台湾人笑了起来，没再说下去。

吕东升也笑了。这个台湾人，他误会他的意思了。他说的不是这个，他说的是安慰，它是安慰。可是现在，他不由得想起了他那温良而端庄的妻，她的温柔和寡淡，她的少性欲。——她是古中国的，东方的，符合审美的，但不能享用。她是他的妻。吕东升自己呢，想起这个劳什子的时候，很欢喜，可是他对它到底有多大兴趣，他自己也不知道。

他告诉台湾人，他向她求欢，总是被拒绝。有时候他很恼火，有时候呢，他掸掸衣角，很潇洒地微笑着，和她说一些别的话，并不往心里去的。究竟这个劳什子是个什么样的东西，对于人来说，它有多重要，他自己也不知道。他虽然经历了，可是他觉得他并不了解它。

他侧过头来看着他身边的人，在那一瞬间，他觉得他们是如此亲近。他觉得他有很多话要跟他说，他要告诉他，他这一生的秘密，他的苦恼，他这下半辈子的理想。有的话很重要，有的话呢，它只是一些闲话……这么多年来，他从来没有像今天这样，迫切地需要说话。要说很多话……他跟妻子也不曾说过的话。

这个台湾人，他是陌生人，可是他是这样的亲切，可以信

薛家巷

任。他善解人意，有理解力和慈悲情怀。他是个花花公子，他和他是不一样的人。他这一生的经验丰富极了，他有很多情欲。他是他的朋友……这个萍水相逢的男人，他们是朋友。

吕东升弯下身子，把双肘撑在膝盖上，他的整个身体伏在膝盖上了。有一瞬间，他觉得自己快要哭出来了。他的整个身体都在颤抖，因为冲动。

他开始说话了，很急促地，他不是一字一句说的，他是一段一段说的。段与段之间没有衔接，很突兀地，它们彼此没有联系。偶尔他会转过头看他一眼，并不停下来，他的话语，连带气息一起喷到台湾人的脸上去了。

他告诉他，有一天，他会离家出走。他要离家出走。——他在空气中停顿了一会儿，很吃惊了。他没有想到他会说这个，它是一不小心从他嘴巴里蹦了出来的。他这话里有一种很陌生的、疯狂的气息，他吓着了他自己。离家出走，他从来没有想过，有一天他会离家出走！可是，——可是他当真就没有想过吗？从来没有想过吗？他敢肯定吗？为什么这话使他惧怕，使他热血澎湃，又浑身颤抖？为什么？也许它一直在他的体内——他身心的深处，它潜藏着，今天，他找到了它。

他的眼里汪着泪水，他哽咽着说，他要离家出走。他已经厌倦了这种生活，他疲惫了。他和他的妻儿也没什么感情……说到底，他们都是他们自己，他们谁都代替不了谁。他，他想获得自由。

他一只手端庄地放在腿上，另一只手在裤缝上轻轻地磨擦着，很局促了。他又说，总有一天吧，他会从这个城市突然消失，他要让他们都吓一跳。他沿着林荫道走路，就像今天一样，走着走着，他就没了。他走出了这个城市，到世界的另一个地方去了。他走出了这个世界，离开了他的家庭，妻儿，薛家巷。它们也消失了。

　　他又讲起了薛家巷，讲起了陈三，那个原国棉厂的机修组组长，做厨师的吴二，活泼的吴老太太。他说，那个孙老头快要死了，他苟延残喘，只剩下最后一口气了。也许他会熬过这个冬天，谁知道呢？

　　谁知道呢，今天他会讲那么多，他简直不能控制了。他的语调平缓，急促，认真，充满了感情，有时候有着静静的悲哀。只在话与话的间隙处，偶尔他会作一短暂停留，只在那一瞬间，他听见了自己的喘息声，那样的细弱，真实，一种庞大的生命的呼吸。

　　台湾人坐在绿漆长椅上，认真地听吕东升说话。他不时地侧转过头来看他，饶有趣味地，他发现他是个碎嘴子，他的一张小嘴"叭嗒叭嗒"说个不停，就像孩子一样，他的小小的肉眼泡像鱼一样地鼓起来了，他看着前方，那样的安定，太平，也有着小小的慌张，和悲伤。

　　台湾人觉得——他了解他。这个穿风衣的人，他正在说话。他是个无聊的人，也孤独，也善良，有时候会厚颜无耻。

　　他还在讲那个孙老头，他快要死了——台湾人并不知道孙老头是谁，可是他知道他一定是个穷人，他住在薛家巷里，经历了生命的快乐和悲伤，平静的，动荡的，暗哑的，也曾有过感情，幸福，性欲，也曾有过一点物质生活，然而现在都到结束的时候了。

　　他看着吕东升，不知为什么，有一种很黯然的"物伤其类"的感觉。他想道，这个中年人，他不快乐。他疲沓。他是南京人。这个南京人他出生于穷巷。他的贫困。他的贫困毁了他。

　　他们很迟才分了手，那时候，园子里的人都散尽了。管理员从窗户里探出头来，还有五分钟他就要下班了。天色还没有暗下来，它明亮而坦白，从高处安静地挂下来。

　　吕东升走在回家的路上，不时在东张西望着。刚才园子里的

薛家巷

那档子事，他还记得。他说过的话，他的语气，他说话时的小动作……有的他记得，有的他已经忘掉了。现在，他有点羞惭，他把手从胸前绕过去，放在脖子后，以为是在搔痒，其实不是，它在那儿安静地停留了一会儿。今天下午，他似乎把一生的话全说光了，有的是信口开河，有的呢，在当时那样一种迷幻的状态下，也很难说是没动感情的。

那个台湾人已经走了，幸亏他是陌生人。他希望他早日离开南京，再也不要回来。他也不想再遇见他。他要尽快忘记这件事（他顶不能原谅自己，他跟一个陌生人讲起了他的性事），他要让它从他的世界里彻底死掉。

他走在大街上，看见很多人，他们像蚂蚁一样，走过了一个十字路口，各奔东西了。苍茫的天底下，许多人笑着，惆怅着，有人手拉手，有人在叫卖。不远处的红灯突然亮了，一个青年骑着自行车飞奔到路中央，停住了。他和岗亭里的警察对峙了一下，微笑着，终于把车一步步地往后挪着。

吕东升拐了个弯，走进一条小巷里。这是一条非常热闹的小巷，小巷的深处有一个菜市场，很多人提着一篮子菜迎面走来。也有一些卖布匹和鞋袜的小摊贩还没有收摊，有人在摊子前徘徊，站下来，看着，拿手捏着物品，可是他并不准备买。

经过了一座桥，到了一个空灵之地，也有楼房，街道，商场，可是人迹渐少了。在马路对面的人行道上，一个妇女在哭泣。她穿着灰旧的衣衫，头发蓬乱，她用手捧着脸，有时候也会拿衣袖去擦眼泪。

到了晚上，是薛家巷人们团聚的时候，放学的放学了，下班的下班了，像吕东升这些没班上的人，在街上看足了街景，也回家了。孩子们在四方的院子里跳橡皮筋，或者"跳房子"，男孩子们呢，拿着书包当武器，一路"呜呜呜"地叫喊着，跑进屋里来了。

　　他们在这巷子里出生，慢慢地长大，他们将长成怎样的人呢？等到有一天，这巷子也许不在了，可是人……人究竟还是那些个人啊。

　　青年人，像吕东升家的小风和小敏，他们已经二十出头了，经过漫长的、暖洋洋的童年走到现在，天地一下子变得开阔了，明朗了。小风在一家进出口公司做事，半年前随老板去了趟欧洲。他是个俊朗的年轻人，孩子气的脸，一双清明的眼睛像极了他当年的父亲。也许有一天，他会出来自己做老板，他要拥有自己的别墅、跑车和女人，可是现在，他站在自家的屋子里，灯光是明亮的，红漆家具和地板擦得光鉴可人，然而仍有什么东西，让他觉得它是陈旧的、暗淡的、贫穷的。现在，他站在桌边，支着腿，他的兔毛灰的羊绒衫里发出好闻的气味，那也许是他的体香，或者质地优良的商品的气味……总之，它们混为一体了。他的那件羊绒衫是鸡心领的，更衬出里面的白衬衫和暗灰领带，有一种高尚清洁的气派。

　　他在等吃晚饭。他母亲正在厨房里做鲫鱼汤，他母亲说，秋凉了，喝鲫鱼汤可以滋身补气。他母亲会做各式各样的汤，除了唱样板戏，这几乎是她贫乏人生可以炫耀的不多的几样技艺。她会做猪肝汤，红枣汤，银耳汤，山药汤。有时候夜深了，家人都还没睡，她就会跑到厨房里做玉米羹，刚上市的那种小嫩玉米，听说要很贵。她似乎天生懂得保养之道，她的烹调经可以写出一本很厚的食谱来，她还喜欢不断地创新，变换一些小花样，也会和邻居们探讨做菜的技巧……总之，那里头的世界是广大的、愉悦的。她常感慨着，她要是开一家饭店……但是那需要很雄厚的资本；她又说，那她就到街头做小吃，卖鲜肉馄饨和水饺，或者鸭血汤，据说利润很大，很有赚头。——说了很多年，也没人理睬，她渐渐地懒待动了。

　　现在，在灯光幽暗的公用厨房里，家家户户的主妇们忙碌

薛家巷

着，厨房里有浓重的油烟味。有一家人喜欢吃川菜，做菜时一味地放进去很多辣椒，呛得人喘不过气来。

男人们呢，三三两两地站在院子里，抽着烟，有时候会抬头看黄昏的树梢上，一点点正在暗下来的天。天色渐渐暗了，家家户户的灯都亮了，黑夜是这样的温柔，安宁，叫人无端地感到充实和欢喜。肚子是空的，饭还没有吃，女人们正在厨房里做晚餐（在薛家巷，晚餐是正餐），做蕃茄炒蛋，炒芦蒿，宫保鸡丁，红烧肉，酱鸭爪……想起来的时候，又是一阵欢喜。

据说四平路一带的螃蟹降到二十块钱一斤，真是不可思议。明天去看一下，称半斤也不过才十块钱。螃蟹这东西不能多吃，也吃不起。虾子也是一样，十块钱的虾子，分到一家人的嘴里，也不过才几只。可是在那夜晚的灯光下，一家人围坐在桌子旁吃饭，虾子端上来了，是清蒸的，放在一只小圆碟里，每个人的面前都放着一只小小的醋盏……吃，是这样一件叫人愉快的事情，想起来的时候，内心觉得温暖潮湿。

老人们呢，不再贪恋着吃了，晚上，他们只能喝一点稀粥，或者一点清淡的汤羹，吃稠的东西，他们会不舒服。他们早早地入睡了，灭了灯，躺在床上，一开始没有睡着，只听得外面孩子的吵闹声，隔壁陈三在训斥他的儿子，有人在谈论拆迁的事情，也有人在笑着，很短促的一声，就没有了。……四周迷迷糊糊的都是人的声音，那么紧，那么紧地包围了她，让她觉得温暖，安全，留恋。她的眼里快要淌出泪珠来。她渐渐地睡着了，那些声音，它渐渐地远了，淡了，它不存在了。

这是薛家巷一天里最繁华的时候，晚饭前，人声鼎沸，有一种盛世气息。有人在等吃丰盛的晚餐，有人忙碌着，有人很快乐。出走的人回家了，他把手抄在风衣的口袋里，慢吞吞地往院子里走。他笑眯眯的，一双鱼眼睛又鼓起来了。现在，他心情好了，所有的悲伤、无聊、忧郁都消失了。它们消失了。他重新成为了有责任心的丈夫和父亲。现在，他要吃饭。

　　现在，他的儿子吕小风正立在写字台前，翻看一本《ELLE》杂志，那是他妹妹买回来的。现在的杂志办得就是好，连广告也做得这样华美动人，有一种真正的物质的气息。一间幽蓝的屋子里，窗户开着，屋子里没有人，一张椅子躺在正中，画面的左侧，有一只高跟鞋，还有一只长筒丝袜……是一幅摄影作品。它能说明什么？它是一则广告，可是他不知道它在说明什么。真是幽默。现代性。一种真正的物质气息。

　　他听见院子里也有人在谈论物质。他微笑了。他用中指掀开第二页（因为食指——烟），继续看下去。——他们知道什么？他们以为吃了一顿红烧肉，就叫做过物质生活。他们是穷人，穷人在一起谈论的就是吃！他们吃得很饱，偶尔也很好，他们吃虾子，还吃螃蟹，——就是吃龙肉，他们还是穷人。没见过有这种吃法的，饱食终日，除了吃，他们再也不知道还有别的事。他们在食欲里沉了下去，这帮无耻的人，他们不劳作，没有积蓄，过好了今天不问明天。他们会用最后的十块钱买半斤盐水鸭，一袋油炸花生米，一斤桂花米酒——他们一口口地喝下去了，又不会醉。他们的躯体衰老了，可是他们还要做爱（他想起了吴二老婆那壮硕的身体，她才三十五岁，可是在小风看来她已经老了）。他们堕落了。院子里还有一些老人，他们离死很近了。这就是人生么？

　　小风突然觉得异常的萎顿，他抬起了头，他那张白净无瑕的脸接近于完美了，他那么年轻，劫难还没有降临到他的身上，现在——现在他在窗玻璃上看见了自己的脸，那么精致而单纯，他觉得一切都分开了：杂志上的精美广告，薛家巷人的生活，他自己……他们都截然地分开了。

　　他父亲吕东升从窗前走过了，来到门口，探了一下头，又折回到厨房去了。他就是这样，鬼鬼祟祟的，一个饱食终日的、无

薛
家
巷

聊的人。他整天在街上走，他以为人们都不知道呢！

　　吕东升来到厨房门口，倚墙而立；他女儿小敏正在和母亲说话。她二十一岁了，是个很秀美的女孩子，天生长着一张小家碧玉的脸，很干净，也不施粉黛，眉眼处却很有风情。她在"蝶妆"工作室做事，专门推销韩国的 DeBON 化妆品。她做得很吃力。蝶妆是个好牌子，可是近两年来，买"蝶妆"的人越来越少了。她对她母亲皱眉道："你不知道噢，现在穷人真多啊，两年前买蝶妆的人现在都换国产了。"她的声音细细的，因为是对她母亲说话，声音听起来很嗲。

　　她母亲有些心不在焉，一边忙着把煤气开关拧小，一边转身找味精瓶，她说："现在下岗的人那么多——"回头看见丈夫站在窗前，一双眼睛冷冷地看过去，待笑不笑的，说道："下班的人回家了？"吕东升也笑，牙齿咬得格格的，很恨了。

　　味精没有了，吕东升转身要去买味精，被唤住了，换了小敏去买。一双眼睛又是凌厉地看过来，说道："又借这个好因缘可以出去逛是吧？"吕东升又是笑，她就是这样，他恨她恨得牙痒痒的。

　　夫妻俩现在和好如初了，吕东升倚门而立，他看着他的妻，就像孩子看着母亲一样，他觉得自己一点点地小了，他对她的恨都化了，化了。天色全黑了下来，家家户户开始吃饭了，在自家的屋子里，门窗是开着的，灯光那样明亮，菜肴很可口，秋收的新米有稻谷的清香……这时候的薛家巷是饱满的，幸福的。偶尔，吃饭的人会从饭桌前抬起头来，看见灯光下有一只小飞蛾，奇怪，秋天这么深了，竟还有飞蛾！他们皱着眉头看了一眼，不明所以然地，又低头吃饭了。

　　他们在饭食里迷醉了，他们不太去想将来。将来也许是美好的，可是他们不去想它。吃饭就是吃饭。吃饭使人忘却。

　　看完了新闻联播，又看完了连续剧，有孩子念书的人家，督促孩子做完了作业，也该上床睡觉了。年轻的夫妻睡在一筒被里，穿著棉睡衣的腿互相纠缠在一起，彼此的气息都喷到对方脸上了，香烟的气息，雪花膏的清凉……他们做爱了。也有的呢，他们开着幽蓝的壁灯，手枕在脑后，他们在静静地说着话。屋里是这样的清洁，地板每天都擦得一尘不染。谁说他们是穷人呢，他们每天都在吃饭，也做新衣裳，偶尔他们会在家里招待客人，星期天的下午，他们会在自己的卧室里唱卡拉 OK。

年轻人呢，像吕小敏，她也早早地睡了。她这几天身上懒待动，估计要来"好朋友"了。她很快地睡着了。朦胧中也能听见她父母说话的声音，他们似乎是在看电视。她哥哥呢，她不知道，他也许骑着他的轻骑兜风去了。

兄妹俩都还没有恋爱，他们都是心气极高的人，聪明，有容颜，对自己的前途有着极精密的算计。像小敏，她从很小的时候就发誓，她要过另一种生活，区别于她父母的。她要和一个她喜欢的人谈恋爱，然后呢，然后她要嫁给另一个人。——一个女人，活在这个世上，一定要好好地爱一次，然后呢，她应该去过物质生活。

她不能像她母亲一样，糊里胡涂地……她毁了她自己。

窗外不知什么时候下起雨来了，淅淅沥沥的，后来，梧桐树被风刮得满天作响，雨声更大了。天凉了。她听得她父母关窗户的声音。她母亲说："鞋子收进来没有？"

依稀中也听得对面的小屋传来一个老人的呻吟声，那是孙老头的，他在喊一个人的名字。今天中午她坐在门口涂指甲油的时候，还看见他来着。他扶着墙换蜂窝煤，他抬头看了她一眼，他笑了，她也笑了。但并没有说话。

她到现在还能记得他的眼睛，灰的，很老的一双眼睛，但偶尔会眨动。还有一张很瘦很瘦的脸，瘦得可以忽略不计了，只剩下含糊的五官，鼻子是鼻子，嘴是嘴，还在那儿。

薛家巷

暖与凉

　　现在，他在喊一个人的名字……那个人住在他的隔壁，他借用他的房子，顺便照顾他的起居。每夜每夜，他都在喊那个人的名字，哀求着，隔两分钟就叫一次，他的声音渐渐地微弱了。有时候，那个人会披衣进来，替他掖掖被子，或者倒上一碗水，自顾自地又走了。

　　可是今天，那个善良的青年没有答理他，他有明显的不耐烦，他把头埋在被子里，让自己睡去了。孙老头一直在叫着，叫了大半夜。这些年来，他也许一直在等待自己的死，但没想到会是这样。拖沓，无耻，没有自尊心。人类的累赘。

　　小敏躺在床上静静地想，他要死了，他可能已经死了，他气若游丝了。她把双腿踡缩到胸前，觉得自己沉沉地睡着了。

　　她做了一个梦，她梦见了自己的身体，在午夜的上空飞翔。她的身体动起来了，伴着尖叫，痛楚，快感，飞翔……她梦见了一个男人，他合着她的身体，他和她一起飞了。梦持续了很长时间，小敏觉得自己的身体沉沦了，它是深渊和黑暗，它是死亡，它是速度，它是风……它又呼啸起来了。她看见光明了，渐渐地，一点点地，它是大片大片的光亮。它在眼前。——恍惚中她也知道这是梦，她母亲就睡在隔壁床上。为了不让她察觉，她拼命地压抑自己，她拿双手撑着墙壁，她的小拇指抠进墙壁里去了。

　　小敏从黑暗中醒来了，她觉得自己虚弱之极。这类的梦，从她的少女时代起，每隔一段时间就要出现一次。最早做这个梦是在十四岁，是和她本班的男同学，一个高爽清洁的男孩子，现在连名字都忘了，也不知他在哪儿？还有一次，是和吴二，整个过程始终是含糊的，模棱两可的，——真是不可思议，一个完全不搭界的人。

　　现在，她从梦中醒过来了，她躺在床上，在黑暗中静静地睁着眼睛。她母亲已经入睡了，她的呼吸声很轻，一下一下的，也很清楚。小敏不由得调整自己的节奏，和她一起呼吸了。家具渐渐地从黑暗中显现了，秋天的夜，没有月亮，夜色也是浅灰的，可以看见梧桐树叶和厨房的屋顶。

小敏觉得一切无味得很。她喃喃地对自己说，可不能再这样下去了……再也不能了。她会伤了她自己。她也许应该恋爱，找一个正当的男朋友，或者结婚，她为什么不结婚呢？她又想起了刚才在睡梦中，听见了孙老头的呼救声，也不知道他死了没有？刚才他的凄凛的叫声，一阵又一阵的……也不知是真实呢，还是她在做梦。小敏觉得一切都无味得很。

孙老头没有死。他死在二十天后，11月29号。刚下过一阵雨，气温陡降了许多，太阳又出来了，是冷晴的天气。宽敞的中央路上有很多人，他们骑着自行车，或者走着；他们是老人和孩子，忧虑的中年人，学生，计算机公司的总裁，小商贩……他们的影子落在道路上，是干燥的，冷的。从新街口方向开过来一辆双层公共汽车上，好看的桔红色。许多人岸然地坐在窗边，冷漠地看着窗外的世界。他们看见了许多人，许多人也看见了他们。他们一晃而过了。他们彼此是不搭界的。

一个孩子从窗户里探出头来，他向空气中"嘟嘟嘟"地吹气泡，一个人乐个不停。

孙老头躺在竹板上，他的尸体被蒙了一块白布。他被一步步地被抬着走出薛家巷。院门口停着一辆小型卡车，它载着他去他的终极地。

丧事处理得很快。一下子来了十几口人，里面有他的女儿女婿，也有外孙和外孙女，他们又领了他们的孩子，还有一些姨亲。女儿女婿已经年近半百了，头发花白，神情淡淡的。一个穿皮夹克的青年正在打手机，一边说着话，一边微笑着。"噢，是这样的吗？我不知道呀。你说呢……"声音一点点地低下去了，里头能挤出蜜来，非常的销魂。

尸体即将被抬走时，女儿跪下了，磕头，例行哭泣。她喊了声"爸爸"，就哭了。她抽抽泣泣的，后来大哭了。有一瞬间，她大概是真的吧，这个领着她来到人世的男人，这个给了她血源，容颜，性格，性别的男人……他也曾年轻过，喜悦过，可是他死了。

薛家巷的人们都缩在自家门口，静静地。早晨八九点钟的院子从来没有这样空洞过。虽然他们自己也亲历过身边人的衰亡，那血腥的场面，那悲痛……现在，他们不是悲痛，他们只是缩在自家门口，袖着手，天气是越来越冷了，鼻子冻得有点凉。——在那一瞬间，他们很迟钝地，很茫然地想到其它的事情上去了。

只有吴老太，她走过来，架起了哭泣人的身体，劝慰着。她以为，虽然她和他们的交情并不深，但人到这个份上，是不好袖手旁观的。

卡车载着死者的身体，徐徐地开走了。在巷口，卖鸭血汤的还没有出摊位，报刊亭这边已经在卖报纸了。一个青年在读早报，边走边看，卡车经过他身边时，他停了下来，并不抬头，仍在看报。

从汉口路走过来一个南大学生，穿过中央路，走进薛家巷了。巷子里有家兰州牛肉面馆，很是地道。是老主顾了，每次都来这里吃。她喜欢南京的巷子，沉沉的太阳，家居生活，让她想起小时候。和旧时光。她想着，这巷子真是美的，有一种伤怀的气息。家家户户的生活都还好吧，还在过着从前人的日子，有一点幸福吗？据说南京这样的巷子是很多的，有机会真应当好好逛逛。

这时候，薛家巷的人们站在院子里，很长一段时间，他们没有说话。孙老头的房门敞开着，铺盖已经被卷走了，和身体一起烧掉了。灰暗的屋子里空洞无物。吴老太太来到门口，伸头朝里略张了一下，重新回到院子当中。她袖着手，微笑着，眼睛朝人们的脸上各探了一下，潇洒地耸耸肩，也并不说话。

隔了一会儿，她说道："过两天就有新房客进来了，他女儿已经把房子出租了，400 块钱一个月呢，这么点破房子，真是看不出来。"她说着，很不平了。

姜老太太坐在屋檐底下的藤骑上，晒太阳。快近晌午了，日头一点点地高了，温暖了，昌盛了。李妈去菜场买菜了，《扬子晚报》下午才能到，现在，她无所事事，她只好坐在太阳底下晒太阳。她想起自己的一生……仿佛三言两语，几下就说完了。也没有太多值得回忆的事，当年的快乐和痛苦，因为隔着很长的一生往回看，很模糊了，快乐也不是快乐了，痛苦也不是痛苦了。她又想起了孙老头的死，叫唤了整整一冬天，谁都以为他会撑过去，过了年，开春了，他的咳嗽病好了……谁都盼着他死，可是当真死了——那几乎是一瞬间的事，来得那样容易，出其不意——一切都不很真实了。她想起刚才他的尸体被抬出院门的那一瞬间，风吹开了他的裹尸布，他苍白的额头舒展了。他的小小的手自然地蜷缩着，像还有生命一样。……姜老太太从没结实感受过生的快乐，可是在那一刻，他的尸体被抬出院门的一瞬间，她觉得自己是如此贪恋着生。

吴老太太踱到姜老太太身边，倚墙站着。像是在自言自语地，慢慢地说道："听说，人死了，被推进炉膛烧了，他还是有感觉的，他会坐起来。"姜老太太吓了一跳，忙截住道："这是迷信，我从来就不信这些迷信。人死了，怎么还会有感觉呢？"吴老太太痴痴地笑着，朝墙上更安定地靠了靠，她说道："反正我是不怕的，我将来死了，就回扬州乡下去，我的坟地都买好了，棺材和寿衣都做了，放在亲戚家里。我是不怕的。"她微笑着，眼睛深深地、满足地看到阳光里去了。

姜老太太侧过头来，冷眼打量着吴老太太。她又生气了。她没有坟地可买，也没准备棺材和寿衣，她将来死了，也是要被推进炉膛里烧的。她可不相信人被烧了，还会坐起来这种鬼话——可是她觉得自己还是生气了。

陈三坐在当门的阳光里补藤骑，他微笑了。两个老太太的话，他零零碎碎听了一些，活着的人在谈论死后的事情，那样的安详，满足，太平，他也觉得奇怪了。他今年才三十六岁，正是年富力强，在太阳底下谈论死亡，他觉得离他还有一段时日。他妻子秀琴正在摘芹菜，她在一家五金店工作，今天轮晚班。

夫妻俩在太阳底下坐着，说着生计。

中午的院子里，又有人在谈论着吃了。离春节还有两三个月，性急的人家就开始准备年货了。做腊肉的做腊肉，做风鸡的做风鸡……这是老年人心目中的春节，一家人围坐在桌旁，穿着新衣裳，热气腾腾的面点端上来了，灯光很明亮，一派欢声笑语。青年人呢，他们不作兴这些了，他们主张简约。孩子们呢，他们要去麦当劳。

吕东升重新走在大街上，穿著羽绒衫，戴着鸭舌帽，他把手抄起来，兴致盎然地走着。走至一个街口，看见两个女人在吵架，四周有很多围观者。吕东升停了下来，非常好心情地，看看两个吵架的女人，又看看围观者，他微笑了。他继续前走了，有一种时候，他仿佛又回到了那个熟悉的氛围里去了，他的日常生活，妻儿，情感……都不在了。现在，他离开了它们，他获得了自由之身。他又想起了那次在明故宫遗址，那秋天的园子里，他跟台湾人说过的话：有一天……有一天，他会离家出走。

吕小风呢，他下班了，他骑着摩托车，在正午的阳光底下飞行。他戴着头盔，身体整个伏在摩托车上面了。他并不知道，在很多年前，有一个青年，也像他这样，他骑着自行车在街上飞行，他穿过了城市的大街小巷，在城市的大街小巷里，他淌着汗……那个人是他的父亲。他们都热爱速度和飞行。

车飞行在中央路上，到了薛家巷口，吕小风并不停下，一径地飞过去了。他觉得自己快要飞起来了。他是风，是速度，他是风。……有一瞬间，他也想起了孙老头之死，可是他并不介意。生的人正在各式各样地生着，他们有许多苦恼，正在爱和恨，他们是情欲的人，物质的人，可是他们都是无聊的。死的人呢，他静静地死去了，他成了一具物体。

薛家巷

情感一种

认识潘先生是在冬天，那年栀子二十四岁，正面临着硕士毕业。她所在的大学是一所名牌大学，念的又是著名的新闻专业。她是被保送读的研究生，本来还可以一直读下去，推荐读博士和博士后，出国做访问学者，或者教授。栀子是个好学生，从念幼儿园开始，她的成绩单上从来都是"优"字。她是属于上课认真听讲，下课认真完成作业的那类学生，她的听课笔记总是一丝不苟，整齐划一，深受老师的喜爱。

有时她闲极无聊，会顺手在笔记本上画着美女头像，黑色的碳素墨水笔勾勒出的一个女人的侧影，波浪型的披肩长发，长睫毛，小而饱满的嘴唇……栀子最喜欢那流线型的鼻子，小巧的，稍稍往上翘起；也许她是喜欢她画流线时的感觉，很轻易的，任性的，可以全然不负责任。

栀子从初中时学会画美女头像，画了很多年，熟能生巧，有时一落笔就是一个，她曾经有过一分钟画 60 个美女头像的纪录。她们都是一个，像一个女人被洗印了无数张的黑白照片，照片中的女人美艳，冷淡，眼神有点苍茫，不大看出背景……然而栀子知道，她一定被爱过，也爱着，有过疼痛，体验过真正的快乐和悲伤。一个真女人，不大有孩子气，然而对生活还有憧憬，正在过物质生活。

　　栀子有时也回顾一下自己的生活，觉得很空茫；她以为自己是站在一个相当遥远的地方来来看她的过去，她几乎看不见什么。虽然她也在恋爱，常常为一些可爱的男士动心；她十二岁那年来的初潮，十六岁开始带胸罩……然而既然是记忆，栀子想，它就应该是一些更特别、更尖锐的东西，比如生死，有切肤之痛的恋爱，大悲哀，人生的十字街头一个关键的男人，因为他的缘故，她稍稍犹豫了一下，从此改变了方向；还有那风一般的细节，一个不经意的眼神和手势，它代表着人生中最真实的、伸手可触的那部分，很多年后，连她自己都奇怪着，她会记住这些。

　　然而现在栀子记住的竟是一些不相干东西，比如她画了很多年的美女头像，在笔记本上，在教科书上，苍茫地睁着眼睛，没什么理想；她身在杭州的父母，同在一家药物研究所工作，然而已分居多年了，老死不相往来；妹妹在南京念大学。……栀子觉得茫然。她觉得自己像是站在一个荒无人烟的草原上，天地很大，风吹乱了她的头发，然而她没有什么情感。远处有几匹马，还有绵羊，这漠大的世界里什么都有，然而没有人。

　　她在学校里倒是可以看见很多人的，她身边也不乏追求者，然而栀子的眼睛向来是向上看的，她理想中的自己是个清心寡欲的人，不太言语，却有着深到骨髓的聪明；她婉拒了很多求爱者，因为年轻，也许是矜持，或者是别的更复杂的原因，她并不觉得可惜。拒绝了这个，就不能答应那个，因为要做到一视同仁，大家都是在一个校园里长大的，低头不见抬头见的熟人。栀子也奇怪着自己的坚忍，后来才有些明白了，她的拒绝里未尝不含有更大的野心，拒绝了所有人，就等于一个也没拒绝。希望平

情感一种

均分摊在每个人的身上，只是很渺茫。

　　认识潘先生的那会儿，栀子的生活还是相当整齐的，只是家道渐趋衰落，开始显出一点颓败的痕迹出来了。那年暑假，她回杭州照顾病榻中的父亲，起先谁都以为不过是热伤风，输两瓶液就可以了，谁知进了医院的大门，父亲就再没能出来。栀子每天来往于家和医院之间，骑着一辆破旧的自行车，要穿过大半个杭州城，沿着西湖边的林荫道，名叫湖滨路的，往前冲。有时自行车会擦过行人的手肘，歪了一下，车篮里保温瓶里的汤汁就会淌出来，一路往下流着。栀子觉得自己的喉咙很是发紧。

　　死亡是件漫长的事情，它要在三个月内，一天一分一秒地完成。栀子也哭过，她看着生命怎样从一个男人的身上消失了，而这个人是她的父亲。有时他们互相看着，还有母亲和妹妹，一家人重新聚到了一起，病房里没有声音，然而每个人在心里都说着话。栀子抬头看着窗外，她迅速盘算着父亲死后她们的生活，这似乎是件困难的事情，因为难以想像。从前跟母亲生活在一起，并没有觉得父亲这人有多重要；而现在，她之所以认为父亲对她们来说有着至高无上的意义，也许因为他就要离开她们了，而且最主要的，他是男人。

　　栀子想，她应该辍学去工作，帮母亲还清债务，资助妹妹学费和生活费，因为她是长女，责无旁贷的。她考虑着，她是否应该去嫁人，嫁一个正派人，可以安心过日子的，但必须要有股实的经济基础；如果一时半会没有合适的人可以嫁，她也可以去"傍人"的，做一个没有名份的、背后的女人（这个她完全可以接受），她现在需要的是绝对的经济和物质，那里头有她期待了二十多年的安全感。她从来没有像今天这样强烈地觉得，这安全感对她和母亲和妹妹来说，是如此重要。

　　父亲似乎也想到了这一点，有时他会说："我真后悔……"便不再说下去，起先栀子以为他是在忏悔，这么多年来对她们母女的怠慢，然而不是。父亲终于又说下去了，"我后悔没有把你们培养成泼辣的女人……"栀子便有些明白了，她想起了自己，这么多年来一直做着好学生，好女儿，好公民，好人，她温顺谦让随和，连她自己都相信着，她具备着传统美的一切，她差不多是完美无缺的了。然而她同时也知道，这一切对于她如何过好自己的生活完全没有用处。父亲睃了姐妹俩一眼，又说："那么瘦！"

母亲那边便哽咽起来，说："姐姐和妹妹都是聪明的。"父亲便说："只不过用来对付她们的学业罢了。"栀子泪流满面地抬头看父亲，她一生所能体味到的父爱全在这里了，那一瞬间，她发誓，她一定要过得比所有人都好，她要过华彩的生活，物质的，爱情的，她都要。她要住在玻璃的楼房里，接来母亲和妹妹同住，她们要喧哗，歌唱；她们很强大。栀子看着躺在病床上的父亲，他慢慢地小了；他们互相看着，彼此也许明白一点什么，也许什么都不明白。栀子看着父亲的眼睛，那里头并没有悲哀，有的只是安平、温和，知道事情已经来临，无从改变什么，只在此静静地等待着——很认命的一种感觉。栀子的眼泪重新淌出来。

后来便遇见了潘先生，那已是冬天了。那阵子栀子行将毕业，写毕业论文，找工作，忙得焦头烂额。工作的事情是请一个师兄帮忙的，此人先两年毕业，名叫于波，能言善道，因在女生中兜得转，得绰号"表哥"。

表哥说："我没有能力帮你，但可以为你引见一个人，一切就靠你自己了。"他似乎对她不够放心，问她，"你行吗？"栀子似乎听出这话里有别的意思，便问"什么行不行"，表哥朗声大笑道："男人都是很坏的。你行吗？"栀子也笑了起来。

表哥说："女人最容易成事了。聪明的女人既成了事，又毫发未损——这类女人最可怕！次一些的虽成了事，却也付出了一

情感一种

点小小的代价——"说到这里，他"轰"地一声又笑开了，"最笨的女人是既折了身体，又赔进了许多感情。"说得两人都笑起来。

栀子不禁冷齿，笑问道："男人都这么坏吗？"

表哥侧头认真地打量着栀子，把一双眼睛细细地眯起来，脸上开出许多笑纹。"不，"他摇头认真地说道："他们一点也不坏，他们都是好人，有地位，有身份，是正派人。他们是男人。是对女人有用处的人。"他把手搭在栀子的肩膀上，轻轻地拍她两下，"你应该长大，你已经不小了。"

表哥约请潘先生喝茶，是在一家叫做"天水雅集"的茶馆里。那是一个有阳光的星期二的下午，人很少。那潘先生大约四十岁光景，身材不高，微胖，神色屹然而含糊。他是一家报社的副总，同时在大学的新闻系兼任客座教授。席间两个男人谈起了最近两个月的文化动态，以及表哥所在的出版社要出的一套关于西方文论的丛书。栀子淡淡地坐着，不时地侧头看橱窗外的街景，看见许多行人在走路，在阳光底下，非常匆忙地，有种落日荒荒的感觉。有一个小孩子在橱窗前站住了，看着栀子，他的黑色的棉衣在窗玻璃上打着阴影。栀子突然看见孩子的黑棉衣上凭空长出一双眼睛，那是潘先生的眼睛，侧着头正打量着她。栀子的心里不由得一凛。栀子并没有回头，仍在那儿静静地坐着。小孩子一会儿就跑开了，橱窗前一片明亮，潘先生的眼睛也消失了。她听见了他和表哥说话的声音，那声音非常安平，稳妥，在清寒的空气里震荡着。她回过头来看着他，他也微笑着看她，栀子的心再次一凛。

一星期后，栀子问表哥工作事宜。表哥说："你打电话给他。"栀子木然地问："谁？"表哥便笑了起来。他说："没问题的，你是女孩子。你知道你的长处是什么吗？你的长处就是会得到很多男人的喜爱，他们会帮你。"栀子说："就我一个人去约他吗?"表哥说:"当然。"栀子笑了起来:"他是有经验的人。"表哥说:"他也善良,他会帮你。"

潘先生爽快地赴了约。他们一起吃了晚饭,后来又去泡吧,那是位于湖南路的一家僻静的小酒吧,时候尚早,客人不多。潘先生要了一杯啤酒,从高高的柜台上走下来。在那幽暗的灯光下,她看不清他的脸,只觉得他的肩很宽,腰板笔直,铁打一样的影子,落在墙上,倏地朝她这边横扫过来。

整一个晚上,栀子觉得自己是站在她的体外来打量着潘先生,她与他隔得很远,他们是不相干的人。及至他坐到她的对面,他的眼睛一直看到她的眼睛里去,他口齿的气息喷到她的脸上;及至很多天后,他的身体进入了她的身体,他们彼此有了一些了解,并升起了一些温情(她不愿意承认那是感情),栀子觉得这种距离感仍是存在着的。

潘先生喝酒的姿势很好看,他并不看栀子,低头自顾自地喝着,像在沉思;有时也抬头看着前方,不明所以然地,又低头喝起来。他喝得很慢,右手举着杯子,在半空中停住,左手打着榧子,声音控制在一个合适的分贝内。他举杯的那只手漂亮极了,白皙而修长,手指轻轻地托住杯身,指尖在杯柄子里有节奏地拍打。

有时候他会看她,并不说话,只是微笑着;也不避她的眼光,非常温厚地、笃定地,从他的眼睛里看不出所以然来,栀子反不知该怎么办了。她想,这是一个有相当阅历的男人,也许是个情场老手,也许他——喜欢她——这大概不用怀疑,他从不隐瞒这一点。她不知道该怎么办,她现在还看不出他们之间会发生些什么,是否会发生——这不是由她来控制的。她只能在此等待,兵来将挡,也只能如此了。

栀子理想中的情形是,既要得到这个男人的帮助,又要让他一无所获;既要拒绝他,又不能开罪他。她觉得自己是个有野心

情感一种

的人，还有点贪婪。她并不讨厌潘先生，当然也谈不上喜欢他……然而两人都是聪明人，都明白对方在想什么；两个男人和女人，也有感情，也有身体。他们之间要是发生一点什么，自然不太好；要是什么也没发生，似乎也不好。栀子一下子不清楚这其中的分寸该怎样把握。

潘先生去了一趟洗手间，回来时挨着栀子的身边坐了。在那幽僻的角落里，人们看不见她，她也看不见人们。两个人咸咸淡淡地说着话，潘先生的声音很轻，栀子并不关心他在说什么，然而出于礼貌，她还是把身体微微前倾，做出很关注的样子。她觉得她和他之间的气氛不好，很猥亵的一种感觉。她不喜欢这样，也力图在改变着。她认真地听他讲话，不时地点头，微笑着，非常明朗的样子。她觉得自己在纠正他。

她跟他说起她对上海这座城市的感受，在这里生活了七年，她喜欢它，然而她觉着陌生，她不能融入到这个城市的气息里。"那是为什么？"潘先生笑了起来，说："在上海，漂亮小姑娘是受欢迎的。"栀子思忖着，抬头看着吊在半空中的一盏灯，周围有密密麻麻的、蠕动着的空气。她正试图找到一种更接近本质的回答，突然从余光中看见潘先生又在打量她，栀子抿着嘴巴，感觉周围的空气狠狠停顿了一下，突然静默了。她已经不知道自己要回答什么了。

潘先生说："可是你想留在这个城市？"

栀子耸耸肩，很为难的样子。"也许吧。我不太清楚。"她笑了起来。

"那又是为什么呢？"潘先生问。

"为什么？……"栀子细细地重复着，拿右手按住前额，朝潘先生侧转过去，笑看着他，有点风情。她说："我想，也许就因为它对我是陌生的。"两个人都笑了起来。

潘先生握住栀子的另一只手，很用力。他的手掌宽大温暖，充满肉感。这是一双灵活的手，栀子静静地想。然而内心却禁不住一震，很是吃惊。她没想到潘先生这样快，这样禁不起等。潘先生说："那我对你可是陌生的?"他的声音就在她的耳旁响起，他的衣衫触到了她的衣衫，发出"沙沙"的声音。栀子正色看着潘先生，他们离得如此之近，她听见了他的呼吸声，平缓的，温和的，同时也是男性的，进攻的……很复杂的那种。栀子看见了他的眼睛，含情脉脉的……一双四十岁男人的眼睛。栀子从没指望一个四十岁男人的眼睛会让人觉得愉快，然而它哪怕下流、懒惰、疯狂，它也不应该是这样。栀子说不好他的眼睛是什么样子，然而她不喜欢，可是她也不讨厌他。就是这样，她不讨厌他。

栀子后来思忖着，到底是什么使她和潘先生很"隔"，内心不容易亲近；就像两个萍水相逢的陌生人，在那空旷的世界里突然相遇了，也曾欢喜，也曾感恩，需要和被需要着，有过身体与身体的短暂而深入的交接……两个好人，彼此有一些了解，然而也就这样了。

潘先生形容不够倜傥，然而男人大多是不怕丑的，丑到极端反而会生出一种趣味来。再说潘先生不丑，只是矮了点，胖了点，不太像那么回事。但是有一次，他到她的住处来看她（她在校外租住了一套房子），那是一个晴朗的冬天的晌午，天很冷，也有风；她在弄堂口等他。她买了一块烤红薯，握在手里，细细地剥着焦脆的皮；突然想起一首情歌里唱的，"我在等我亲爱的人，在这无人的寂静的午后……"她希望他能看到这一幕，也并不为什么，只因为他是男人；她愿意用一生的时间去等待一个男人，就像这首情歌里唱的，在冬天的弄堂口，也有阳光，也有风。她弄不准那个人是不是应该是潘先生。

潘先生来得很迟。栀子吃完了烤红薯，在人行道上百无聊赖地站着，她低着头看自己的脚，看见有许多行人从她身边走过，有影子落在她的脚上。偶尔她会抬头看一眼前方，非常空漠的，冬天的梧桐在风中发抖，阳光更明亮了。这时她看见了潘先生，从马路对面向她走来。他穿着一件黑色的冬衣，里面是一件土灰色的半高领羊绒衫；外衣是敞着的，衣袂在风中飘飘。他仿佛是看见她了，然而没有任何表示，只是冷漠地、坚硬地走着；他的步子很大，手抄在裤兜里，风吹乱了他的头发……栀子觉得自己的心微微跳了一下。

栀子仿佛一下了往后跌了很远，站在一个更高远、了无人烟的地方来打量着潘先生，他周围的环境，树木，街道，人群；来打量着上海，她自己；她和这个男人之间还没有开始的故事。她又一次觉到了那种陌生感。这样一个具体的、活生生的男人，是可亲可爱的，知己的，然而他是个陌生人。

潘先生没有解释迟到的原因，他站在栀子面前，微笑着、斜睨着眼睛看她，久久地看着她。栀子喜欢他看她的姿势，男人气的，自上而下的，有点坏的……很要命的那种感觉。潘先生拿起栀子的双手，焐在自己的手里，问："冷不冷啊？"栀子便笑了。耸着肩，孩子气地看着他，很要命的一种感觉。

栀子想，她有一天可能会跟这个男人睡觉。当然，这是不可避免的，她早就应该预料到这一点。潘先生那边，恐怕比她更早就这种打算。本来，一对男女的相处，是最终要发展到床上去的，才为了结。栀子已经二十四岁了，虽然在学校做了十几年的书呆子，然而这点理解力还是有的。

栀子觉得自己的欲念并不很强烈，然而不知从什么时候开始，她可以把身体和感情分得很清楚。她不是那种随便跟人睡觉的女孩，她曾有过牢固的道德观，现在也不能说她就没有道德观，然而睡了也就睡了，她并未失去什么，当然也并没有得到什么。

这种变化并不是因为潘先生而起的，然而也不能说就与他没有任何关系。面对这样一个老道的男人，有经验，有好的味口，不害羞，栀子能拒绝他，然而她恐怕拒绝不了自己。他挑起了她身体内最敏感的那个点。她不讨厌他。她有一天会跟他睡觉。

栀子想，到底是什么使她变成了现在这个样子，也不是不好，当然也谈不上很好。它更接近于人的真实，远离理想，而这正是栀子害怕的。她觉得自己离从前远了，仿佛她从她的身体中走出来，变成了另一个人。这个人既陌生又熟悉，既让人喜欢，又觉得讨厌……她是一个女人，一个只听从自己身体需要的女人。

栀子想起了从前念本科的时候，曾经为高中时代的一个男同学吃尽了许多苦，然而天知道她连他的手都没碰过。他们是好同学，读初中时就同班的，一起慢慢地长大……就因为是好同学，谁都不敢去碰它。有一年寒假，他到上海来看她（他在北京念大学），约她一起回家。他们在雪后的街上走路，从嘴里呼出来的热气像白雾一样地遮住了彼此的脸；有好几次，他是下决心要说了，然而他看见了她的眼睛，也许是她看见了他的眼睛……她知道，那句话怕是今生也说不出来了。他后来留在了北京，在一家律师事务所工作，不久后结了婚。然而栀子知道那是怎么回事。

……像现在，栀子觉得自己完全脱离了过去，站在了一个相当高的地方来看她的从前，才觉得一切豁然开朗。从前有多么傻，她应该知道男女之间是怎么一回事……她应该知道。然而有时在某一不经意的瞬间，走过一条小街的拐角，看见空中一片翻飞的落叶，手指压在书页上……她会想起从前的那个人，那个高中男同学，中等个子，脸微黑，长得不见得有多么吸引人；然而就是那么一个人，他在那儿，安安静静的样子，说话的声音很清朗，笑起来有一口好看的白牙齿。她在他身上投入了四年的情感，然而他们连手也没碰过。栀子感觉自己的心在发紧。

潘先生在市区有两套房子，一个大居室，一个小居室；他把

情感一种

大居室用来安家，安置妻儿，和自己道义上的那个身体；小居室用作书房，招待不便也不必见妻儿的朋友，和身心合一的那个自己。连他自己也不清楚，这两个居室中他更看重哪一个，一个道义，一个情感，他似乎都需要。两个居室是相辅相成的。

栀子进的是那个小居室。当然大居室她也进过，那是在他妻儿不在家的时候。她在那儿呆了一个晚上，在他的卧室里看看书，看他年轻时的照片，他的结婚照，他和儿子在幼儿园扶梯上的合影（如今，他儿子已念初中了）。

他卧室里的灯光很暗，她不得不打开床头灯，倚着床沿，席地而坐。有时候她会从照片中抬起头来，仰着头，望着天花板。她把四肢自由伸展，脚触到了地毯的花纹……她并没有做什么，然而内心还是有一种稍稍放任的感觉。

潘先生在厨房做菜，一边引栀子说话。声音穿过整个客厅，变得大而夸张。"你喜欢吃辣吗？""可以。稍微放一点。""你说什么？""我是说，我喜欢清淡的。"栀子大声地说。她听见了潘先生在厨房里大声地笑着，他的笑声很能感染人。有时他会跑出来看她，手里拿着勺子，腰上系着围裙……在他眼睛能够得着的地方，远远地、微笑着看着她，很满意的样子。栀子也抬头看他，手托着腮，非常安静地，觉得自己像是在看他，又像是在看另一个人。她好看地微笑着。

潘先生说："我的菜……"，回身就往厨房跑；两个人都笑了起来。栀子这边像是发了疯，越发不可收拾，笑了很久。她听着自己的笑声在房间里流淌，流过床，女人的内衣；流过梳妆台，挨挨挤挤的家具……又流回来。栀子觉得自己的眼泪都笑出来了。

那顿饭吃得甚是讲究，两个人并肩坐在客厅的长桌上，偶尔听见刀叉相碰的声音，和衣服的磨擦声。所有的窗户都关闭着，天鹅绒的窗帘垂下来，灯光是经过精心调制的，不远处的角落里响起遥远的音乐声……到处都是音乐声，忽明忽暗的，像风从远处带来一个陌生人说话的声音，只是听不清楚。

栀子想，原来潘先生竟这等有情调，懂得生活，以及生活里那最漫不经心的地方。然而栀子仍觉得这里头的空气是从前的，有点老了，和现在的她不太适应。她也奇怪着，她和潘先生相差不过十几岁，何至于此，像真正的两代人。潘先生替栀子夹菜，也笑道："我发觉我待你就像父亲待女儿一样。"栀子不置可否地笑着。

潘先生问："你觉得这儿怎么样？"

"很好。"栀子侧头打量了一下客厅，笑着说道。

"什么很好？"潘先生又问道。

"屋子里的空气很贞洁。"栀子大笑起来。

潘先生也笑起来，捏捏栀子的耳朵。"你今晚可想放荡一回？"

栀子抬头看潘先生，非常吃惊地笑着，摇了摇头。

"为什么不？"潘先生问。

"我不是放荡的人。"

"哦，你不是吗？"潘先生笑了起来，放下筷子，认真地看栀子。

"我是吗？"栀子正色问道。

潘先生低头想了一下，说："你是！"

"何以见得？"栀子的声音有些吃紧。

"从见面的第一天起，我就知道你是。"潘先生两手交叉，拇指抵住下巴，轻声地笑出声来，"这不需要什么理由的，男人看女人有时凭直觉。"他侧头看栀子，又说："还有你的笑声，你自己可能没有发现，那绝对是一种放浪形骸的笑。"

栀子听了，禁不住又是一阵大笑。潘先生说："这下子你知道了吧？"栀子笑了很久，头埋在桌子底下；看见桌椅和人的腿，互相交叉着，呈八字形的样子。不知为什么，栀子突然感觉到来

情感一种

自现实深处的的悲哀和恐怖。她抬起头来，看了一眼潘先生，说："不知道，我并不了解我自己。"隔了一会，她又说："你也是。"

潘先生的小居室座落在太原路上，那是一间单室套的房子，带有一座临街的阳台。潘先生曾多次向栀子描述这间房子，他说着说着就会笑起来，眼睛直看到栀子的眼睛里去；栀子也笑了，她知道他的意思，然而她并不表示什么。

他们时常一起吃饭，饭后会沿着某条僻静的小街走路，很慢很慢地走着；栀子想，这样的方式对于潘先生和她是很不合适的，因为太缓慢，太暖昧了；也许每个男人都没有这样的耐心，请一个年轻女人共进晚餐，仅仅是为了饭后陪她一起走路；他们不能容忍自己犯这样的错误，一生中什么风雨都经历了，直来直去，饱经沧桑，却在这样的年纪，这样的地方——一个离"事实"很遥远的路口，陪一个女人罗曼谛克地走路……他们会笑话自己的。这是一个错误。

潘先生提出要找个地方坐坐，说说话，他说："地点你来选，酒吧，茶座……还有我的小居室。"他说着笑了起来。

栀子也笑了，因为知道他是为什么笑的，所以大笑了。然而末了，她总是小心翼翼地选择酒吧或者茶座。她想，如果她和他之间注定要有事情的话，那么为什么不让这件事情来得迟一点呢？她可不愿意轻易地就被一个男人得到，虽然她也知道，迟得到和早得到一样是得到，本质上没有太大的区别。

潘先生并不问什么，他看着她，不介意地笑着；栀子不喜欢他的笑，把什么都看得很明白，那么笃定。他现在倒有足够的耐心了，他就知道她跳不出他的手掌心！他凭什么这样认为，谁给了他这样的信心？说到底他对她又了解多少？就算有一天，他得到了她的身体，他就以为他得到她的全部了么？……然而潘先生也许并不要她的全部，他只要她的身体！栀子感觉自己有些气短。

他们站在路边等出租车，栀子看见路灯下他们的影子，互相交织在一起。她想着，她今生可不愿意和一个男人这样糊时糊涂地纠缠在一起，她是个清白的姑娘，她要过明亮的、坦白的生活，要有爱，要被负责任。她对自己说，现在撤身而退也许还来得及……可是她为什么要退？她并不怕失去什么。她什么也没有，孤苦伶仃的一个外乡女孩子，上海的冬天又这么冷，她需要帮助，抚爱和温暖。——她害怕失去贞操吗？然而她立即在心里大声地笑出来，第一，她没有贞操，她在大三那年的暑假失去了这个劳什子，她觉得很好，很轻松，像平白无故地丢了一个包袱；那是中文系的一个男生，和她同届，上大课时认识的，他有女朋友，然而他对栀子很好，弄她的身体时很小心，很爱怜。他安慰她，跟她说起许多，以及他的女友……她明白他的意思，她是个有自尊心的人，不能因为跟一个男人睡觉，就强迫他必须爱她、娶她。她不能让人瞧不起，她立即做出不介意的样子，反过来安慰他，说着很多让他放心的话……然而只有她自己知道，她快要哭出来了。她受到了怎样的伤害！她并不以为她会爱上他，她从来什么事都不当真，他也是！然而他不能说出来。她不让他负责任是一回事，他不愿意负责任又是另一回事，他不应该说出来！第二……也许没有第二。这是 1996 年 12 月 15 号，栀子二十四岁了，她是女人。她有身体。在世纪末的今天，没有谁会关心她是不是处女，她是否还贞洁？这会让人笑掉了牙齿。

潘先生并不答理栀子，一个人旁若无人地站着，眼睛看着前方。栀子站在他稍后一点的地方，看着他的侧影打在自己的身体上，整个罩住了自己。天很冷。她不知道这是怎样的一个男人，他在想什么，他是否快乐，是否不快乐，是否喜欢她，是否对她不以为意……直到现在，她对他竟一无所知，这是栀子略略感到不安的。她觉得她在他面前很小，越来越小，渐渐地低沉了下

情感一种

去。她感到害怕。

潘先生伸手拦了一辆"TAXI"，大踏步地自顾自地走过去，他拉开后座的车门，立在门前静静地等栀子。今晚他出奇地冷静、淡然，雅皮，他的矮小的身躯在寒风中……变得有力。栀子一路小跑过去，低着头钻进了出租车，潘先生抬手关上了车门。他自己坐在前座。他对司机说："太原路。"栀子吃了一惊——也许自以为是吃了一惊。在寒风中站得久了，乍一到空调车里，栀子觉得自己无论是身体还是意志都变得软弱了。她不停地打着"喷嚏"，像猫一样地呻吟着。潘先生无动于衷地坐着，连头都不回一下；他的宽大的脊背立在栀子面前，像一堵厚实的墙。

那一瞬间，栀子突然有些感动。她对这个男人产生了一种强烈的服从欲望，她听见了她身体坍塌的声音，她觉得可亲而温柔。今晚她喜欢他，是的，今晚。她承认他是莽撞的、专制的，然而也是可爱的，像似曾相识的陌生人。

潘先生的家在二楼，这是走下出租车时他告诉她的。栀子"嗯"了一声，潘先生便笑了起来，说："你是不是预备说点什么？"栀子确实想说点什么，她最想说的一句话是"我叫你带我去酒吧，可没叫你带我来太原路"，这句话在心里反复说了很多遍，一路说下来，包括它的声调，语气，个别词的重音，包括她自己的神情，是调侃的，嘲讽的；抗议的，服从的；娇嗔的，嗲的……这是这种场合里再合适不过的一句话，很完美，很轻。然而栀子知道，单单为了说这句话而说这句话，似乎很蠢；而且在心里练习了很多遍，当真说出来时，未必就是合时宜的、不显得唐突的。

栀子轻声笑道："我还是什么也不说的好。"

楼道没有灯，在一楼的楼梯口，潘先生把手伸给了栀子。他们一步步地上楼。栀子和潘先生之间隔着一层阶梯，他上一步，她也上一步；有时他会停下来，并不为什么，只一瞬间，他又开始走路了。在黑暗中，栀子看不见他的人，然而知道有这么一个人存在着，在她的前方，在拉着她的手。她觉得这是好的。

楼梯很短，潘先生在一堵门前站住了，他仍没有放开栀子的手。他在衣兜里窸窸窣窣地摸钥匙，然后换了另一只手，重新握住栀子的手，在衣兜的另一侧找钥匙。他把门打开，侧身进去，栀子也进去了。栀子立即感觉到她被一种力量包裹着，进入了他的怀抱。他抱她很用力，手伸进了她的衣服里，在她的脊背上搓揉着，栀子听见了她骨头清脆的响声，她觉得疼。他吻她，嘴唇在她的脖子上寻找，她闻到了他咻咻的鼻息；他的舌头卷住了她的舌头，他的嘴巴堵住了她的嘴巴，他撕扯她，咬她，让她疼。从来没有人这样吻过她，满头满脸的唾沫，绵软，疯狂，从来没有。

他把她往墙壁堆，很用力，栀子觉得自己快要进入墙壁了。她感觉他的膝盖绕过她的身体，她听见门在身后发出"哐当"的响声。门被关上了，屋子里的灯没有开，两个人的身体在黑暗中静静地对峙着；他仍抱着她，也许是她在抱着他，非常紧密地，然而已经安静下来了。她在他的耳边说："那么鲁莽。"一句意义含糊的话，她不知道自己……是不是有点喜欢。她不知道他听见了没有，他仍抱着她，没有任何表示。在黑暗中她看不见他的人，然而她知道有这么一个人存在着，在她的对面，在抱着她。她觉得这是好的。

栀子后来多次回忆起那天晚上，她和潘先生之间的情形。他的房间里有电手焐子，他用"热得快"烧水，他的床很小；房间里有很多书，有古旧的收音机和音乐，六七十年代的美国乡村民谣，从木吉他里轻轻地流出来。

栀子听了一夜的音乐，后来就睡着了。第二天醒来的时候，屋子里的壁灯还亮着。那一瞬间，她以为她是睡在自己的房间里，只是有点陌生。窗帘颜色变了，桌椅挪动了地方，褥子更加柔软……栀子后悔昨天晚上没有回去。她喜欢清晨醒来，睡在自己的房间里，看见的是日常的旧东西，自己的桌椅和书本，红漆地板上的纸屑子，阳台上的一把旧雨伞。她喜欢置身于自己的物件之间，哪怕是犯错误，然而她喜欢。因为可以原谅。

栀子的意识很清醒，她知道自己身处何处，并曾做过什么；她对自己说：这是在上海，某年冬天，我二十四岁，研究生毕业，正在找工作；我睡在一个陌生男人的房间里，他刚认识不久，和我睡过觉。我很好，身体健康，快乐，长得不丑，前途无量，只是现在很穷。

栀子看见窗帘的一隅没有遮严，阳光从窗外射进来，落在条纹地板上，像水一样地荡漾着。栀子想，这是几点了，难道是中午了么？她记得潘先生昨晚临走之前跟她说，他今天上午过来，中午和她一起吃饭。他让她等他，并且说那个晚上"他过得很愉快"，对，他就是这么说的。他看她时的眼睛……依旧深情，脸部线条柔和，动作粗野而温柔。栀子木然地耸耸肩，潘先生立马感觉到了，说，"你不愉快吗？"栀子摇摇头。潘先生又问："那就是愉快了？"栀子又摇摇头。潘先生笑了起来，说："你不至于后悔吧？"栀子反倒有些不好意思了，跟着大笑起来。

潘先生说："不能不回去的。她会有察觉，她有这儿的钥匙，以前曾经闹过。"栀子问怎么闹的，潘先生朗声笑起来，说："被撞见了呗。打了一架。后来要离婚。""谁要离？""是我。后来她也同意了。不知为什么最后却又不了了之。"见栀子不说话，潘先生逗她说："怎么了？不高兴了？"隔了一会儿，潘先生又说："想叫我留下来是不是？"栀子忍不住笑起来，仍旧不说话。潘先生看着壁灯足足有两分钟，最后说道："我打个电话回去就是了，就说今晚单位有事，不回去了。"潘先生的手机放在客厅的沙发上，他起身去拿手机，栀子一把拉住了他，说："算了，你还是回去吧。"潘先生重新仰面躺下，并不说话，眼睛看着天花板。栀子说："我想，也许我喜欢一个人单独睡觉的。"

潘先生那晚很迟才回去，他衣冠整齐地坐在床边，和栀子说话。偶尔他会拨弄着她的头发，把她蓬乱的头发弄整齐，再把她的整齐的头发弄得蓬乱；他拉着她的手，指尖在她的手心搔痒，栀子轻声地笑出来。潘先生说："你有很好的身体，你发现了没有？"栀子笑道："有人曾经对我这么说过。"潘先生说："是男人吗？"栀子说："当然，只有男人会说这样的话。"潘先生笑了起来，隔了一会儿，又说："有很多男人喜欢你吗？"栀子把手伸进被子里，身体往下缩了缩，以一种更舒服的姿势和潘先生说话："他们喜欢我，也许只是喜欢我的身体。"潘先生笑了起来道："哦，何以见得？"栀子说："一个女人的身体太好了，会让人忽略除身体以外的很多东西的。"潘先生正在喝茶，两手托着杯身；听栀子这么一说，他把身体往藤椅上靠了靠，看着栀子，继续喝他的茶。

潘先生说："你以为一个男人怎样对待女人才好？去爱她们吗？这对女人来说很重要吗？"栀子想了想，笑了起来："也许不重要……我不太清楚，反正我从来没被爱过。"潘先生说："但是爱过别人？"栀子想起了那个高中男同学，隔了那么多年，她偶尔还会想起他，然而那不能叫爱的，他们之间什么也没有。

午夜的收音机里传来"沙沙"的噪音，潘先生说："节目结束了，音乐台的主持人下班了。"他把椅子往后挪了挪，侧身去换收音机的调频，然而收音机里没有人的声音，只有电波单调的"沙沙"声，潘先生关掉收音机，起身为自己续了水，重新坐到栀子的床边。

屋子里非常安静，栀子把身体稍微抬了抬，她听见身体和被子磨擦的响声。她坐起来，倚在墙上，潘先生从床头拿过一个靠垫，垫在她的背上，说："往下躺一躺，小心着凉。"他替她掖着被子，说："是这样的，我在男女关系上的想法也许更为朴素

情感一种

一点，身体的接触不一定是坏事——"栀子说："我知道——"潘先生说："你不知道，你根本就不知道我在说什么。"他望着墙壁，过了一会儿，他又说话了："如果一个男人喜欢你的身体，见你第一面就想跟你睡觉——"栀子大声地笑出来，潘先生很吃惊，问："怎么了，有什么不对的地方吗？或者我说错了什么？"栀子滑到被子里，把头蒙起来，在被子里笑成一团。潘先生也笑了，边笑边等着栀子。

隔了半晌，栀子才重新露出头来，边笑边说："你知道我刚才笑什么吗？确实有很多男人对我说过，他见我第一面就想跟我睡觉。"潘先生也笑了起来，说："噢，是这么回事，原来不止我一个人有这种想法。"栀子把脚一蹬，重新拿被子蒙住了头，在被窝里大声笑道："好啊，原来你也有这种想法。"潘先生说："这难道不很正常吗？"栀子从被子里只露出一双眼睛问："为什么？我不明白这是为什么？"潘先生说："因为你的身体很好，真的很好，很性感。"栀子说："我一点也看不出来，我不胖，胸脯很小，神情又不娇媚，"她说着大声地笑出来，样子有点委屈，"真的，我一点也看不出来。"潘先生说："性感跟那些是没有关系的，你刚才说的是肉感。"栀子说："这有什么不一样吗？"潘先生想了想，觉得回答起来有些为难，不过他还是说了："不一样的，也许性感更持久一点，更上等一点，然而……真的说不准。两个同样是吸收男人的方式，也许性感更有内质一些，它不是人为的东西。"

潘先生侧着头，吊着一双眼睛看着栀子，笑道："有多少男人跟你说过这样的话？"栀子说："说过什么样的话？"潘先生说："咦，你忘了？就是说第一次见面，就想跟你……"栀子笑了起来，她皱着眉头想了想，说："不知道，忘了。"潘先生又问："逃过了多少？"栀子笑道："大部分都逃过去了。"想了想，又补充道："绝大部分。"潘先生大笑起来，笑了很久。他说："可是为什么这次不逃？"栀子侧着头，看着枕巾上的花纹，沉吟着说："为什么这次不逃？为什么？……"她微笑了起来，说："也许……我也不太清楚。大概是因为天很冷，意志力很薄弱。"两人同时放声大笑。

潘先生说："我一直在想一个问题，在男女关系上，女人总是觉得自己处于弱势，男人普遍认为自己占了便宜，比如说，你刚才用那个'逃'字。"栀子说："我没用那个字，是你先说'逃'的。"潘先生想了想说："可能吧。这个问题在我身上也是存在着的。可是女人为什么要逃避男人，她们害怕失去什么？事实上，她们什么也没有失去，也许相反，还会得到很多。"他说着笑了起来，然后又正色说道："我是说，就是那么一个人，还在那儿，还要生活着。她很正常。"栀子说："女人逃避大概是出于本能，我们小时候就被告诫着，要远离男人，不要轻易地付出自己的身体，除非得到足够的保证，比如婚姻，再比如爱情。我们把身体看得比什么都重要，尤其在中国。"潘先生摇摇头说："其实一点也不，你们把身体看得很轻，你们希望通过它，得到很多其他的利益。"栀子羞赧地笑起来，说："我大概不会吧。"她突然想起来，她是因为工作的事情来求助潘先生的，他们之间是一种帮助和被帮助的关系。栀子觉得自己一下子跌了很远，跌到了一个她根本就想不到的地方。在她和潘先生之间，隔着一堵墙。

潘先生说："你们总是亏待自己的身体——当然我不是说你，你还要好一点，你是个真实面对自己身心的女孩子，你知道自己需要什么，知道哪些事情是应该做的，哪些事情不该做，你把一切事情都控制在一个适当的范围内，可是有时候你也有矛盾。"栀子笑了起来，好奇地问："你倒说说看，我什么地方矛盾了？"潘先生斜靠在藤椅上，手托着腮，食指轻轻地刮着下巴，笑道："你的矛盾就是，你喜欢放纵自己，接着就开始后悔。可

情感一种

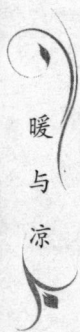

是问题是，假如你不放纵自己，你也会后悔。"栀子吃惊地笑起来，好像第一次发现了自己一样，说："是吗？我是这样的一个人吗？"潘先生淡淡地说："我倒希望你不是。"

两个人很长一段时间没有说话。栀子侧躺着，视线的范围控制在潘先生的一条腿，和藤椅的右扶手之间。她想，这是怎样的一个男人，她对他还不够了解，而他对她好象已经摸透了一样。看得出他对女人是很有经验的，他知道分门别类地对待每一个女人，他可能也会讨某一类女人的喜欢。当然，他是个好人，风趣、健谈，然而好象也就这些了。

栀子不懂潘先生为什么对自己说上这些，她只不过是一个很普通的女孩子，在校园里长大的，未见得有什么非凡的理解力；她将来恐怕还是要过日常生活的，有普通人的伦理和道德，过她的庸俗的小市民的生活。也许他喜欢跟一个女人说话，这在他是一种亲近的表现，表明除了对她的身体感兴趣以外，他还愿意跟她说话；也许是因为他喜欢她（当然……这难道值得怀疑吗？），她年轻，好看，可爱，性感（这是他说的），恰好她又有求于他……他何乐而不为呢？可是栀子总不愿意承认他们之间仅仅是这些，就是这些解释，仿佛她跟一个男人之间……那么清楚，三言两语就说完了。

栀子愿意潘先生喜欢她，因为她是独一无二的那个个体，她是栀子，她有区别于其他女孩子的不可替代的地方，哪怕是坏，也要别具一格，给他留下深刻印象；他也许不爱她（她也不需要他爱），但是她要他记住她，她要给他造成强烈的冲击。她觉得她对男人的野心又出来了。

可是她会爱他吗？——她这样问着，心里已经在笑话自己了。她知道，这是一个典型的女人问题。普通女人在跟男人有过身体接触以后，总是迫不急待地追问这个问题；栀子明明知道她和潘先生之间永远不可能涉及到那个字，然而她还是要问，她爱他吗？栀子抬起头来，看了潘先生一眼；事实上她连头都不需要抬，就可以回答这个问题：不，她不爱他。现在不，将来……恐怕也不。

她抬起头来看着潘先生的脸，现在，他跟她已经很熟了，他们说过很多话，探讨过很多问题，彼此达成了协调和谅解，建立了某种情感联系……然而他是一个陌生人，她几乎不认识他。他们还会相处下去，可能会更好，关系更加深远而密切，彼此很愉快，甚至有点留恋……然而栀子知道，也就到这一步了，不可能再前进了。

栀子也不知道，她和潘先生之间到底缺了什么，那么一个活生生的男人，风趣，优雅，富有，正坐在她的面前，几个小时之前曾经肌肤相亲，现在正拉着她的手，看着她，彼此可以感觉对方气息的存在；就差那么一步，她以为是跨过去了，然而没有。栀子不知道这个问题对潘先生是否也存在着，然而他多半还没想到这个问题呢！男人多半是不想这些的。

潘先生曾说起他对生活的理想，那就是在不久的将来，买一辆私家车（他已经考了驾照），一幢在价格上他可以承受的花园洋房，出国旅游……他说："我要每天开车送小家伙上学，直到他高中毕业，有自己的车，有女朋友。"

他们说起现时的制度，于他们是有益的，然而它来得似乎太迟了。潘先生说："等到我们一切都拥有的时候，我们已经老了。"他看着栀子，手指插进她的头发里去，笑着问她："你也会老吗？"栀子抬头看着远方，她看见白的墙壁，几张桌椅，一扇关闭着的窗户，一个男人的侧影……事实上，她几乎看不见远方，她还很年轻，她什么也没有。然而她知道她会老的，总有一天，她会老得很惨。

她突然有些明白了潘先生，一个年届四十的男人，正值韶华，健康，饱满，热情，尖锐，正因为如此，才格外感觉到危

情感一种

险，巅峰期一过，人便一步步地往下堕落，速度很快，连他自己都吃惊着：丑，无力，懒惰，见忘……栀子能够容忍四十岁的男人犯错误，哪怕罪恶深重，也觉得可以原谅，因为不容易，很心酸。

有时候，他也会跟她讲起他过去的女人们，他的话不多，断断续续，神情极为节省。栀子一旁静静地听着，觉得这是一个与她不相干的话题，很遥远，像小时候听祖母讲传奇，听得很认真，然而她不能投入感情。栀子手托着腮，把一张脸好看地围起来，非常善良地、耐心地问："噢，是这样的吗?"潘先生抬眼看着栀子，便笑了起来。

栀子说："后来呢?"潘先生困惑地说："后来?"大约自己也忘了讲到哪里了。隔了一会儿，他终于又说："后来她出国了，那是 1988 年。"栀子取出一根薯条，蘸着蕃茄酱（他们楼下有一家"麦当劳"，刚才上楼时顺便捎上来的）。栀子想，1988年是个什么概念? 有多远? ——仿佛也不太远，然而却是八年过去了。八年前，她才十六岁，身体刚刚发育，夏天从不敢穿透明的衣服，因为怕男生看见里面的胸罩。

栀子说："1988 年，你是什么样子呢?"潘先生想了想，笑道："没有现在这样老，和现在一样喜欢女人，做过很多傻事。"栀子说："犯过很多错误?"潘先生说："是的，犯过很多错误。"栀子又说："现在再也不会犯错误了?"潘先生爽朗地笑起来，说："我估计不会了。"

栀子坐在沙发上吃她的薯条，屋子里非常安静，她听见了自己咀嚼的声音。不知为什么，她突然有些失望，自己也觉得没有来由。是不是因为潘先生那几句话? 一个三十八岁的男人。一个三十八岁的，再也不会犯错误的男人。——栀子这才知道，她这一生根本不可能进入潘先生的世界；她原本也没想进去，现在的问题是，即使想了，也未必进得去。她没资格成为他故事里的女主角，她是个跑龙套的、身世单白的女孩子，而他已经历了风雨，不再犯错误。——他不爱她。

他不爱她！栀子恨恨地想，这个流氓，他不爱她，可是他想睡她。——他从见她第一面起就想跟她睡觉，他所做的一切，一切的言语，手势，俏皮话，无非是为了把她骗上床。栀子蓦地抬起头来，看着她面前的这个男人——他也在看着她，他的眼神很空茫。栀子便知道，他一定没在看她，他在看她后面的空气，空气后面的墙壁。他又在想他从前的女人了。

栀子只觉得颓丧，倍感着急；她也不知道事情怎么会发展到这个地步，她怎么能容忍自己坠落到这个地步！她这样一个清白、灿烂的女孩子，要什么有什么，好脾气，好心肠，好的身体，既古典又现代，既安静又疯狂……可是他不爱她，他不爱她，叫她有什么办法呢？栀子觉得自己一下子失去了平衡，在这场游戏里，她从一开始就失去了很多，她失去了尊严，主动权，信念……而这一切都是因为她失去了她的身体。

关于身体，栀子是这样想的：它不重要，对女人来说，它只不过是身体，需要维持它基本的需求，吃饭，排泄，做爱——她喜欢和谁做爱，就和谁做爱；和这个男人是做爱，和那个男人也是做爱；做爱不但能够得到快乐，然而比快乐更重要的，还是利益：妓女可以得到钱财，女间谍可以得到情报，女职员可以升迁，女演员可以出镜，女歌手可以扬名，女作家可以发表小说……栀子可以得到一份工作，留在上海。

栀子一遍遍地安慰自己说，没有问题的，她只不过和一个男人睡了觉——她要求他的帮助，必须和他睡觉；她并未损失什么，她又不爱他。等到他帮她找了工作，她就不和他来往了。她会遇到一个合适的、年龄相仿的男子，和他恋爱，嫁给他，她要住在玻璃的楼房里，有很多物质，坐在房子里就可以看得见风景，她要接来母亲和妹妹同住——是呀，这才是最主要的，她们

情感一种

要喧哗，歌唱，她们很强大。

　　栀子在一瞬间有了责任心，凭添了很多力量。她重新吃起薯条来，蘸着蕃茄酱，薯条有些软了，红色的蕃茄酱沾染了她的手指。她轻轻地吮吸着她的手指。她再次抬起头来看着潘先生，她看见他斜靠在沙发上，面前铺着一份报纸，那样子既像在看报纸，又像在想心事。

　　下午的阳光照在这个男人的侧体上，把他的影子拉得很长。栀子看着他地上的影子，不知为什么，她突然有些心疼；她想，那一定是因为她看见了自己影子的缘故，她的影子在沙发的另一侧，她和他隔得很远，永远沾不着边。栀子的心一紧，她发觉她的眼泪淌了出来。

　　栀子在那虚空里静静地坐着，无端地有些紧张，她听到了心猛烈撞击的声音。她想，这屋子里正在滋长一种空气，在她和潘先生之间，有一种危险的东西正在生成。她想道，有一天她可能会爱上这个男人——这难道很奇怪吗？因为他是男人，他就坐在她的对面，他们之间有如此多的可能性，生理的，心理的，物质的，情感的……这么多的可能性中没有一个能促使他爱她。因为他不爱她，他没有情感；因为他孤独，耽于回忆，因为他不会对她犯错误。也许说到底还是因为她自己，她和他一样是个没有爱的人——她从来没被爱过，包括她父亲的爱。这么多年来，她有着被爱的诸多可能性，生理的，心理的，容颜的，学识的，情感的，性格的……然而这么多的可能性中，男人单单看中了她的身体。

　　栀子突然明白，为什么这么多年来，男人只津津乐道于她的身体，见她第一面就想跟她睡觉？不仅仅因为它是性感的，更主要的，还是来自于它的安全。很多男人从见她的第一面起，就知道她是个安全的女孩子：跟她睡觉，是件干净利索的事情，不怕惹来很多麻烦，不怕她会闹着嫁给他。固然她是个极淳朴的人，

　　无论是性情，还是衣着打扮言行举止，都没有太多让人想入非非的地方，然而一定是她的神情，她的身体所具备的姿态，她的眼睛所流露出来的信息，漫不经心的，游离的，软弱而善良的，兼具同情心和自尊心的，让人觉得有机可乘的……一定是这些，让男人们从此放了心，有了信任。

　　栀子认为自己就吃亏在这个地方，她太不拿自己的身体当回事了，也许正好相反，她是太拿自己的身体当回事了。她以为，它就是身体，然而不是，对于从古到今的所有女人来说，它更是别的东西。就像现在，对潘先生，她真后悔把身体过早地给了他。——这有什么好处？如果他现在还没有得到她的身体，那他至少还在努力，处于努力地把她骗上床的过程中。对一切女人来说，还有什么快乐能抵得上被骗的快乐呢？那里头几乎有一切：花言巧语，承诺，不安全，将信将疑。女人一生的努力，就在于如何使自己被骗，减少被骗到手的可能性，延长被骗的过程，增强被骗的艺术性。当真被骗上床了，那种乐趣也就完了。

　　栀子觉得自己在处理男女关系上，是个天生很迟钝的人。她不会"做"，她太性情。她经不住男人几句哄，她的心太软。她总想，大家都是不容易的人，被生下来，慢慢地长大，有欲望，最终走向衰亡。大家都不容易。

　　现在，潘先生骗了她，也许他自己也没想到，他竟会这么快得手。他这一生所学到的骗人的各种技艺还没有来得及施展，他自己也觉得堵得慌。然而他终究是快乐的，有一种微微的成就感。现在他不再骗她了，他从来没有像今天这样真诚坦言过，他跟她说起许多，他从前的女人们，他的感情。——栀子想起这个就生气，他凭什么对她说上这些？他就以为她那么宽容，不会生气？然而潘先生也许早就不介意她生不生气了，他对她是懒得说谎了。

　　他们仍来往着，不咸不淡的。栀子因为受自尊心的支配，尤

情感一种

其要做出冷淡矜持的样子；潘先生那边呢，固然愿意跟一个年轻女人的关系保持得亲密愉快一些，然而要让他做出艰巨热情的努力，他也觉得没必要。而且大家都是很忙的人——栀子这一段时间把自己的身体完全给泼了出去。她在一个星期之内参加了11个大大小小的人才交流会、招聘会、新闻发布会，填写了不下数百张的表格，和人交谈，握手，交换名片和地址……她是铁定了心要在上海呆下来，她在这个城市生活了七年，这里留下了她不多的、苍白的回忆。

有时候回到集体宿舍（为了找工作方便，最近她又搬回学校住了），在那木板床上躺着，听着窗外有男生在呼唤一个女生的名字，"张海燕"，清越的，铿锵的，再一声"张海燕"。栀子便想着，大学校园真是催人老的，像现在，她才不过二十五岁，便觉得在这种环境里已经呆不下去了。这里永远有很多：青春、骄傲、希望、爱情……它们与她都没有关系。

宿舍里没有人，虽然离毕业还有一段时日，然而已有些人心惶惶了。两个室友中的一个正准备考"GRE"出国；另一个正在热恋，三年内换了五任男友，和数十个男人保持着精神的、肉体的、情感的各方面的纠葛——生活对她来说倒也简单，她是为恋爱而生的。栀子只是奇怪，对有些女人来说，爱情是一件再简单不过的事情，她认为普天下到处都可以捡来爱，一个不相干的男人无意间扭头看她一眼，她就以为这是爱，至少说，这是爱的信号。而栀子恰好相反，她认为普天下的男人都不爱她，不要说是无意间扭头，就是有意间上了床，她也不以为他是在爱她。所以她常常委屈着，觉得这世上所有的男人都欠了她的。

栀子静静地躺在床上，闭着眼睛；偶尔也会睁开眼睛，看见窗外空茫的天，她又想起了那个叫张海燕的女孩子，她和她住在一幢楼上，然而她不认识她。想像中应该是个微胖的女孩子，比她年轻，长得不怎么好看却又喜欢打扮……栀子突然发现她这猜测里有难堪的嫉妒。她现在有理由嫉妒所有人，年轻的人，富有的人，找到工作的人，正在爱的人……她现在不能看见正在爱的人，她不能看见他们手拉手，最不经意的低头微笑，她不能看见他们接吻，固然她也在接吻，甚至比他们更热烈，然而那不一样。

栀子的身心很疲沓，一个星期以来，她很少有这样静下来的时候，面对她自己，想想未来，想想上海……觉得突然不能忍受这样的静寂，一分，一秒，七年，城市是与她不相干的城市，人是与她不相干的人。记起有一次走在淮海路上，是一个周末的下午，迎面走来很多人，摩肩擦踵的；也能听到他们的声音。也能看见他们的面庞，然而不知为什么，仍觉得隔膜；她大踏步地、努力地往前走，披荆斩棘，冲破层层的空气、灰尘、越来越多的人群，微雨……觉得正深入到这个城市的心脏里，然而没有，仿佛间又离这个城市越来越远。

这天，栀子在校园里走着，突然在图书馆门前碰见了"表哥"于波，两人在车棚前站了会儿，于波便问起栀子找工作的情况，栀子说："大概是要回杭州的。"于波很吃惊，栀子比他还要吃惊，因为她自己也没有想到。于波说："定了吗？"栀子说："定了。"栀子静静地听着自己的话，那么平淡而乏味，充满着疲惫，怎么也不懂自己，这么一个重大的选择就在一瞬间决定了。仿佛经过了人生的一场大劫，由戏剧性复归到日常生活里去了。然而她知道这其实是不相干的。

于波说："上海很难留吗？"栀子说："不，是我自己要离开的。"于波说："为什么呢？"栀子不能回答。她不能告诉他，这个城市引起了她无处不在的挫折感，她不能容忍自己跟这样的一个城市发生关联。

于波说："为什么不考博呢？四月份开考，现在报名还没有开始，完全来得及的。"然而栀子已经沉浸到她那悲壮的选择里

情感一种

去了，她要回杭州，过独身生活，她要和母亲与妹妹住在一起，她再也不要与任何人来往。……栀子觉得自己下滑的热情如此之大，她听到了体内血液奔腾的声音。不管如何，她爱上了她的不负责任的选择，她以为这是一个牺牲。和报复。虽然她也知道这其实是不相干的。

于波倚着自行车站着，一只手不停地摇着铃铛，隔了一会儿，他突然侧转过身来，看着栀子，说："想跟你说一句话，不知合不合适？"栀子说："你说。"于波说："你是个极聪明的女孩子，有的话不需要我说，你自己是明白的。不过也很难说，临近毕业，人的心态都很非常，很疯狂。所以对你又不太放心。我的意思是说，人可能会犯很多错误——大多数人是有犯错误的嗜好的。但即使是犯错误，也要明智，要有选择性。有的错误是可以犯的，比如在小节上，那绝对没有问题，因为它只伤你的皮毛，恢复很快。但是有的错误绝对不可以犯——"他看了栀子一眼，说："知道吗？"

栀子说："不知道。"

于波说："因为那没有价值。"

栀子抬起头来看着于波，不觉凛然。于波又说："真的，那没有价值。"栀子思忖着于波的话，她不知道他为什么跟她说上这些，当然他是她的师兄，然而他极少有这样认真郑重的时候——他知道了多少？

于波说："留在上海。工作或者考博，好好地善待自己。其他什么都不重要，重要的是你要好好地生活着。"栀子说："我不知道……"不觉低下头来，发觉眼泪汪在眼里。她这么多年来所受的委屈全来了，家道衰落，外乡人，没有友爱和朋友，拮据的生活……

于波摇摇头笑说："傻姑娘。你要学的东西太多了。"栀子说："你什么意思？"于波淡淡地说："也没什么意思。"

暖与凉

　　他们后来谈起了潘先生，于波说："你后来没有找他吗?"栀子说："找了。把我的情况跟他说了，他也答应帮忙，后来就没有消息了。"于波说："你应该盯他紧一点，他是个忙人。应该没有问题的，只要他愿意帮忙，那他准帮得了你。"他看着栀子，突然笑道："他没对你有非份之想吧?"栀子坐在自行车的后座上，一只脚撑着地，另一只脚搭在车踏板上。听于波这么一说，不由得把脚从车踏板上拿下来。她笑了起来，刚准备答话，一个男生过来推车，两人只好让道，慢慢地沿着林荫道往前走。

　　其时正是黄昏时分，有很多学生从图书馆门前走过。栀子一边走着，一边仰头看那灰蓝的天，看见冬天的梧桐树，枯枝，不多的几片叶子，像一种精致的民间剪纸。不觉有些头晕。她又回头看林荫道的深处，天更灰了；在灰天的尽头，有一排古楼，是教学楼，有很多学生从楼里进进出出。回过头的时候，栀子便问："你刚才问我什么来着?"于波说："我问什么?"栀子想了一会儿，笑道："好像问我一个问题，我也忘了。"

　　于波后来还是想起来了，重新问道："你以为他是个什么样的人?"栀子说："谁?"于波说："你当然知道是谁。"栀子"噢"了一声笑道："看上去是个很热情的人，但是内质是疲惫的，他自己肯定不承认。有过感情，但是现在没有了。很害怕自己会老去。"于波笑道："你倒是比我了解他。"栀子说："我在这方面有天赋，不过也仅限于此。"

　　栀子静静地听着自己的声音，在冷冬的空气里发出震颤，每一个字都足够让她手臂上的肉一哆嗦。同时又觉得是站在体外来听自己的声音，很平静，很旁观，很冷淡。——细细地回忆起刚才议论潘先生的那席话，话不多，是一字一句说的，很认真，很地道；然而仍觉得在力量上不够用，仿佛平生第一次说了那么多的话，字与字之间很拥挤，感觉到喘息未定。

　　想起来他们已有十多天没见面了——认识也不过才一个多

情感一种

月。人生的三分之一就过去了。栀子很明白，这么多天来她如此忙碌的原因，原来是为了忘掉一个人，为了把他从她的世界中清除出去，为了她不致于糊里糊涂地输得很惨。她从来没有真心实意地爱过上海，因为她从来没有真心实意地——被这个城市的男人爱过。她之所以要迫不急待地留在这个城市，也许她自己都不愿意相信，那是出于一种难言的报复。

　　有时候从招聘单位回到学校，躺在木板床上，拉上她那印有小狗熊图案的床帘，偶尔她会想起潘先生。觉得很安静，很遥远。他现在成了一个淡淡的人影子，虽然同在一个城市，都要呼吸，都要吃饭，然而现在他是背景，一小部分的、极不重要的背景，他终将被淡忘。

　　不像今天——栀子没想到还会有今天，她会遇见于波；她绝对没有想到，在这个世界上，她遇不见潘先生，她还可以遇见与潘先生相关的人，他们会谈起他。她听于波讲起潘先生，讲有一次他们去洗"桑拿"，陪两位外地同行，找了上海好几家洗浴中心；又讲他祖籍是广东，在北京读的大学。……不过是一些极简单的话，有的她也知道，然而听来却有着深一层的乐趣和喜悦。栀子自己也有很多话要讲，关于潘先生，也不过是一些极简单的话，都是短句子，不会渗入一点感情；就像当初他们第一次见面时，是在一家叫做"天水雅集"的茶座里，她冷冷地、远远地打量着他的情景。那时他们是陌生人。

　　于波送栀子回宿舍，在门口分手时，对工作的事情不免又叮嘱了一回；栀子目送着于波远去，想着于波这个人，今天下午，他和她之间的谈话。想起潘先生——现在，她才敢想起他——觉得这对于十多天来她的压抑节制的情感，是一种奢侈。她觉得自己的努力全浪费了。

　　栀子一个星期以后才打电话给潘先生。——在此之前也尝试着打过，在学校的磁卡电话亭里。磁卡都插进去了，听筒也拿在手里，只等着拨号。突然在对面的磁卡装置上看见了自己的脸，是倒过来的，眼睛在下，鼻子在上，脸丰肥而庞大，显得非常的夸张。栀子看了很久，后来就放下了电话。

有时候觉得她和潘先生之间是不可能再见面了，日子一天天平常地过下来，没有他这个人，也并不觉得有什么缺憾；有时候就不行，觉得很"不堪"，怎么想怎么不明白，认识也不过才一个多月，她怎么就到了这种地步？——平静下来的时候，她拨了他的手提，才知道他不在上海，他在北京，开一个全国性的新闻会议，三天以后才能回来。

他问她这些天怎么过的，打电话给她，一直找不到她的人；她告诉他她最近住校，今天刚回来。他在电话那头突然说："想我吗？"声音很低，像在呓语。栀子便扬声笑起来。潘先生说："你笑什么？"栀子说："我猜你身边肯定没人，所以你说话才如此放肆。"潘先生笑道："当着别人的面，我照样敢说。"栀子说："你敢吗？"潘先生淡淡地说："这有什么不敢的？"栀子侧躺在床上，把电话筒搁在枕头上，一边听潘先生说话，一边看窗外。这天是阴天——然而也许跟阴天并没有关系——使得栀子对自己的感情突然有了不信任。她想，这也许不是爱吧？只不过是一个有过肌肤相触的男人，不爱她，使她觉得自己略略吃了点小亏，因而一直念念不忘。

他跟她调情，她在电话这边放声大笑，然而内心是迟疑的，仿佛觉得不应该笑；仿佛一切都错了，不应该是这样，也不应该是那样——应该是端庄凝重的，无声的，两个人都不说话，然而在各自的听筒里可以听见彼此的呼吸；有一个人终于打破了沉寂，说的却是不相干的话；另一个说，什么，我不懂你说什么？声音有点沙哑。那一个说，我也不知道，我忘了自己说过什么了。——仿佛应该是这样。

栀子也不明白，她盼望了无数次的见面和交谈——首先没有见着面，第二，交谈竟全变得这样戏谑、轻快、放荡，仿佛全然没那回事似的。自己也想着，应该是值得庆幸的，因为完全脱离出来了，还没开始就结束了。固然这稍稍出乎她的意料，离她的理想相去甚远——她理想中的情形绝对不是这样的。到底是什么样子的，她也不太清楚。她设想着，那至少是有点郑重的，有点紧张的，因为毕竟十几天没见面了……他突然出现在她的视野内，他从墙角拐过来，他朝她微笑；她听见了他说话的声音……她想她一定是很愉快的，身体很轻，眼皮子却重得抬不起来；或者是另外一种情景，很伤感，他们之间有如此多的可能性，却因为唯一的不可能失之交臂，他们互相安慰着，告诉对方彼此会有更好的生活，话很平静，一切都将随风而逝。……

栀子突然觉得自己受到了伤害——不是来自潘先生，而是来自她自己。她在电话里和他说笑，她的态度如此轻慢；虽然潘先生的态度也轻慢，然而他是男人，怠慢女人是他份内的权利；他怠慢她不要紧，可是首先，她不能怠慢她自己。她想起了这十多天来她为他所受的苦，她压抑自己，她和自己拼命，她拼足了全身力气把他从她的身体中赶出去……谁都没有想到，这么轻易地，他就出去了。她不能原谅她自己。

潘先生继续说着话，他今天的兴致似乎特别地好。栀子静静地听着，不答话，她觉得在纠正自己。潘先生说："真想把你一下子搂在怀里。"栀子没有听清楚，问："你说什么？"潘先生半响才笑道："你知道吗，你的笑很能挑逗人。"栀子侧头看着窗外——想起潘先生的话，这次她听清楚了——她看见窗外有一棵冬青树，小学生背着书包在上学，不多的一线阳光，慢慢地又微弱了下去。她想，这一定是个冷天，户外的行人匆匆，然而她屋子里是暖和的。

不知为什么，她又笑出声来，很悲哀，声音很大。潘先生说："你的笑很是地道。"隔了一会儿，他又说："不过有时使人害怕。"栀子一路笑下去，一边笑一边说："我觉得我没有挑逗你，真的，我从来没有那个意思。"发觉已经不能再说下去了，因为她的眼泪淌出来了。她的心都灰了。

栀子后来再也没有见到潘先生。通过几次电话，她告诉他她要"考博"。潘先生很吃惊，说："你不是正在找工作吗？我已经帮你联系了一家。"然而栀子想，这恐怕是不妥的，潘先生找的工作她是横竖都不能要了。她现在突然有了自尊心，因为她跟他睡过觉——就因为这个，她要做出一种姿态来；她不能让自己相信：她之所以跟他睡觉，原来是为了得到这份工作。她是个有身份的女孩子，从小就接受传统教育，知道善恶和美丑，知道这是个泾渭分明的世界，然而有时显得含糊。

还有一层，她自己肯定是不承认的，因为很无聊，有点歹毒。她要让他觉得：他欠了她的。不单是欠了她的感情——这个倒简单，可另当别提；欠了感情之外，还欠了很多其他的：物质生活，漂亮的衣衫，大饭店的晚餐，玩具熊，旅游，她喜欢的而他又买得起的首饰，一份体面的工作……潘先生是个有情有义的人，他不是流氓，他这一生从来不贪任何小便宜，何况是女人的便宜。他不能允许自己白白睡了一个女人，而不给她一点帮助和补偿。他会心不安。

他曾经允诺过她，等他空下来的时候，他就好好陪她，他要送给她的东西有很多：大把大把的时间、肉体的快乐、枧边话、"巴黎春天"的衬衫；等天气好的时候，他就带她去兜风，去走沪宁高速（他朋友中有私家车的，他可以借来一用），他说："你是喜欢去苏州呢，还是无锡？"可是她倒愿意去南京，她妹妹在那儿读大学，他说："也好，我们可以去中山陵——我一个人去，你去看你妹妹，然后我们一起回上海。"这么说的时候，还在拉着她的手，不时地扭头看窗外，看天色什么时候能好转，很着急的样子。……

栀子想，潘先生会耿耿于怀的，一直耿耿于怀下去，因为从没有被一个女人这样对待过。他觉得自己被无辜地剥夺了一种权利——在一个跟他有过身体接触的女人身上花钱的权利。这权利是如此重要，对很多有"品质"的男人来说，这是维持他和世界和女人平衡关系的砝。

潘先生也能感觉到那轻微的失重感，仿佛一拳打个虚空，虽没有摔倒，也摔个趔趄，不觉有些怔怔的。他刚从北京回来，几天前他们还通过长话，彼此很热烈，她向他撒娇，他也向她撒娇，他的声音低得怕连他自己都听不见了；坐在飞机上，看着满天的流云，她突然从流云深处长出来。满身心都是她的，想像着回上海后该怎样好好地"整"她一下，因为她折磨他。

现在这一切突然成了不可能了，她拒绝他，她不但拒绝和他见面，她还拒绝他的馈赠：一份体面的工作。——潘先生略略有些遗憾，同时也更加好奇：几天前还是好好的，为何他一回到上海她就变了卦？但是他也懒得弄明白，因为太累了。他自己是一个高高在上的人，好善乐施，有钱，有地位，极度慷慨；一个地道的绅士。他愿意帮助一个女人，可是她拒绝他的帮助，他也没办法，只得由她去了。——

有时栀子也后悔着，她和一个男人的故事就这么结束了么？还没有来得及开始。她和他只"亲热"过两次，相厮守的时间加起来不过十小时。她的思想，她还没有来得及向他展现……她要让他知道，除了身体以外，她还有思想，他也许并不介意，可是她要让他知道！

也许还是另一种东西在作祟，在这个寒冷的冬天，异乡的大都市，她失去了一次亲近物质的机会。栀子私下里是心疼的，然而她不愿意承认。1997年的初春，似乎特别的冷，晴空万里，直冷到骨子里去——栀子不喜欢过冷冬，因为她穷。在那单居室的屋子里坐着，听着电流从暖器片上流过时发出"滋滋"的声音，她觉得她穷。

栀子突然觉得非常地萎顿，在这个世界上，没有爱倒也罢了；可是没有爱的同时，再没有钱，她不知道这样的日子对一个女人还有什么意义可言？记得有一次她笑着跟潘先生说："已经有一年多没有逛服装店了，对于选衣服的感觉全丧失了。"潘先生并没有说话，只抬头看了她一眼；只这一眼，栀子立马感觉到了。他在为她心酸。她应该为自己落泪。

有时候也想着，让一个男人为她花钱，也许是一件快乐的事情。于男人，是花钱买平安，对虚荣心和良心都是一次极好的满足；于己，则是拣了一次小便宜，横竖不花自己的钱——女人都有占便宜的毛病的。

然而栀子是断然不肯相信心里有这些潜意识的，即便相信了，她也不允许自己去做。首先是她的母亲，她内心是不能撇开母亲而存在的。她那样家庭出身的女孩子，不管时代的道德标准堕落到什么地步，不管她内心是如何激荡贪欲，恐怕表面文章还是要做的，那就是尽可能做一名良家妇女，做下去，保证会有好处。

有时也会想着未来，她几乎想不起什么——她是个想像力很差的人。想的最多的还是男人。一步步地往前走，在时间的窄道上会遇见很多男人，有她喜欢的，也有喜欢她；有的会擦肩而过，有的呢，也许就会停下来，说上几句话，也不怎么地，又继续往前走了。潘先生也许就是这样的男人。

栀子想，和潘先生恐怕再也见不着面了。如果她不主动约他，别指望他会屈尊来约她。他那样的男人，身边是不缺女人的。躺在床上，在被子里蜷缩着身子，手会碰到小而饱满的乳房；电话就在床头，号码也是极熟的，只需开着灯（已是深夜了，读书刚睡下）；是有这种可能性的，和他恢复从前的交往，他会很喜欢，也许喜欢的还是她的身体，然而到底还是在一起

情感一种

了。

　　有一次竟是潘先生打的电话来，是在深夜，他刚从一场聚会中回来，闲着无聊，突然想起了她，便打来电话来问候一下。他问她这些天的生活情况，读书是否用功，是否感冒了（因为有寒潮），很关怀的口气。他现在再也不跟她打情骂俏了，他关爱她，就像在关爱一个陌生人，或者他的儿子，不带任何一点猥亵色彩。这表明他已经完全纠正了自己，把她当作一个朋友，而不单单是一个女人。栀子稍稍有点失落，也不知为什么，一个男人太拿她当女人看，她是要生气的；如果完全不把她当女人看，只徒然地尊重她，她也会觉得难堪。

　　栀子在那黑暗里静静地坐着，一边听潘先生说话；他说的都是很光亮的话，然而她不喜欢听；她喜欢听的话，他偏不说。她自己也着急起来，同时也为他着急，他还在说着他的天气，他说："你要当心，天气还会冷下去的……"仿佛他好不容易打来一次电话，就是为了说这个。他的声音就在她的耳旁，从听筒的小孔里冒出来，发出"滋滋"的噪音。

　　栀子突然明白，男女之间如果没有感情的、或者性的联结，那说起话来是相当枯燥吃力的；正想着是否该结束这次谈话时，潘先生在那边"喂"了一声说："你睡着了吗？"栀子提神说道："没有，我正在听你说话。"

　　在那黑暗里，栀子听见了自己的声音，那么清楚、明净，使她有些微微的震动，因为从来没有过的，在这样的深夜里，和一个男人；她想她的声音真是很好的，充满了对自己和他的怜悯，充满了感情。

　　栀子说："你现在是躺在床上吗？"潘先生说："是呀！"栀子又说："你的床边开着灯吗？"潘先生说："没有，我把灯关了，我现在坐在黑暗里。"栀子说："我也是。我这儿什么都看不见了，刚才窗外的路灯也熄了，大概也有凌晨两点了吧？"

暖与凉

　　以为会这么说下去，说很多，也不一定是很要紧的话；然而在窗外看不见路灯的夜里，可以听见人的声音，充满着明智和理性——是有这种可能性的。可是到底没有说下去。隔了好长时间，潘先生说："栀子。"栀子应了一声，两人便再也没话了。潘先生说："你好好睡觉吧。"就挂断了电话。

　　这是他们的最后一次谈话，总以为不止这些。然而也就这些了，已经不能再多了。

情感一种

姐姐和弟弟

父亲说，
在我们每个人的心中，
都有一条蛇。

——题记

楔子

背景一：我和爷爷走在 H 城的一条小街上，我们将步行去参加一个追悼会。那年冬天灰暗肃穆，一九七六年的 H 城没有风景。人们很悲哀。一个男孩从我的身旁"倏"地跑过，他的左臂上戴着黑色"袖章"。

我问爷爷，为什么所有人都戴黑袖章，而我偏偏戴红的？

爷爷说，小孩子都戴红的。

我立即哭闹起来，因为知道他在撒谎。我弯腰蹬掉鞋和袜，赤脚站在沿街的枯叶上。爷爷继续前走。司机把我抱回街道拐角处的吉普车里。

后来仍不能原谅这个错误，觉得自己是站在外围，硬是挤不进去——连颜色也无法选择。作为补偿，司机买了一双黑布鞋送我。因为我不久就要回乡下父母家里。我想像着在那崎岖的山路上，是无法穿红皮鞋的。

爷爷回来的时候，眼睛肿得厉害。我后来才知道，敬爱的周总理死了。

背景二：母亲不久来H城接我回家。我一见面就喜欢她了，她是个美丽的女人，高颧骨，白皙，很"洋气"。我曾经为怎样称呼她讨教过奶奶。奶奶说，在学校你喊她"李老师"，回家就叫"妈妈"。

母亲带我逛街。她似乎对走路报有极大的热情，她在灰暗的H城穿街走巷，并任意停留。她叫得出各种街衢的故名。她说，这条街原来不叫向阳街，叫郝巷。她说的时候很满意。

我说，妈妈，你喜欢城里吗？

母亲好看地笑了起来。她说，不久我们还会回来的，还有爸爸和弟弟。

我们去"红旗"照相馆拍影留恋。母女俩的头紧密地相靠。那是一张普通的经典照片，照片上的母女很相爱。孩子眉飞色舞，快乐地大笑，她的眼睛大而黑，嘴巴咧得很大，露出不整齐的牙齿——人们总是根据这个来断言一个人的童年，诸如天真可爱，幸福单纯。

可事实上正好相反。人们总在犯错误。

那一年，我四岁，母亲二十七岁。

背景三：我叔叔在浙江当兵，当时正和师长女儿谈恋爱。他才十九岁，是个美男子。他生性腼腆而多情，有许多女人为他发疯。

那一年他回家探亲，顺便来乡下看我们。有一天，他顶着红

姐姐和弟弟

85

头巾，挤眉弄眼地朝我冲过来，嘴里嚷着："我是江青，江青来了。"我尖叫着滚进被子里，快乐而凄凛地大笑。这已是七六年下半年了。

关于江青，一个农民一天愤愤然地说，听说她一生和七个男人睡过觉！我父母都笑了起来，显然他们以为这是个大数字。农民仍在激愤，他觉得很不平。

我抬头看他们，装作没听懂。事实上我早就明白"睡觉"的另一种含义。此睡觉不是彼睡觉。

时间在一九七六年流得浩荡而缓慢。一件件大而空旷的事情接踵而来。人们来不及地悲恸、忧虑、欢欣、声讨。他们甚至来不及调整自己的表情，显得呆若木鸡，丧失了背景。

这一年成为中国人的集体记忆。历史学家们开始总结它的含义，时代在这一年分叉、拐弯，一拨人永远消失了，一拨人回来了。一九八〇年，我读郭沫若的《科学的春天》，我读得很吃力，许多字我不认识，趣味索然。然而我还是感到那文字里的希望，充满着热情和力量。

我坐在窗前读这篇文章，是在午饭后，人很饱，快要睡着了。记不起是在什么样的季节里，只觉得屋子里很冷，脚冻得冰凉。我睁眼看窗外灿烂的阳光，想起那"科学的春天"——仍很迟钝。后来一想起午后的阳光，春天，希望，绝顶认真的人——就非常伤感。我想跟那年读《科学的春天》时无动于衷的态度不无关系。

由于一些伟大而崇高的理由，不经意的念头和语气，迅疾而正确的动作，我们记住了一九七六年。它已经远去了。当时的青年正在衰老，当时的婴儿已经长大——

我之所以怀念一九七六年，附会上很多庄严盛大的政治背景和各种不相干的小事情，完全是因为在这一年里我认识了我的弟弟。

一

我终于回到了乡下，成为自己家庭的正式成员。一路上我忐忑不安，我不知道等待我的将会是一种什么样的生活。我那从未"谋过面"的父亲和弟弟。两个男人。他们长得好看吗？我们会相爱吗？

我和母亲搭乘驴车赶往我家所在的吴村。那是冬天的田垄——二十年前的农村并不像我们想像的那样萧索、荒凉。田野里藏着一种东西，我后来从邻家姑娘苏芹那肥硕的后臀看到了相类似的东西。那时农村很好，每家都有炊烟升起，人们紧巴巴地过日子，笑逐颜开，照例也无聊。

我母亲和我说些闲话，然后问起我奶奶的情况。我顺着她的口气说着奶奶的坏话。我母亲很高兴。我们在瞬间走近了许多。我坐在驴车上，看着傍晚的原野渐渐地黯淡了下来，有些冷。我想起城市的奶奶，我们在一起朝夕相处了五年，她是个善良的小脚文盲，视我如命根子。走的时候我们抱头痛哭。现在我在讲她的坏话，心里稍稍有些难过。

我想像着父亲和弟弟都是美男子，他们性情温和、可爱，我们处得非常融洽。我和我母亲的关系稍稍紧张一些——由于我自己也不清楚的某种原因。但我们也相爱。我要努力地维持我和她的美妙关系，融入到这家人的血液里去。我看着面前的这个美丽女人，心情渐渐地开朗起来。

我在村头看见了我的弟弟。

那年他四岁。他跟在一群叫做"三毛"、"四毛"、"二狼毛"等男孩身后，手里拿着一根树枝，一路撕杀呐喊过来。我母亲叫住他，说："这是姐姐。"他抬头看着我们，顿了一顿，又继续向前冲杀过去。在二十年前的冬天，他穿着老虎头棉鞋，开裆棉裤，屁股冻得像两只红苹果。他渐渐地落单了，仍在跑着，很吃力。我在从前的年代里看着他的背影消失在村头，我的视野之外，更广阔寒冷的天地间。他的单薄和微小。他需要扶助。

他是个漂亮的小人儿，长着一只美丽的猫脸，大眼睛，白皮肤。我想像着，我将和这个小我一岁的男孩一起长大，衰老——他也会衰老吗？他那张美丽的、女孩子似的脸终有一天也会消失了。我们长大，有共同的记忆，负着责任，感到一种真正的悲伤。

我跟在母亲身后，回家。我低着头，看着自己的脚落在小路上，发出"啪嗒啪嗒"沉闷的声音。我对自己说，我走在别人的年代里，那么微小，可以忽略不计。等到我们等来自己的年代，也不过像我母亲一样，要步行走很多路，面对一个无所不知的世界，风吹乱了头发——那平静里总有一些不耐烦吧？

在自己的年代里，他又会怎样呢？

我后来知道，我弟弟并不皮。他是个安静的男孩，喜欢一个人在桌子底下玩瓶塞和卷头发夹子。有阳光的日子，他会玩一种叫做"蒸馒头"的游戏，在酒盅里装满泥土，然后倒放在地上。他一个下午能蒸五十个馒头，沿着窗户排成两排。他喜欢睡觉，惊人地贪吃。吃完以后，重又去做他那孤独的游戏，蹲着，恰似个大蛤蟆。

我猜他并不思考，也不富有情感。他没有我坚硬，也没有我有强盛的心力。他只是个平面的、单薄得像只纸片似的男孩。我猜他将来生活得并不好，甚至还不如我。他会很平庸，倍尝生活艰辛，无力改变。然而他那张美丽的脸！

有一天，我和母亲坐在水井边洗菜，我们聊起了弟弟。不知说起了什么，我的眼泪突然淌了下来。

我母亲吃惊地看着我，问："你怎么了？"

我不得不说："他很好看，我喜欢他。"

　　我母亲轻轻地笑起来，她说："你总是很多情吗？这不好。"她似乎有些忧虑。

　　我的眼泪重新淌了下来。我想了想，觉得自己确实太富有情感；再想想，又觉得并不是这样的。我报赧地笑了起来。四年级时，我学了一个生词"怜悯"，我便固执而想当然地把我和弟弟的感情固定在这个词上。这是一种与生俱来的、没有理由的怜悯。

二

　　我后来多次回忆起我和弟弟见面的情景，那是一次极普通的会面，在村口，一个孩子看见了另一个孩子，站下来，说上几句话，又走开了。

　　那是一个冬天的傍晚，一对有血缘关系的孩子，一个男孩，一个女孩。他们肯定会见面的，假如不是那个冬天，也会是另一个冬天，或者春天，或者清晨，或者傍晚。

　　我常常对我母亲讲起，我说，你还能记得吗？——又想起了那个傍晚，我看见他从一群孩子里跑出来，他的身底下骑了一根树枝，额头上有汗，夕阳在他的脸上投下了阴影。

　　就是那样的一个孩子，矮而肥，他抬起了头，他有一双非常空茫的眼睛。

　　我母亲叫住他，说，这是姐姐，你还能记得吗？你不是常念着要见姐姐吗？

　　他低下了头，扭着身体，两只老虎头棉鞋不时在绞动。我猜他可能有些难为情了。——就是那样的一个傍晚，我看见了他，我把他放在一个更广阔寒冷的天地间，我看见了他的单薄和微小，他需要扶助。

　　我们就这样站着，也没说什么，看了几眼，就走开了。

姐姐和弟弟

我跟我母亲说，弟弟，真是很面熟啊！

我母亲笑了起来，说，你们两个长得很像的。

我走在我母亲的身旁，看见了暗色的村庄和农舍，和篱笆墙后面的菜园子……冬天的风从菜园子的深处吹过来。我觉得寒冷。

有人从我们的身旁走过，和我母亲搭讪着话，有时也会看上我几眼，并不停下来，就擦身而过。

我又想起了我的弟弟，非常平静地；然而也欢喜，也伤感，也感恩……我想一定是有些什么东西的（也未必是具体的，就像人生的一种基调），在我和他第一次见面的那个傍晚，就种下了；然后蔓延，然后对我们发生了作用。

只可惜我并当时并不知道这些，我自顾自地往前走着，在二十年前的冬天；我低着头，非常认真地，听着脚步在村路上发出"啪嗒啪嗒"沉闷的声音，我想像着和弟弟一起相处的岁月——我无法想像。我对自己说，我就这样开始了我的新生活了么？

我在乡下度过了一段短暂而快乐的时光，我母亲那时很喜欢我，为我做很多漂亮的衣衫，她是个虚荣而可爱的女人，喜欢把我打扮得花枝招展去见客。每个人都喜欢我，问，这就是姐姐了？

我点着头，瑟缩在我母亲的身旁，从她的膀子后面只露出一只眼睛。

星期六的晚上是一家人团聚的日子，我父亲从城里回来（他被借调在水利局工作）。他是个清癯的年轻人，戴着眼镜，说话的声音很清朗。

我穿着最好看的衣衫，倚在家门口的一棵老槐树上，等着我父亲回家。天色渐渐暗下来了，我拢着袖子，在那静静的等待中度过了我一生中最罗曼谛克的岁月。

有时候也会带着我的弟弟，去村头接父亲。那时候我们还很生疏，不太讲话。两个人走得很慢，一个走在前，一个走在后。有时候我也会停下来等他，他一下子就意识到了，也在走着，却更慢了。

我想，我真是以一种罗曼谤克的情感来爱我的父母和弟弟的，那是我一生中体会到的最完美的一段情感，那么执着，赔着小心，富有牺牲精神；夜深人静的时候，我想着他们甚至会淌下了眼泪。我掐着我的小手指，让它疼，我对我自己说，我爱我的父母和弟弟，我要爱他们一辈子；我要为他们受苦；假如我们中必须有一个人去死的话，那一定是我——我愿意为他们去死。

为什么不呢？他们是这个世界上我最亲近的人，他们是我的父母和兄弟。他们血液的河流在我的身体内流淌，越来越汹涌、澎湃。

我父亲也喜欢我，他看着我，常常会情不自禁地笑起来。有一次，他悄悄地对我外婆说，这是方园几百里最漂亮的女孩，你说呢？我外婆不置可否，私下里她是笑话他的，觉得他近乎浮夸了。

有一次他去学校找我母亲，顺便到一年级的教室来看我，当时正是自修时间，我拿着教鞭督促学生作业（我母亲给予我的特权）；我看见他趴在窗口，朝我微笑，不一会儿他就走开了。回家的时候，我看见他向我母亲描述我课上的一幕，他学着我的样子，头来回地摆动，"是这样的，哎，这样子的……"他说着大声地笑出声来。

我非常地难为情了。

他和我们相处的日子并不多，可是非常"亲爱"。我还能记得冬天的晚上，我们一家人同床共眠的情景。我父亲搂着我，教我学一些简单的英语单词（他那时正在自学英语）；第二天清晨再复述一遍，问我，想想看，狗叫什么？叫什么？D——我大声地念出来，他近乎快乐了。

姐姐和弟弟

暖
与
凉

　　我们的床很大，我和弟弟在床上翻跟头，他翻得没有我快，可是他照样笑个不停，眯着眼睛，上气不接下气。——可是隔了一会儿，他就会伏在被子上睡着了。

　　大部分的时间是父亲和弟弟睡一头，我和母亲睡另一头；第二天醒来的时候，就变成了我和弟弟在一头。在清明的天光里，我看见了弟弟的脸，这个长得有点像我、气质比我柔弱的男孩，他的睫毛很长，微微扑闪着，像只好看的灰毛兔。——我不知道他是否也醒来了？

　　我母亲向我解释，为什么弟弟会睡在我身边；她轻轻地微笑着，有些心虚，像个犯错误的孩子。我坐在水井边洗手，一边听我母亲说话，一边擦肥皂，搓揉着，然后把手放在溢满了水的脸盆里；我看着自己的手，非常认真地，那是一双小孩子的手，小而肉感；我看着水和肥皂的泡沫从手指间流出来，流出盆外，流出很多；盆里的水总是满的。

　　我喜欢在清晨醒来，并不立即起床，躺在床上和我弟弟说话；有时候也会侧头看褐色的窗棂，看见窗棂外青白的天空，被分成一小片一片的方格子，流云从方格子里慢慢地跑过。

　　我跟弟弟讲起从前的生活，我在 H 城的小朋友，有一个叫张泽南的，是我在幼儿园时的同学，一个流里流气的男生，平时不怎么来上课。有一次来了，突然喊了我的名字，是在窗外，喊了一声，头急忙缩下去了。

　　我跟弟弟讲起他的坏，他父亲死了，母亲患了肝痰，为他操碎了心，他仍是不争气……我说着，很激愤的样子，然而心里是快乐的。

　　又有一个同学，叫耿涛的，他是一个白胖的男生，戴着眼镜，非常安静的样子。有一天放学，几个人同路，走到他家门口时，他站住了，看了我一眼，犹豫着说："到家里坐坐怎么样？"很能记得他说这话时的神情。

——跟我弟弟是不说这些的，说的仍是他们的名字，然而是另外一些事情，一些轻巧的、"外面光"的东西。头蒙在被窝里，嘴巴咕咕嘟嘟像在冒气泡。

我弟弟躺在我身旁，把舌头伸出来，向上翘着，努力地去舔他自己的小鼻子。我不知道他是否在听我说话。

有一天清晨，正躺着，我母亲的一个学生进来了，看见了正在说悄悄话的一对姐弟，搭讪着笑道："姐弟俩睡在一头啊？"

便记住这句话了。以后很长的一段时间里，一直耿耿于怀着。

我母亲后来知道了，安慰我说："这没什么的，你们是姐姐弟弟啊！"

我说："是啊，我也是这么想的，可是别人……"拿指甲去划墙，不再说下去了。仍无法释怀。

我和弟弟渐渐熟起来了。春天的时候，我会带着他去不远的田里挖荠菜。他走在我身后，手里拎着个小篮子，不时地停下来，弯腰捡起一些我根本不认识的果实放在嘴里，有滋有味地吃着。

我站在一个很远的地方等他，我看见了一个矮而小的孩子，肥嘟嘟的脸，风和时间从他身旁走过了，麦浪在他身后起伏着，像绿色的海。更远处，是蓝天和白云，还有绿树。

我看着，不知为什么，就有些感动。就更加感觉他的"小"，一种无边的东西，一种空旷。

我想，他在田野里的感觉是好的，因为很协调；他回到家里，就不太"像"了，虽然也受宠，然而他总是寒寒缩缩的，有些萎，像只动物。

我回过身去和他说话，说的都是极简单的话，一字一句说的，很轻柔，觉得用尽了平生的感情。他也答应着，继续低头找他的"食物"，而且两腮嚼动得更欢快了。

姐姐和弟弟

　　我和母亲曾说起弟弟，我问，他是个什么样的人呢？

　　我母亲说，胆小，懦弱，贪吃，不太有感情。……她是不经意说这些的，然而每个字都很准确，在日后他成长的过程中一一得到了应验。她自己也吃惊着，他这儿子，他才五岁，他那么柔美、温良，有两条小短腿，整天"刷刷刷"跑个不停。大人看着都会笑起来。

　　我母亲有时也显得忧虑，她问我，他什么时候才能长大呢？他会成长成一个什么样的人呢？

　　她跟我讲起他的从前，我坐在一旁认真地听着，不时地拿指甲去剔另一只指甲里的灰垢，觉得平生再也没有这样畅意的事情。

　　我母亲说，他很坏的。

　　我不禁笑了起来，她也笑了。

　　他喜欢偷东西吃，我母亲说，凡是能吃的东西，他都往嘴里塞；从三岁起，他就开始学抽烟，烟放在五斗橱上，他够不着，他就搬来两只凳子，加在一起，"攀登"到五斗橱上去了。

　　他所有的聪明才智全部用来"学坏"，他对"坏"似乎有着天生的敏感和迷恋。他撒谎，用尽了各种技巧，知道在哪些地方应该埋下伏笔，知道声东击西，知道在一些极不重要的细节上用力，知道说一些毫不相干的话，做一些毫不相干的动作，呢喃着，默默地走开……他即使打一个哈欠也许都是有用途的。他甚至还学会了动用感情。

　　可是奇怪的是，他又是个懵懂无知的孩子，他对任何事物的反应都不灵敏，他对世界似乎还缺少感觉。他在常态下是个向天空吐泡泡的小孩子。

　　我母亲说着，一边摇头，一边苦笑。

　　她反问我，你说他是个什么样的人呢？

　　我低头坐在板凳上，看着脚上穿的灯芯绒方口布鞋，那是一双紫色的绣花鞋。我摇了摇头，我觉得自己是很无力的。

我对我母亲说，我知道你是喜欢他的。他做最坏的事，你也不会怪他的，因为他不是有意的，他就是那么一个人。

我母亲笑了起来，她没有回答我的话，只问我，那你呢？你喜欢他吗？你将来会对他很好吗？你会不会欺负他呢？

我把双手撑在板凳的边缘，双腿并拢，微微地抬起。我说，我是喜欢他的。——轻轻地说着这句话，话很短，一下子就说完了；我在空气里静静地坐着，感觉着来自这句话的力量，我觉得有些压迫。

我母亲抬头看我，她微笑了。

我也笑了，抬胸向后仰去，放声大笑出来，觉得快乐之极。

三

我叔叔从浙江回来了，他退了伍，在我爷爷的水利管理处工作。他才二十一岁，是个帅气的小伙子。我喜欢他。

他常会到乡下来看望我们，有一天清晨，他到床边来喊我和弟弟吃早饭。他把弟弟从被窝里抱出来，一边替他穿衣服，一边摸他裤子里的"小麻雀"；我弟弟刚从睡梦中醒来，不很有知觉，然而隔了一会儿，他到底扭泥了起来。我叔叔便笑了，说，叔叔摸摸，也难为情了？

我叔叔看了我一眼，笑道，姐姐是不能看的了。

我低头加速穿衣服，抿着嘴微笑着，不一会儿就跑开了。

饭桌上，叔叔打量着我们，微笑着，说了一句没头没尾的话："我的侄儿和侄女。"我想他实在是喜欢我们的，或者，他也想到了一些更深远的问题了？

我弟弟正低头吃饭，立志赛过我，这样他就可以得到父母的夸奖了。叔叔从身后突然打了他一下，我弟弟吃了一惊，他抬起头来看我叔叔。我至今还能记得那一刻他的神情，很惊恐。

我叔叔说，是姐姐打的，你还她。他举起拳头，向弟弟做着手势，叫他打我。

我弟弟又扭过头来看我，看了一会儿，就低下了头，他的眼泪就淌下来了。我父母笑道，没出息，就知道哭！

我叔叔说，打姐姐呀，不怕的，有叔叔在呢！她不会打你的。

我弟弟泪流满面地抬起头，瑟缩着说，我不敢！……所有人都笑了起来。我也笑了，可是心里很是吃紧。

所有人都担忧着，这可爱的一对姐弟，也许并不像他们自己预料的那样互相善待。姐姐是这样的一个人物，她天生知道很多感情，她受它们控制，她成了它们的奴隶。她坚硬，有力，明朗；她不快乐。

而弟弟呢？弟弟正好相反。

姐姐从来到这个家门的第一天起，就发誓要善待她的弟弟，她那么爱他，她不能容忍他受一点委屈；因为他是她的弟弟，他长得那么像她，他是她前世的一个影子……

有时候她也怀疑着，他们可能"处不好"，她会打他，她常常有这样的冲动；为了按捺这种冲动，她必须和自己拼命；她看着自己微小的身体在力量的驱动下，一点点肌肉都在颤抖，她就会心疼、流泪；她想，她才只有四岁，她这一生不能做她喜欢做的事情，她为自己心疼、流泪。

她无数次地有打她弟弟的冲动，她需要伤害他。可是她对自己说，不管她如何伤害他，她都是爱他的。

到有一天，她真地动手打他时，她还是吃了一惊。因为这是毫无理由的，她到死都不明白，她为什么会这样对待她的弟弟，她为什么打他。

后来，她打弟弟就打顺了手，她打弟弟不需要任何理由，快

暖
与
凉

乐的时候打他，不快乐的时候更要打他；快乐的时候打他，打着打着就不快乐了；不快乐的时候打他呢，当然更不会快乐了。

现在，她回到这个家庭已经有一年多了，她和她的亲人们朝夕相处，耳鬓厮磨。她爱他们，她是这样一个有力的小姑娘；可是她爱他们，觉得自己很乏力。

有时候，她也会去爱别人。

是同村的一个男孩子，姓杨，因为排行老四，所以简称"杨四"。他家是南京的下放户，住在她家的西北角。两家虽离得不远，可是平时并不来往。那一年，他大概十岁吧，在她母亲执教的村小学读三年级。就有一天，大概是农忙季节。他和她来到田头，给大人送水。两个人在田头坐了一会儿，离得远远的，也没有说上什么。她记得那是个炎热的下午，她听到了很多蝉声。

后来，她母亲就吩咐他们把一小捆麦秸抬回家，他似乎是爽快地答应了。两个人走在村路上，她走在前，他在后；一路上也没有说什么话，只觉得路很漫长。到她家门口时，他们停了下来，他似乎还有些留恋，执意要把麦秸送到院子里去，两个人在门口僵持了好一会儿。

她低着头，有一瞬间，她觉得自己离他已经很近了，她看见了他的脸，那是一张男孩子的脸，不丑，可是也不漂亮，五官有些含糊。站了一会儿，她就进屋去了，他也离开了。

她后来回想着这一幕，那个傍晚，非常安静的一瞬间，她觉得在她和他之间的空气里，一定有过什么东西，两人都很明白，然而又非常地模糊，微弱。她不是很喜欢。她是这样的一个小姑娘，她天生就会去爱很多人，可是她的内心非常"清洁"，她不允许别人来爱她。后来她又看见了他，是在她家的门口，她正和一群孩子在空地上玩"跑方程"，他也加入进来了。她记得那天他穿着一件白衬衫，一开始，他是站在一棵槐树底下，他个子不高，站在槐树底下显得很瘦弱。

姐姐和弟弟

暖
与
凉

　　她一下子从队伍里退出来，领着她弟弟回家了。她弟弟不愿意，哭哭啼啼地跟在她后面，赖着不走，她"啪"地给了他一巴掌，弟弟便哭得更凶了。她说，你知道不知道，你知道不知道……她近乎声嘶力竭了。

　　她这一生爱过很多人，可能的人，不可能的人，意料之中的人，意料之外的人，丑的人，美的人，可爱的人，枯燥的人……都是与她不相关的人。她在爱这些人的时候，是与爱她的父母和弟弟不相同的——当然，这怎么能相同呢？

　　她爱这些人爱得坦白放松，即使在睡着的时候也会微笑，在微笑的时候会淌下眼泪；她也会掐自己的小手指，让它疼；她也会茶饭不思……可是过了几天，她就会忘掉了，开始重新爱另一个人。有时候她也会苦恼，她会同时喜欢两个人，那该怎么办呢？可是隔了几天，连这两个人也一块忘掉了。

　　她爱这些人，其实是爱得很苦的，她用了很多力气，有时候竟浑身颤抖。每当这时，她就觉得自己是很热烈的，跟她的外表正好相反。

　　那么她爱她的父母和弟弟呢，则完全是另一种了。

　　她非常平静，虽然有时候也会捧腹大笑，可是她是平静的。她喜欢一个人在太阳底下静静地坐着，并拢着双腿。院子里没有人，是一个晴朗的秋天的下午，她看见了蓝天和白云，那么高，那么远，她久久地看着，看了一会儿，她就淌下了眼泪。

　　她想，秋天的阳光那么刺眼，也许每个人在这太阳底下坐着，都会淌眼泪吧？

　　她抱着胸，把头抵在膝盖上，她的眼泪就会"哗哗哗"淌个不停，她觉得自己是伤心了。她那么爱父母和弟弟，所以她就伤心了。她伤心的时候总是要淌眼泪的，她淌眼泪的时候是无声的。

　　她从小就爱哭，自从踏进这个家门的第一天起，就哭个不停；她母亲有一次对她说，这不是个好兆头，你这样哭下去，将来也许是要倒霉的。他们从来不知道她是为什么哭的，她也不知道。

就像今天，她在这太阳底下坐着，是一个人，她看了一会儿蓝天和白云，想了一会儿父母和弟弟，她就哭了。

她哭，不是因为她不快乐，也不是因为她没有漂亮衣服穿，没有苹果吃；她哭，是因为她爱她的父母和弟弟，她不知道怎么去爱他们。她的爱从一开始就达到了极致，不可以多一点，也不能再少。

从来没有过这样的一种"爱恋"，它不热烈（也不可以热烈），可是它深广，她从生下来就注定要和它碰撞，她懂得了哀伤。

这是怎样的一种哀伤呢？

这个秋天的下午，她在院子里静静地坐着。偶尔，她也会站起来，掸掸身上的灰尘，接着又坐下了，看院子上边一方蔚蓝的天空。那样明亮的色彩，她是第一次看见。有一个静静的瞬间，她觉得她离一切都远了，她像白云一样在蓝天上飘着，可是她离它们仍是远的。

她又想起了她的弟弟，她想，她和弟弟真是很微弱的，他们像一粒灰尘，可是他们也会老去，直至死；很多年后，生命和情感从他们的身体内消失了，他们之间所有的一切，都像没有发生过的一样，就像世界上从来没有这样的一对姐弟，从来没有发生过这样的一段情感。……

现在，她已经彻底地平静了下来，她是这样一个安宁的小姑娘，她从不激烈，她内心有很多汪洋恣意的情感，可是表现出来时，她已经很平静了。一切绚烂归于平淡，只有她自己知道，她经历了怎样的一个过程。

她打开院门，倚门而立，田野的风从菜园子的深处吹过来；

姐姐和弟弟

那一瞬间，她觉得一切都很明朗了，有天光的这个下午，可以看得见很多事物，村庄，农舍，草垛，一只猫从屋顶上跑过，芦花鸡在她身后啄食……有天光的这个下午，她明白了一些道理。

她走出院门，去找她的小伙伴玩，她的心情已经很开朗了，然而不知为什么，也觉得深深的悲哀。

四

姐弟两个渐渐地长大了，一样的单薄和苍白，姐姐高一些，弟弟矮一些。两个人的容颜也略微有一些改变，姐姐瘦了，清秀了，明朗了，弟弟呢，仍旧很含糊。

姐姐已经七岁了。她不再常常淌眼泪了。她仍爱着她的父母和弟弟，她的爱让她变得有力而坚硬。她和他们已经很熟了，他们越来越深地融入一体，她的生活嵌入他们生活的深处，天衣无缝。

她懂得了劳作和分工，做她力所能及的一切事情，她感到劳累。每天傍晚，她清扫院子，把鸡鸭赶进圈里，抱柴伙到厨房；她弟弟呢，则在她的吩咐下，查看铁锹等器具是否物归原处，或者吃力地把粪箕里的土倒到门外的猪圈里……

然后姐弟两个站在院门口的槐树底下，等收工回家的母亲。

在黄昏的天色里，物体隐藏到黑暗后面去了，世界也消失了。只剩下了人。这时候，姐姐才看见了人。看见了她的家庭，她和父亲和母亲和弟弟……有一点点震惊。这是第一次，她以另一种眼光来打量着自己，以及她和家庭成员之间的关系。

她想，他们是谁呢？他们是父亲，母亲，姐姐和弟弟。可是除了这些以外，他们还是他们自己，在某一瞬间，他们与任何人都没有关系，他们很孤单。

就像现在，她和弟弟在院门口的槐树底下，一个倚树而立，一个坐在地上玩石子，他们离得如此之近，甚至听得见彼此的呼吸；这是深秋的黄昏，天色已经很暗了，然而她还能看见他长睫毛下的眼睛……她认真地看着他，有一瞬间，她差点认不出来他了。她想，他是谁呢？她知道他是她弟弟，可是她还是要问，他是谁呢？他离她那么遥远，她听得见他的呼吸，可是她觉得他们很遥远。他终于成了一个与她不相干的人，他的生老病死——在这一刻，她再也不关心了。……

现在，她只关心她自己。

她看着自己的手，那是一双小孩子的手，因为劳作的缘故，手上裂了口子，在寒风中皴得疼。姐姐轻轻地挤压手上的口子，有脓血从里面慢慢地淌出来。姐姐的眼泪也淌出来了，因为疼。这是第一次，她对自己充满了怜惜。她想，她才只有七岁，她在时间的风里走动，走过的也不过是一些田野和城市，看见了很多新奇的事物，家家户户的生活；窗户上贴着红鸳鸯，邻居的三喜娶新娘子了。……姐姐一年年地长大了，她从时间的风里走过，一步一个脚印地，小心翼翼地，然而仍保不住在那开怀的一瞬间，时间和外物对于她的伤害。利刃割破了她的手，沸水烫伤了她的身体，风沙刺痛了她的眼睛……

时间一寸寸地作用于姐姐，在她的身体上留下了伤痕；她看见了一个正在腐坏的自己，她的身体已经很粗糙了。

她的心呢，也是粗糙的。她不再是从前那个细敏的小女孩了。一个人，经历了很多事情，经历了伤害，哪怕只是肉体的伤害，也足以使一个人的内心变得坚硬而刚强，变得粗糙。所以姐姐觉得，她的心是很粗糙了。

再说，姐姐又遇见了她的弟弟，他是那样一个安宁的男孩子，体质柔弱；间或也有调皮开朗的一瞬间，眼睛坏坏的，露出一点笑泡儿。他大部分时候是懦弱的，贪吃，撒谎，不很有感情。五岁了，还穿着开裆裤，露出很肥的、像女人一样的可爱的

姐姐和弟弟

屁股，走动起来时，轻轻地绞动着，有些吃力。静下来时，他便一个人坐在太阳底下，拢着袖子，眯缝着眼睛，像要盹着了一样。他的影子在太阳底下显得很薄弱，很孤单……他长着一张清秀纯净的脸庞，漫不经心地，有些无辜；是悲伤以外的某种情感，弟弟永远只有一种情感，同一种表情。……

姐姐想，她的柔软的美弟弟在想些什么呢？他想要什么呢？……她不知道。姐姐永远也不可能知道。

姐姐的眼泪快要淌出来了。她看着他，是一个和暖的有阳光的下午，她坐在门槛上做她的针线活，她的脚边搁着她外婆的针线匾子，里面有红的绿的黄的丝线。姐姐在学绣一朵花。是外婆给描的样子，一朵牡丹花。偶尔姐姐也会抬起头来，看见太阳底下自己矮小的影子落进了针线匾子里。她的头有些晕。也会看见弟弟，看见他一个人在空落落的院子里坐着，安静而沉默的。远处可以听见风声。蓝天和白云依旧很高远。太阳下的弟弟的影子也变长了，变弱了，一开始影子是在弟弟的左边，隔了一会儿影子就走到了弟弟的右边。姐姐知道，这是时间在走动了。

姐姐低着头在绣一朵花，很认真地；偶尔也会想起弟弟，想起来时就会觉得很心疼，也心疼自己，也心疼弟弟。就觉得平生受到了莫大的委屈，想哭。——就觉得他伤害了她。多么奇怪呵，弟弟并没有打她，也没有呵斥她，也没有冷淡她，弟弟只是在一旁静静地坐着，可是姐姐觉得他伤害了她。

姐姐在绣花的时候，在针插入花瓣深处的那一瞬间，也在想一个问题：她和弟弟之间的感情，他们的渊源在哪里？是什么使她和她的亲人们生活在了一起，互相依存？——是爱吗？姐姐不知道。

她抬起头来，拿针在头发上轻轻划了两下。阳光像水一样地荡漾在她的身旁，轻轻地跳动着。阳光还洒在她的脸上、手臂上，像极了一种小虫子，毛绒绒的，痒咳咳的。做活的时间太长了，脖子有些酸了，姐姐放下针线活，活动了一下脖子。

在那空旷的院子的当中，有一口井，还有一个水缸，水缸里蓄满了水，有阳光落在水面上。风吹皱了水面的那一瞬间，芦花鸡从缸边走过。……屋子里有辆笨重的自行车，还有"蝴蝶牌"缝纫机，床底的搭板上搁着母亲的一双布鞋，呈八字形微微地张开着，像注入了新的活泼的生命，正准备开始走路。

姐姐看着这些物体——她并没有分明在看，可是看见了，看得很清楚。物体与物体之间隔着很长的距离，彼此并不能联系，可是总有一种无形的东西把它们联系在了一起。活塞井和水缸，自行车和布鞋，沾满了灰尘的相片镜框，她和弟弟……世界像一间打开了门和窗的屋子，透体明亮。

姐姐在想着她和弟弟之间的关系……她坐在安静而开阔的天底下，偶尔会听到虫子的鸣叫。人是小的，肃穆的，可是情感很大，很端庄。那样铁铮铮的事实，在那儿，无论如何都不应该怀疑的，可是姐姐还是怀疑了。

她想，她和弟弟的感情，他们之间的爱，真的就那么可靠吗？是天生的情感吗？很强烈吗？很单纯吗？

除了爱以外，是不是还有另一些东西渗入他们的情感中，比如恨（没有理由的那种），利益，力量的此起彼伏和交叉，男女之情，犯罪感和恐惧感……

是不是这些东西在左右着他们的情感，一点点侵蚀着原生的爱，使他们分不清彼此，分不清什么是爱，什么是恨；什么是对的，什么是错的。

姐姐坐在凳子上，膝盖上放着针线匾子，手撑在针线匾子里，身体整个伏在针线匾子上。有很长的一段时间，她认真地听着自己的呼吸声，很匀称地，气吐幽兰地。阳光渐渐衰落了，她地上的影子变得很轻，很淡，仿佛轻轻一抹就可以去掉一样。

姐姐知道，今天，她看到了另一个世界，这个世界也有规则，也有物体与物体之间的距离，和彼此的微弱的联系。也有人，也有情感和爱恋……可是在爱恋的背后，还有另一些东西，她不知道它是什么，可是她知道它是存在着的。

天色渐渐暗下来了，在那隐约之中，还能看见院门口的梧桐树枝上系着的一根红布条，在风中轻轻地飘扬着。世界在瞬间就恢复了它原来的面目，有原因和结果，有严密的内在的逻辑，不感伤，不热烈，不神秘。每个人都如履薄冰，在飞驰而过的一瞬间，也会遇见一两个他熟悉的人或陌生的人，也会有情感和爱憎，然而这都是不奇怪的。

姐姐大声地呼唤着弟弟，向他拍拍手掌，示意他起来干活了。弟弟应声站起来，跟在姐姐的身后（他向来都是很听话的）。她吩咐他把粪箕里的土倒掉，她自己呢，则在草垛旁垒着柴伙，然后抱到厨房里。

有时候姐姐会从劳作中抬起头来，看见黑暗迎面砸下来，到处都是黑暗，可是不知为什么，姐姐却觉得她的世界慢慢变得清澈澄明了，浑浊的那部分下沉了，清扬的那部分升腾而起。姐姐从她的感情里走出来了，她现在能站在她的体外——一个遥远的地方来爱她的弟弟了。她的热情沉淀了，她变得明晰和冷静。

姐姐成"人"了。人的一切最基本要素在她身上已经具备了：热情，温良，理智，自私，道德律，对自身适当的控制和约束……不多的一点动物性已经从她的身上慢慢消失了。

姐姐想，是什么使她成为了这样？这是人的必然之路吗？在由"荒蛮"走向"文明"的过程中，人丢弃了哪些东西，对自身造成了哪些束缚，跨越了哪些障碍，血源的深情也是这种障碍吗？真地能跨越过去吗？觉得哀伤吗？

多年来，姐姐就是想着这些问题长大的。后来就不想了，因为有的问题想通了；想不通的呢，在她成长的过程中也慢慢地消失了。就忘了。

五

算起来，姐弟俩的感情是什么时候恶化的呢，姐姐也不记得了。所能记得的就是她对他的爱，从见他第一面起，她就知道她会爱他。只不过是那样的一个男孩子，在很多年前她回家的那个傍晚，他突然出现在她的视野内。他的身底下骑了一根树枝，额头上有汗，夕阳在他的身后留下了影子。

可是她爱他，一定跟这些都没有关系。

他是个懦弱的男孩子，他是她的弟弟。他的瘦小的身体穿过时间之光，一寸一寸地长大。有一天清晨，他突然从厨房里跑出来，她在院子里看见了，她看见他的衣衫在清晨的风里飘舞；院子里没有人，天地在他跑过庭院的一瞬间，突然显得异常地空洞，遥远；她觉得他被淹没了，他融入了天地里，被凭空抹去了。

她在庭院里站了会儿，拿手去摸耳腮边的一颗痣，久久地摸着。四周非常安静，在那静静的一瞬间，只有炊烟飘过庭院。——她感觉自己的喉咙有些吃紧。

有一次，她告诉母亲，她害怕长大。是在阳光底下，她母亲伏在桌边改作业，她坐在一旁的凳子上，玩"折纸衣服"的游戏。

母亲便问："为什么呢？"

她低着头一直在做纸衣服，做好了，方才抬起头来说道："长大了，他该怎么办呢？他能做什么呢？"非常安静地说着话，声音很平安，可是她听得出来，她的声音里有哭音。

母亲也默然，摇着头，深深地叹了口气。隔了一会儿，母亲才说："那你呢，你对他这样不放心，可是你自己又能做什么呢？"

　　她把拳头轻轻地握在嘴边，用牙齿咬食指的骨节。她说："我是不怕的，过得不好，受再大的苦，哪怕死我都不怕的，可是他——"她觉得快要说不下去了，因为她的眼泪淌出来了，"他是不行的。他不能那样子的。"

　　母亲把笔放下，把本子合上，她看着她。她并不知道她这女儿，她才六岁，回到这个家庭也不过才两年，她所有的眼泪都是为她的五岁的弟弟淌的。

　　"我还害怕……"隔一会儿，她又说话了，但没有说下去。

　　母亲说："你害怕什么？"

　　"假如有一天我不喜欢他了，那该怎么办呢？"

　　"你会不喜欢他吗？"

　　"不知道……"她轻轻地摇着头，"因为时间长了……"她抬起头来看着前方，看见庭院的上空，有几片梧桐的叶子，在阳光底下；她没再说下去，也许她说了，可是声音很轻，她自己也听不清楚了。……

　　虽然姐姐也怀疑着，她和弟弟的感情，那样单纯伤怀的爱，迟早会出错，可是到底会错在哪里呢，她倒又说不清楚了。

　　就有一次，她领他走过一条小街的拐角，她走在前，他跟在后，不一会儿，她就把他摔在身后了。她站在一棵老树底下等他，回头看他，她看见了一个矮小的、惜惜懂懂的孩子，正在埋头走路，他的身后是空茫的天……她竟觉得深深的悲哀了。也不知为什么，初始她是爱着他的，到最后，爱的成份消淡了，只剩下了悲哀。

　　她看着他，便以为自己是站在一个很遥远的地方，居高临下的，彼此都够不着的——就像在看一个陌生人。她看着他走过来，低着头，脚踢着石子，蹦蹦跳跳的；偶尔他会抬头看她一眼，他的眼神是小心翼翼地，揣测的，惊恐的。

　　这不是第一次，他用这种眼神看她。她跟他讲过无数次了，她是他的姐姐，她爱他，她只会善待他，她从不会伤害他。他虽也答应着，点着头，可下次再看她时，他的目光仍是闪烁的、惊恐的，萎萎缩缩的像只小虫子。

姐姐便想哭。

她从没想到他们之间会是这样……从前她爱过他——最简单朴素的那种。她的爱让她凭空受了许多委屈，虽然她也没做什么，只不过是在太阳底下静静地坐着，想起他的时候便会淌下眼泪。大部分时间她是不爱他的，她有着自己的微小而整洁的世界，她的世界里还有很多其他的人物，以及人物之间的关系，友爱的、暴力的、自私的、冷漠的……可是在那业已过去的荒老的岁月里，哪怕她爱他只是一瞬间，她也得承认，她为他受了委屈。

他从不知道，当然，他怎么能知道呢？他是那样一个缺少感应的人。——他从不知道，在他一生的某一段时间里，他曾经被一个人关爱过，那个人是他的姐姐。她是那样一个明朗而坚强的人，可是因为爱他，她变得伤怀而感恩，她满腹幽怨，她不快乐，她的躯体变得格外地柔弱，一阵微风都可以把她吹得淌下眼泪。

心情好的时候，她会破例地讲很多话，坐在板凳上，并拢着双腿，偶尔会爆发出一阵大笑。他很少看到她有这样的时候，略略有些吃惊，可是隔了一会儿，他便也笑了。他是多么愉快啊！

她跟他讲起她从前的事情，很慢很慢地；坐在太阳底下，眯缝着眼睛，偶尔也会有风吹过，风把她的头发吹下来，她便会把发梢抿在嘴里。她叫他搬来板凳，像她一样坐着，坐在她的对面。有时候他也会学她的样子，并拢着双腿，把双手撑在膝盖上，睁着一双清明的眼睛看她，认真地听她讲话。——她看着便会笑起来。

两个人离得是如此之近，以致于他能看得见她眼睛里的瞳人，她的瞳人发着光，里头也有他的影子。他的膝盖挤着了她的膝盖。她便会坐起来，把身体稍稍往后仰去。有时候她也会停下来，告诉他他的眼睛里有眼屎，他便会拿手背去擦眼屎。擦完了，她方才接着讲话。

讲故事的间歇，她偶尔会抬头看天，整个人显得异常地静默、空远。——他便也抬头看天，在他视线所及的地方，有高高的院墙，梧桐的叶子，还有蓝天底下正在飞翔的小鸟……他不知道她到底在看什么，是看蓝天，还是看梧桐树叶，还是看小鸟。他便回过头来看她的眼睛，她虽然仰着头，可是他很容易就看见了她的眼睛了。她的眼睛是很好看的，她有着水晶般明亮的眸子，闪闪发光的……弟弟看了很长时间，才突然明白了，那闪闪发光的原来是她的眼泪。

弟弟觉得很奇怪了。他想，她这是哭了么？——这不是她的第一次，从遇见她不久，他就知道她是个喜怒无常的人，常常由平安转向暴怒，由暴怒转而欢喜——对于她，他只知道她是他的姐姐，他身体之外的另一个人，与他有着亲密的血源关系，可毕竟不是他自己。她欢喜的时候他也欢喜，她沉默着他便有些担心，她生气了他感到害怕。

他想，她到底是谁呢？她是他的姐姐，她也是个陌生人。

他就这样战战兢兢地坐在她的面前，低着头，他的眼睛落在了她的格子布的裤角上；也不敢问，也不敢拨腿就走，过了很长时间，他方才壮胆怯怯地问道："那后来呢？——你还会讲下去吗？"

她站起身来，弯腰捡起板凳，说道："不讲了，天也不早了，下次再讲吧。"轻轻地说着这些，非常温和地看着他，还笑了起来，露出她那不整齐的牙齿——她笑起来的时候是很好看的。

弟弟这才放下心来，他那亲切的小姐姐又回来了。他喜欢她看他时的眼睛，她的眼神不再是空洞和遥远了，它重新充满着温情，变得非常地安静，朴素。偶尔也会有些嘲讽——对于她过往的情感——也有些不耐烦。然而这些弟弟都是看不出来的。

……姐姐走过小街的拐角，在一棵老树底下站住了，回头看身后那苍茫的天，她看见了她的弟弟，站在那小街的尽头，那天底下……姐姐觉得苍茫。仿佛在那一瞬间，什么都消失了，也爱过，也恨过，有过委屈和疼痛，有今生也不可以达成的那种默契和谅解，可是在某种时候也会有片刻的欢喜……然而毕竟都会慢慢地消散了。

从前她也这样看过他，站在一个很遥远的地方，以一种冷漠的、不相干的态度来回忆起从前，他和她之间的那一点一滴已经流逝掉的日常生活。

这次呢，她扶着一棵老树——是阴沉的下午天气，她领着他走过一条小街的拐角，一开始两人是并排走着的，偶尔还会作一些简单的交谈；不知为什么，走着走着她就生起气来了，又不好发作的，只好大踏步地往前走着，用了很多力气。

现在呢，她站在一棵老树底下等他，气还没有消，但正努力地克制着。她看着他，偶尔也会抬头看树冠，看见满树的叶子，一线一线的天色和云朵从叶子的深处漏进来。

有一瞬间，她觉得自己凭空往后跌了很远，跌到一个离她自己都很荒远的地方，来看着她自己，她的弟弟，她和他共同走过的日子。——便觉得一切都是很平常的，很多年以后，可不是一切都平常了么？只不过是一对普通的姐弟，天生就注定有很多不同，她爱他，可是他有点怕她，他看她的眼神总是瑟缩的，惶恐的。

如今，很多年过去了，他和她之间已经隔着很长的一段距离。她自己都不能相信，她爱过他，只不过是那样的一个男孩子，小，微弱，有一双迷糊的眼睛，因为他的存在，任何物体都

姐姐和弟弟

显得庞大……就是这样的一个男孩子，他在她身上还投入了情感，凭什么呢，她摇了摇头，竟叹息了。

她又抬头看了一下天色，天更加阴沉了，是要下雨了么？远处有风吹过来，刮起漫天的尘土。小街的尽头突然出现了两三个人，急匆匆地，身子向前探着，一晃而过。她弟弟也跑起来了，捂着头，一步一摇的——他的鞋有些不跟脚。姐姐才知道果真是下雨了。

她把衣服裹了一下，往树干上更紧地靠了靠。她想，今天有什么不一样吗？——人也还是从前的那个人啊，有肉身和情感，也需要呼吸，也需要吃饭——也还在爱着——可是她觉得她对他很不一样了。

他在她面前站定了，拿袖子去擦头上的水。两个人很长时间没说话。他侧头看了她一眼，她的脸色铁青，他愣了一下，很惶恐地，又举起袖子去擦头上的水了。

仅仅在一瞬间，她突然暴怒了起来。她看着他，非常冷漠地，她从来没有像今天这样，对她身边的这个男孩充满了怨恨和鄙夷。从前她爱过他，是的，她知道，她的爱让她受了很多委屈；从前她不快乐，是的，她一直不快乐。——可是她知道，今天她这样恨他、瞧不起他，一定跟这些都没有关系。她的恨在她的体内。

从见到他的第一面起，她就知道这一天迟早会到来；她从来就知道，她对他的爱是不可靠的，脆弱的，应该值得怀疑的；她知道它会坏掉，烂掉，碎掉。有一天她会打碎它——她非打碎它不可。

她是这样的一个有力的小姑娘，她坚硬而明朗，她有着骨子里的真正的冷漠。是因为爱，才把她变成了另一个人，爱把她全毁了。它伤了她的心，也毁了她的身体。

她看着自己的躯体一天天地长高了，变瘦了，却更加地结实和苗壮了。嗨，她有什么办法呢，她更加地结实和苗壮了。

她把他叫到跟前来，起先也并没想打他，不过训斥两句，撒撒气就算了；可是她看见了他的眼睛，那是一双平坦的眼睛，看不出个子丑寅卯来，可是她还是着实地气恼了一番，她想那一定是他的神情，瑟瑟缩缩的，有点萎，像只动物。

她把他唤过来，一只手撑在树干上，为了镇静她自己，她的小手指在树皮上磨擦；另一只手展指向他伸开。她哆嗦着嘴唇——她发现她的全身都在颤抖，她的身体是绵软的，更是有力的。今天，她有许多话要说，——关于他，她有很多话：他的懦弱和无情，他的可耻，他甚至还偷钱。他偷钱做什么，啊？他偷钱是为了买东西吃……她要说很多，她瞧不起他，她恨他，她要伤害他。他是这样的软弱，不伤害他伤害谁？

她要说的并不是这个，可是她要说什么，她自己也不知道。

她说："今天我不打你，啊？你知道，今天我不想打你——"她拿手指点着弟弟的脑门，敲得铿锵作响，"但我告诉你，你别惹我生气。……"话还没有说完，她眼泪已经淌下来了；脸色仍是铁青的，脸上的表情很坚硬，有点扭曲。

弟弟站在一旁，弓着身子，哆嗦成一团。他的眼泪淌下来了，抽抽泣泣的，又想哭，又不敢哭。姐姐见他哭了，自己越发觉得委屈，便撕开嗓子痛哭几声——势必压过他的。雨下得更大了，滂沱似的，两人虽站在树底下，周身竟淋得瓢浇似的，没一个干处。

她在树底下蹲了下来，低着头，拿双手搂住肩膀，很紧地，她觉得自己快要喘不过气来了。雨水砸在她的脸上，头上，脖子上——她那小而苗壮的身体上，一点点都感到疼痛。雨水从她的衣服里淌下来了，很重地，她觉得自己的身体已经快撑不住了。

有好几次，她想抬头看他，可是她不敢。也不能。她将会看见一个弱小的、值得怜惜的孩子，看见外物怎样作用于他的身体，在他的身体上留下了伤痕。看见他正在忍受着屈辱，这屈辱来自于他曾经很依赖的人。

现在，他离她已经很近了，仿佛又很远，隔着一道又一道的雨帘，他和她始终不能走近。他站在雨里，捂着眼睛，嘴里"咿咿呀呀"哭个不停。有人从他们身边走过，打着伞，看着雨地里的这对奇怪的姐弟。走了很远，仍禁不住回过头来看着他们，终于一点一点地远去了。

六

弟弟五岁那年，跟着父母和姐姐来到城里，住在水利局家属区的大院子里，院门口就是 H 城最繁华的街道，一个人的时候，弟弟会倚在门口看街景，看见很多人从街上走过；还看见街的斜对面有一家理发店，不知为什么，就记住了。……后来长大了，经历了很多事情，对于童年最深的记忆还是家门口的那间理发店，开着门，梧桐树叶遮住了门上的半块玻璃；他远远地看着，一开始，他还是在看玻璃，后来他就不知道自己在看什么了，非常遥远的一种感觉，不疼痛，不爱，也不恨。

这是弟弟常有的一种感觉。

——弟弟自己也记不清楚，他挨了姐姐多少打，他受了多少她的呵斥、辱骂，简直没有来由的，有时候两个人正在说笑，她就会跳起来打他。一开始弟弟也反抗，后来就不反抗了，因为知道没用。

每次打完了，惊动了父母了，该抚慰的抚慰了，该惩罚的惩罚了……弟弟就会一个人来到这街头，贴墙站着，手背在身后；一抬眼就会看见马路对面的那家理发店，看见被梧桐树叶遮住的那半块玻璃；有时候是冬天，梧桐叶凋落了，梧桐树枝还是在着的，把玻璃分成一块一块的。弟弟看着，看了一会儿就回家了，非常遥远的一种感觉，也不疼痛，也不爱，也不恨。

　　姐姐的脾气一天天地大起来，有时竟很粗暴；她是天生坏脾气的，然而她打弟弟也许跟她的脾气并没有多大关系。她爱他吗？——是的，她很爱他。她恨他吗？——不知道，真的，她不知道。

　　从前也有过这样的时候，为一点小事就打他，有一次母亲看见了，非常地吃惊。母亲抱着弟弟，查看他的手臂上是否有伤痕，母亲说："我从来没想到你会打他，因为他是你的弟弟，他才只有四岁……"她说着摇了摇头，吁了一口气，觉得很可怕了。隔了一会儿，又说："你曾经那么喜欢他，你还答应过我，你要好好善待他，你忘了吗？"母亲认真地看着她，低着头直问到她脸上来："你忘了吗？"

　　姐姐转过身便哭了起来。

　　又有一次，打弟弟打得重了一点，弟弟便跌跌爬爬地跑到父母处告状。母亲抱起弟弟，好半天没有说话；父亲在一旁喝问她："你为什么打弟弟？"——她站在屋子当中，低着头，觉得自己是震了一下；父亲的声音并不大，然而姐姐觉得自己的身体震动得很厉害。满屋子都是父亲的声音。在她视线所及的地方，有桌椅的木腿，碎纸屑子，从墙上夺拉下来的一幅画……满屋子都是父亲的声音。

　　她不知道怎么回答。

　　母亲转过头来，母亲的眼里有泪水。母亲说："你不是在打他，你是在折磨他；他还是个孩子……你不能伤害他。"母亲的眼泪终于淌了下来。姐姐的眼泪也淌了下来。……

　　这已经是从前的事了。一年年地过下来，在姐姐和弟弟的关系中，时间带走了很多东西，也改变了很多东西；但是只有一点没带走，那就是疼痛。弟弟为什么会觉得疼痛呢，因为总是被姐姐打；姐姐为什么打弟弟呢，因为她感到疼痛。

姐姐和弟弟

　　有时候，姐姐觉得自己已经完全脱离了从前的情感，她再也不会去爱人了。她现在自私、豁达、美好。她是这样一个安宁的小姑娘，她灰败的容颜将来会变得很美好。

　　有时候走过一条小街的拐角，小街上没有人，静静的晌午人们都睡去了，窗玻璃上有蓝天的倒影，流云从玻璃上慢慢地淌过。不觉又想起了弟弟，想着他将来会成为一个什么样的人——她真是不放心啊！有一个恍惚的瞬间，她觉得从前的一切仿佛又回来了，虽然很多年过去了，斗转星移了，人也不是从前的那个人了；虽然原初最单纯明亮的情感到后来也慢慢地走了样，然而在那晌午的阳光底下，她看见了自己微小的影子……不由得又停住了脚步，内心禁不住一凛，觉得很伤心了。

　　这一天在饭桌上，又不知为了什么，她拿筷子抽弟弟的脸，弟弟举起碗挡着，碗掉下来，饭菜洒在桌子上。他低下头，半天没有声响，后来拿袖子擦眼泪。母亲俯身安慰他，查看他的脸、手臂是否有伤痕。她递给弟弟一把筷子，对他说："去，她刚才是怎么打你的，你就怎么打她！"母亲的话在空旷的屋子里慢慢地荡漾开来；饭有些凉了，汤顺着桌沿往下淌，一只筷子安静地躺在墙角，猩红的颜色。

　　弟弟似乎没有听见母亲的话，他把脸藏在桌子底下，身体抽搐得厉害。姐姐看着他——她的心在发紧。她不知道他是否听见了这世界的一点声响。他将如何感应？他的可爱的肉脸，怯弱的眼神，巨大的时间潮中———点点的摧残和伤害。

　　姐姐站在门口，看见了自己在太阳底下的影子，仓促地赤着脚，披头散发，屋子里的一切，凌乱而败坏。她看见母亲站在五步开外的桌边，母亲的左手捏着一根木棍，右手在剔牙。姐姐突然打了一个寒颤，她在想——是呀，她在想，死是一件多么美好的事情啊！

　　母亲并没有打她，她以一种与这种场合极不相称的冷静的眼神看着姐姐。她说："他是你弟弟。他跟你是不一样的人。你不能这样待他。"母亲的话句句顶真。她是把它当作话来说的——她只能这样了。

母亲也许什么都明白了，她的内心透彻明亮，可是她又能明白什么呢？

静下来的时候，姐姐也会想想自己，想着她是一个什么样的人，她为什么如此残忍地对待她的弟弟，想了一会儿就睡着了。是冬天的午后，她躺在自己的小人床上，拿被子捂住头，泪水沾湿了被角。

很多年后，姐姐仍在想着这个问题，到她成为一个少女，一个青年；她渐渐地老了，结了婚，生了孩子，她已经是一个中年妇女了，仍在想着这个问题，她为什么残忍地对待她的弟弟。她为什么？

似乎有千百万个理由，然而每一个理由都不成为理由。她在爱着，她那么温绵善良，她弟弟也是温绵善良的，他们彼此充满着静静的、深厚的情感。他们应该互相善待。

星期天的上午，大人都上班去了。初冬的阳光照在屋子里的茶几上，"红灯牌"的收录机里苏小明在唱歌。姐弟俩守在沙发的两旁，拢着袖子，非常快乐地、认真地听歌。都有些茫然。

日子那么漫长，冬天照样的冷，冷得无处可藏。苏小明是个可爱的姑娘，听说她已经二十六岁了。她现在在干什么呢？她生活得幸福吗？

姐姐对弟弟说："你已经十岁了。"

弟弟睁着眼睛，想了想，有些吃惊。"是噢，都十岁了，那么快。"他爽朗地笑起来。又说："那你呢？也十一岁了——那么大了。"姐姐也笑了，眯着眼睛，仿佛一下子不能接受。

夏天他们会躲到屋子里说话。各自屈膝抱腿，很乖的样子。说到开心处，会大声地笑出来。有时候也会撒一些娇，娇嗔的样

姐姐和弟弟

子，很轻巧。都是把对方当作异性来看了。母亲进入屋子，看着被热气焐得汗流夹背的一对儿女，奇怪地问："在屋子里干什么？也不嫌热？"答曰："在说话。"齐声笑了起来。……

　　最快乐的时候也是最危险的时候。姐姐往往在这时突然动起怒来，她听见了自己的笑声戛然而止，她的肌肉紧张而有力，她的神情，在瞬间变得格外地坚硬。

　　弟弟抬起头来，他的笑声也戛然而止了。他抿着嘴巴，侧头看着窗外，绿色的纱窗上有两条金鱼，在阳光底下显得格外醒目。屋子里非常安静，偶尔也会听到间歇的蝉鸣，在那蝉鸣的背后，弟弟也听见了自己心跳的声音，一下，两下，不知是快了还是慢了。

　　姐姐立在窗前，他看不见她的脸色，然而他知道她的脸色一定是很难看的，她生气的时候总是很难看的。她打开一个抽屉，又一个抽屉，他听见了她的手触碰到纸张时所发出"岁岁簌簌"的声音。她关上抽屉，又是木头撞击的声音，并不很响，然而他知道她是用了一些力气的。

　　弟弟从墙角站起身来，如果这时候他走出房间，必须经过姐姐的身边。他犹豫了一下。他看着她的背影，瘦而高的，她只比他大一岁，然而从身量上却要高出他许多。他喜欢看她的背影，因为背影是没有表情的。他顶害怕她转过身的一瞬间，她的脸。她的脸也是没有表情的，木然的。她有一双非常大的眼睛，双眼皮很沉厚，眼皮的后面没有内容。整个儿像个死人，死人的身体里也积蓄着力量。

　　姐姐转过了她的身体，她发现她的眼里有泪水。她看着他，他也看着她。——他也发现了她的眼里有泪水。

　　她对他说："你走吧。"她的声音很轻。很平淡。

　　他长长地舒了口气。——今天她并没有打他。他低着头，从她身旁走过，走到门口，推开纱门，闪身而出。纱门自动关上了，在他身后发出"哐当"的声音。今天她并没有打他。……

七

　　姐弟俩现在难得说一句话了，他们读的是同一所小学，她念四年级，他念二年级。有时候两个人会结伴上学，一个走在前，一个走在后，冷漠，不相干的样子。走过家门口的一条马路，过了十字路口，两人就分道扬镳了。各自沿着不同的路向前走着，越走越远了。

　　两人的世界都空前地开阔起来，出现了很多新的有趣的人物，二（1）班的杨小丹是从新疆来的，陈家培去省里参加作文竞赛了，王敏敏是校花……陆玉明上课时爬桌底，像个小耗子一样，笑死人了。

　　回到家里呢，面对的仍是从前的环境、房间和人，窗台上放着一盆万年青，还有一盆仙人掌，仿佛从来就在那儿，还将永远在那儿。

　　姐姐的脾气更加暴躁了。她学会了摔碟子打碗，和父亲顶嘴，和母亲生闲气。平时尚好，逢着寒暑假，必有一场大闹。打得最多的还是弟弟，打完了，两败俱伤，姐姐就会在那静静的空气里呆着，呆得久了，连自己也恍惚了，竟不知身在何处。有一瞬间，她觉得自己仿佛失去了那微小的肉身的所在，她掐着自己的手腕，温热的，软而光滑的，——左不过是那轻微的肉的感觉。偶尔也会摸到脉搏的跳动，很急促地；她听到了自己微弱的呼吸声，她的身体已经瘫软了。

　　她弟弟倚在墙角，双手圈住头，他的手臂上有青一道紫一道的伤痕。他低头哭着，一开始是认真哭着的，哭到后来就忘了，也不知自己在哭什么了。偶尔也会侧头看自己受伤的手臂，原已是不哭的，这一下却哭得更气壮山河了。

她打他，他从来不还手，能躲则躲，躲不掉的，就由着她打。她要打到他臣服才罢，他却又不答应了。她哭着说："你起来，起来把脸洗干净了，我就不打你了。"又说："你向我认个错儿，就说原是你错了，下次改正，就喊一声姐姐……"

他低头擦泪，认真地听她说话，等她说完了，"呜呜啼啼"地却哭得更响了。

她拿双手搬住他的脑袋，夹紧了，对着他的脸问道："你没听见我的话是吗？你的耳朵聋了是吗？——"她说着哭了起来，道："你拿这个报复我，你报复我！"她再也忍不住了，她掐他的脖子，她和他扭在一起，她把他的头搬起来往墙上撞，她自己的头也往墙上撞，她听见了她头皮撞击的声音，天花板，桌椅，窗外阳台上晾晒的衣服，在她面前旋转了起来……也不知闹了多长时间，两人终于歇息了下来，他吃了亏，但她也没占到半点便宜。

她在屋子里坐着，是一个酷热的夏天的晌午，屋子里略显阴凉。墙壁上的挂钟已打过十一下了，父母也快要下班了吧？姐姐突然打了个寒颤。她坐在那儿静静地听钟摆的"嘀答"声，很清脆地，屋子里更显安静了。

她看着他，他瑟缩在墙角，气息奄奄，她听到了他那粗重的喘息声，——这次打得确实重了一点。偶尔他会抬起头来看着她，他的眼里有小鹿般惊恐的神情。她想，她已经认不出来他了，他是她的弟弟，可是他们现在是如此地生疏和遥远。

她自己也没有想到，她和他会有今天，从前她爱过他——最广泛开阔的那种。一个明朗的深秋的下午，她一个人坐在庭院里为他淌眼泪；她带他到春天的田野里割野菜，她远远地看着他，看着风和时间从他身旁经过了，她就觉得自己在淌眼泪。她走在他的身旁，去村头接周末回家的父亲，偶尔她会侧头和他说一两句话，都是一些极简单的话，语气很平淡，在空气中静静地震颤着——这些话至今还留在她的记忆中。更小些的时候，她和他还在一张床上睡觉，睡在一头，清晨他们会一同看窗棂外的天空，也会说一些话，她说话的时候，他就伸出舌头够他自己的小鼻子。

如今很多年过去了，时间在他们之间拉下了间隙，使他们彼此嫌恶，彼此生疏和陌生。时间也改变了她很多，挫败了她的情感，尊严，和对自己不多的一点爱怜。——现在她一点也不爱惜自己。她嫌恶自己比谁都厉害。时间还改变了她的形体和容颜，使她从一个女童到少女，从一个少女到女人……她十二岁那年来了"初潮"，她就对自己说，是从这一天开始，她已经成为女人了。

她弟弟呢，仍是从前那个光溜溜的小孩子，人高了，瘦了，扁平的，更加懦弱了。姐姐便想，真好啊，时间还没有在她的弟弟身上留下阴影。她怎么能容忍他长大呢，他那么温绵善良，一阵风都可以伤害他，她怎么能容忍时间伤害他呢？有时她想，他们中的一个人要是死了就好了，死了，一了百了；死了，他们就再也不会互相伤害了。

她扶着墙壁站起来，伸了一下懒腰，头仍是隐隐作痛；屋子里的空气很沉重了。她要到室外去。后门口是一条小街，她沿着小街走路，偶尔也会在一家五金店前停下来，看看玻璃柜台里的电线和电插座。看了很久。

她在一棵老树底下站住了，一抬头就能看见小街的对面她的家，在二楼，玻璃窗上有耀眼的光芒。窗户有一扇是关闭着的，是厨房，厨房的左边就是她的卧室了。她弟弟的卧室在那一面，她是看不见的了。

她在树底下站着，树叶很茂盛，有阳光洒在她的身体上，衣裙上。偶尔也会有风吹过，风吹过的时候，对面巷子里的一条狗正在吐着舌头。越来越多的自行车从她面前穿梭而过，也有正在行走的人，走过她的身边，脚步稍稍带起了她的裙角。……在那一瞬间，她仿佛突然盹住了一样，她看着这些人，这条狗，这夏蝉……这些活泼的、尖锐的生命，在这正午的阳光底下，突然变得静默了。阳光有一阵是弱下去了，可是还留下了人的轻淡的影子，矮小的、虚弱的，惶然而过。人们"咕咕呱呱"地说着话，发出笑声，可是她听不见他们。——一切都像在梦中。不知是真的还是假的。

　　她抬起头来听树丛深处的蝉鸣，很认真地，听了很久。阳光重新强大了起来，发出白炽的光芒。——在那样白炽的阳光底下，她觉着悲凉。

　　她拨腿就往家里跑，穿过一条漫长的小巷，院墙，二号门的楼梯，自家的门口……她又看见他了，他仍坐在客厅的地上，两腿盘起，正在划墙；一横，又一竖，他有着细而长的指甲，在墙上留下了一道又一道的指甲印子。

　　她在他身旁半蹲了下来，她拿起他的手臂看着，紧紧地贴在她的脸上，她抱着他，失声痛哭。她说："是姐姐错了，姐姐本来没想打你，姐姐是个可恶的人，……姐姐下次再也不打你了。"

　　弟弟原是哭着的，这时却突然噎了声，那可怕、沉默的一瞬间，屋子变得阴凉。他畏缩在墙角，背对着她，身体抽搐得厉害。不一会儿，他重又哭起来，哩哩啦啦地哭诉着他自己也听不清楚的话。

　　她也哭了起来，一切全错了，事情不是这样子的。她打他，不为别的，只是打他。一开始有点不快乐，后来打着打着就恨起来，他的懦弱和不争气。甚至他对她的误会，他把她当作了另一个人，一个外表上看上去的那个人。

　　他终于开口"说话"了——他微弱地叫了声"姐姐"——她的眼泪再次夺眶而出。天知道她多么爱他。她喜欢他干净，温和，好脾气的样子，就是现在，他像个婴儿。他为什么不早"说话"呢？事情本来不会这样糟的，她要的不过是他的一句话，一个眼神和手势，微弱地屈服着，像个女孩子。

母亲下班回家了，看见亲爱的儿子青头紫脸，满脸伤痕，便明白是怎么回事了。她板着脸朝姐姐走来，还没走到她跟前，姐姐就跪下了。母亲手扶着沙发，眼泪不禁落下来。她哭道："你总得告诉我是什么原因吧。弟弟就是犯了错，也由不得你来管教。现在人都被打成这样子了，你总得有个理由吧？你恨他，总归也有恨的理由吧？"她又转过头来对父亲说："我自己养的儿子，我从来舍不得打，凭什么要由她来打？她凭什么？"

她再也忍不住了，上前扯住姐姐的头发往墙上撞。姐姐弓着腰，拿手捏住母亲的膀子，护着自己。她哭了起来，然而内心还是坚挺的，站在制高点上，不肯屈服。她抬头平静地、干巴巴地看着母亲，她让她感觉到一种分庭对抗的力量。母亲更是发了疯了似地掐她的脖子。姐姐一动不动地贴在墙上，感觉到呼吸的急促和困难，力量从她的体内散发了，生命变得气若游丝，——她闭着眼睛，不挣扎，不还手，她等待着生命以一种极端的方式结束。

她贴在墙上，看见母亲的身体变得越来越模糊，像狰狞的影子。——她一点也不恨她的母亲，她爱她，她曾经那么信任她。很多年前，她是个美丽、温良的女人，她有很多情感。很多年后，她老了，粗糙了，臃肿了，脾气越来越暴躁了。也许在她心情很好的时候，或者是晴天，她的手触碰到了一块有机玻璃，她就会想起很多年前，她自己，她的一双儿女。想起那些在阳光底下的日子。可是她再也不会知道，在她一生中的某一段时期，她曾经被一个人爱过，那个人是她的女儿。——那时她也不过才五岁吧！就为了爱她，这个当年只有五岁的小姑娘吃了许多苦头，她为她淌了很多眼泪，——她再也不会知道。

她同时也不会知道，很多年后，她的"爱过"的女儿会突然

姐姐和弟弟

变成了另一个人，她残忍、坚硬、无情、忧郁……她常常会失声地哭起来。——连姐姐自己也不知道，在这漫长的时光之流中，到底是什么起了决定性的作用？她看着她身处的世界一寸寸地腐败了，人衰老了，肉体腐烂了，情感不纯良，……它跟她小时候看到的世界完全不一样了。

　　她还记得小时候，她和父母弟弟同床共眠的情景。是夏天的晚上，一家人躺在凉席上，在院子里乘凉。母亲穿得那样少，她甚至光着上身，露出夺下的乳房，姐姐笑着打趣时，她便会笑道："是自己的儿子，怕什么？"口气干净明朗，是说给弟弟听的，竟带有女人撒娇的口气。姐姐呢，则穿着短裤和胸衣，因为小，还没有胸脯，愈加喜爱自己的纯洁。父亲半躺着，正在抽烟，手臂围在脖子上，露出浓密的腋毛。姐姐并不朝他看，只安静地坐在他的脚头，偶尔她会搭讪一些话，自言自语地，自己先笑起来。——他们说着话，吃消暑食品，然后重新躺到床上，姐姐和母亲一头，父亲和弟弟一头，盖宽大的毛巾被，享受着亲密无间的肌肤相触的乐趣，敏感着彼此的体温和体香，父母对孩子，男人对女人。那裸露的身体及四肢、体毛，光滑清洁的肌肤，浓郁芬芳的夏夜，——他们躺在一起。一家人简直是天真了。

　　她喜欢那样的晚上，那么安静，没有邪念。四个简单的男人和女人，朴素的生活。她聆听着父母和弟弟的呼吸声，骨骼翻动的声音，声音如此清晰明朗，时间在此间凝固。她抚摸着母亲的身体，有些潮湿，柔软的体温和淡淡的肉香，如此真实。她的手从父亲和弟弟的脚背上轻轻掠过，并不碰他们，她能感觉到那两个男人宽厚结实的身体，在夜深人静的背后，她感觉他们。呵，她曾和他们同床共眠，她珍惜这些。

　　她贴在墙上，静静地看着母亲，她的眼泪淌下来了。她对自己说，她回到这个家庭已经十年了。她为什么要回来？这整个是一场错误，她遇见了她的父母，然后是她的弟弟。她和他们发生了一些情感纠葛，——这样的情感里有许多委屈。她以一种不可遏制的力量成长，波及到许多人——然而她总觉得自己受到了莫大的伤害，再也补救不回来了。

她想她应该离家出走，到一个陌生的城市生活。她走遍那个城市的所有街道，希望寻访到一个男人，一个长着络腮胡子的陌生男人，粗黑、丑陋、模样吓人。他们走进城市深处的旮旯里，正确地拥抱。——为什么不呢？爱一个人，在她是早就懂得、无师自通的。她才十五岁，可是这不要紧。这很好。她父母、弟弟在一旁看着，都有些目瞪口呆了。……

她走在她十五岁那年的小街上，是在夏夜，她又听见密密麻麻的蝉鸣，像一张无穷无尽的网。街上没有暴力事件发生，没有情杀。时代与城市都显得过于正确了，男人们不知在干些什么？——她走在自己的城市里，被悔恨和爱恋折磨着，被自尊折磨着，被一种广大无边的力量所困扰，她的眼泪终于忍无可忍地又淌了下来。

是一种"爱恋"，她想着，后来变成一种仇恨；再后来就是隔膜了，像她对弟弟，说到底还是疼痛，是打和被打的感觉。也不晓得怎么弄成这样子了。

姐姐和弟弟

沿河村纪事

1

十五年前，我曾走访过一个小山村，那时我还是个在校大学生，暑期跟随两个师兄去做社会调查。这个小山村位于广西境内，依山傍水，风景秀丽。

这个名叫"沿河"的小山村在中国社会发展史上曾暴得大名，这得益于我导师汤东林先生。汤先生曾在 1937、1946、1964、1978 年四次光临该村，见证了我国社会发展不同时期在这个小山村的缩影，成就了著名的《沿河村调查》一书，此书无争议地被视为是国内社会学的奠基作之一。

汤先生对沿河很有感情，把它视为第二故乡，只可惜他当时已垂垂老矣，无法履行他的第五次出行计划，我们的走访，正是在他的授意下进行的。"过去看看——"他这样嘱咐我们，"不要带什么目的，我当年也是这样，就是过去玩儿，

124

随便看看，若有可能的话，跟他们做做朋友。"

他报了几个人的名字——其中一个王寡妇——若是还活着，叫我们代他问声好，"你们就说，汤某人很想念他们！"老先生大声嚷道。他那天非常兴奋，躺在床上给我们画沿河村的线路图，我们明知几十年间沧海桑田，他的那些线路对我们未必有用处，可是也只能由他如此。

老先生天性开朗，心思单纯，到了晚年尤盛，我们几个学生受他影响，亦都相当有"个性"，再加上当时年轻气盛，自恃有老先生的保护，常常会做些出格之举，这都是后来我们参与沿河村一系列事变的前提；汤先生也略有预感，提醒我们说："现在外面很乱的，你们当心点！尤其是你——"他指指我说，"花花裙子什么的就不要穿了。"说得我们三人都笑起来。

据汤先生介绍，该村"怪有意思的"，和我们想像中的小山村一样，它历史悠久，民风淳朴；只因地处边地，村民们有尚武之风，三百年间，该村出过两个武状元，十六个军阀匪首，还有数以万计的虾兵小喽罗。总而言之，这是个盛产好汉的地方，血性、浪漫、勇猛……凡此种种，皆见于当地的史料记载，以及村老们的坊间传唱。

当然这一切，汤先生也未能有幸目睹，即便在他最早抵达该村的 1937 年（此时战争还未波及南方），他对该村的"骁勇善战"也未能有丝毫体察。他看到的只是一个贫乏安静的村庄：农田，水牛，炊烟，村舍。村头一棵老榕树，一条小河从村中潺潺流过……和内地任何一个小村落一样，这里驯顺而守旧，是一个成熟、完整的农村宗法社会。村民们拘礼，乐天，懒惰——虽然一样是日出而作、日落而息，可是在汤先生看来，他们近乎在打盹。

"这帮猴儿们萎了，"村里一个老人告诉汤先生，"他们过不了安生日子；除了干些偷鸡摸狗的营生，身上哪儿还有一点祖先

沿河村纪事

的血脉！"

　　汤先生一住三个月，此间不通音讯，恍若天上人间，待他走出沿河村的时候，才知世界已生大乱，所以数年以后当他旧地重游，得知当年"喝酒聊天"的伙伴们多半已战死沙场，他一点都不感到奇怪。

　　"作战才是他们的职业——"汤先生后来总结道，"可惜他们多数生不逢时，到了你们这一代啊——"老先生摇了摇头说，"更难了，现在到处搞经济，哪儿有他们的用武之地！"

　　他还嘱咐我们，过去给他们支支招，教他们赚点小钱，"可怜那个穷的！"但不可介入太深，"村里的那些个经济啊，政治啊，人事啊，碰都碰不得！记住你们的身份，只是旁观者，交交朋友那是可以的。"

　　"哈哈，交朋友——"老头儿得意洋洋地说，"我是最擅长的了，我在当地有很多朋友，你们随便打听——"他从眼镜上方看了我们一眼，嘴角漫出微笑来，"但是也不要乱打听噢，该知道的知道，不该知道的就算啦。"

　　老头儿喜欢耍噱头，我们早已习惯了。不过我也略略有些好奇，就是他提及的那位王寡妇。王寡妇是何许人也，这是我们在南下的火车上一直津津乐道的话题。可是谁能料到呢，在到达沿河村不久，我们就撇开了王寡妇，很快投身到另一段生活里去了。我们忘了先生的嘱咐：要做一个旁观者；而记住了他的另一嘱咐：生活是重要的，学问只是附带。

　　我顺带说一句，我们在沿河村发生的一切，跟我导师没有任何关系。这些年，我只是有感于他的谆谆教诲，以及他对于我们人品、性格、生活所形成的巨大影响，才决定写下这些，作为他"沿河村调查"的一个后续性花絮，并以此来纪念他。我导师卒于2004年，享年八十六岁，其时距离我们沿河之行正好十年。

2

　　沿河村地处山洼，四周群山环绕，交通颇为不便。我们一路辗转到了镇上，不得已拦了一辆手扶拖拉机才得以进入。路是沙石小道，平时人来车往尚可通行，一旦逢上雨天，则整个村寨的交通即限于瘫痪。车主也是沿河村人，是个二十多岁的小伙子，名叫胡性来——这名字起得怪异，我和两师兄都忍不住笑起来。

　　胡性来也笑，"你们别乱想，我这人从来不乱来的。"他从驾驶座上转过头来，有点不好意思，"我们乡下人，名字都是乱起的，后来到了部队上——"

　　"你也当过兵？"

　　"当过啊。我们村里，半数以上都当过兵，不过现在也不容易了，还得走后门，所以现在当兵的也少了。"

　　"那你们现在干什么？"

　　"干什么？——"他展颜一笑，"到了就知道了。"

　　胡性来非常热情，为了陪我们说话，他把车速降下来，一路上给我们介绍沿河村的风土人情，口气甚是谦卑，"我们乡下人""我们穷地方"之类不绝于耳，我听了，心里难免有些感慨；对照先前他给我们描述的他在军中的种种奇闻趣事——那讲起来真是眉飞色舞，神采飞扬；心想这才几年时间，当年那个走南闯北、见多识广的激昂士兵就已蜕变成一个朴实憨厚的农民！是啊，除非有意外发生，否则他将永远固守这片土地，忠实于他的农民身份，老实巴交，不作任何幻想。

　　而他的周遭，是肥硕浓密的棕榈、芭蕉，各种不知名的热带植物互相缠绕——再也走不尽的崇山峻岭，密密丛林。车从其间驶过，突然变得很小很小，而马达声轰然如雷，阳光却点点滴滴，更见幽深；间或路边有三五行人经过，也都生得和胡性来一样，黑瘦短小，眼窝深凹，口鼻粗重……有马来人之态。

我们突然有些目眩，坐在拖拉机的车斗里，左观右望，有种置身"异域"的恍惚迷离感。事实上，这"迷离感"自南宁以降，深入山区，已经把我们搞得晕头转向，直到这天我们在丛林里碰上了军车。

当然了，碰上几辆军车也说明不了什么，可问题是，我们已有很多年不再见到这什物了——以前虽曾见过，但也仅限于电影里——我们三人都来自北方，平时生活中连军人都难得碰上，更何况车队？车队迤逦而行，绵延不绝，突然一两声汽笛响，只惊得鸟雀四起，枝叶摇晃，带着阳光也"扑腾扑腾"的，一时间竟是天昏地暗，地动山摇。我们惊骇之余，也感新奇，难道边疆有战事发生？

胡性来笃定地摇了摇头，告诉我们"没的事"，不过是摆点小阵势，吓唬吓唬"那边的人"。——那边的人？越南人？我们不得而知，心里却越发惴惴然，担心自己的安危，怕再也走不出这片丛林；同时又有些莫名亢奋，想像被子弹击中，永远倒在这土地……啊，该来的都来吧，在这天高皇帝远的边地，也许一切皆有可能！

此时，胡性来已泊车让道，我们几个坐在车斗里，看着一车一车的士兵，都身穿迷彩服，荷枪实弹；阳光照着他们年轻的头脸，那头脸上有丛林的阴影。他们突然鲜活起来了，车厢里一阵骚动，原来是，他们看见路边的我们——我们中有一女子——竟喜得不知如何是好，只好你推推我，我推推你；他们吹长长的嗯哨，朝我们打"V"形手势，叽叽哇哇对着胡性来挤眉弄眼，一边笑得嘎嘎的。

我看明白了，他们是拿我和胡性来开玩笑。

我也笑。心里想，此地是边镇，他们大约很难见到像我这样的学生妹；又想，既是边镇，那么兵来将往，军民杂处，原是极

暖
与
凉

正常的事儿，哪儿就扯上了战争！

3

胡性来直接把拖拉机开到了村公所，先领我们到村长办公室，又各个房间张张，且丢下我们，去找村长。村公所地处高地，几间旧瓦房连成一个"L"形走廊。走廊前的一块空地上，泊有一辆旧货车。

村公所下面，高高低低都是人家；对面山脚下一整片梯田，其间沟沟渠渠，阡陌纵横，似种有蔬菜、瓜果之类，远观也不甚清楚。

村长是个四十多岁的中年汉子，名叫胡道宽，身材不高，体格健壮；一张黑红脸膛，五官倒还端方。他说话行事有股慎思笃定的派头，看上去颇为稳重，符合我们对于一个村官的正面想象。普通话说得较为顺溜，至少我们都听得懂，交流起来不需要辅以手势。后来才知他在北方行伍多年，后以团长一职转业。至于为什么不在城里讨个一官半职，我们后来推测，大概是他不愿虚与委蛇，巴结逢迎，况且他在村里根深叶茂（他祖、父辈都做过村长），各种人际通行无阻，所以便"宁做鸡头，不作凤尾"，回乡屈就村官。

他在村长任上十多年，致力于本村经济建设，然终因条件所限，收效甚微。第一要紧的便是交通，其时村里不通公路，在我们抵达前一两年，曾有两批港台商人来此地考察，意欲投资办厂开矿，皆因路况、水电问题而未能达成协议。

这是最叫村长痛心的一件事情。"我×他妈，"他用北方的一句粗口恰当地表达了他的惋惜之情，"眼看着白花花的银子就是进不来，你说急不急？"他坐在办公室一张破旧的桌子前，叙过寒暄之后，跟我们略谈了谈村里的情况，看上去愁眉不展，心事重重。

"你们来得正好，"他抬头看了我们一眼，勉强笑道："汤先生是我们沿河村的朋友，我也不怕跟你们兜老底，我现在是一点法子都没有了，要不然我也不会去搞什么蔬菜运输。"

"什么蔬菜运输？"我们有些好奇。

"那儿——"他向户外指了指那辆旧货车，"走，出去看看去。"说着便把我们领到那货车前。

那货车大约有六七成新，原是村长托关系从县城一家运输公司搞来的淘汰货，"买不起新的，只能这个凑合用用——"他围着货车转了一圈，随手在车身上拍拍打打，"不瞒你们说，就连这笔钱村里都出不起，家家户户凑一些，另外又从乡信用社贷了一些。"

他长长地吁了口气，"再看看那儿——"又指了指对面山脚下的那块菜田，"看到没有？长势多好！去年搞起来的，本来满心打算能挣一些，结果——唉，出了一档子事！"

不待我们追问，村长就骂骂咧咧地道出了实情。原来，该村的"蔬菜运输"堪称一项工程，其耗资之大，跋路途之远，费人力之苦，均大大超出了我们的想像——他们不是在本省交易，而是翻山越岭把蔬菜送往广州！这使我们颇感意外，我们虽知从来两广是一家，却也没想到一个小山村竟会跨省做生意！况且当时粤人财大气粗，富可敌国，直令全国上下都要抖三抖！

村长告诉我们，问题就出在这里，蔬菜必须运往广东才能挣钱，而车至广东，又须经过层层关卡，缴足费用；起先他们还能对付，无奈近一段时间，关卡竟越设越多，各地公安、工商、交通、税务……家家都想搞创收，因此瞒天过海、巧设名目；这样一来，他们的"蔬菜运输"非但不能挣钱，反而要赔钱。

好在"群众的智慧是无穷的"，不久，该村也效仿其他车辆，昼伏夜出，跟关卡打起了"敌退我进、敌进我退"的"游击战

暖
与
凉

术"，这样支撑了一段时间，对方自然有所察觉，随之也增派人员，日夜守岗。

事情既到了这副田地，全村上下竟都一筹莫展了。这期间他们也曾尝试过"偷袭"，所谓偷袭，就是夜间趁值勤人员困倦之际，突发马力硬闯关卡（当时多不设路障），在前有堵截，后有追兵的情况下，尚能一路狂奔数十里，这其中的惊心动魄、险象环生颇有点像港片里的"警匪大战"……此种景象，我们简直是闻所未闻，村民们（此时，屋里已陆续踅进来一些人）讲起来更是眉飞色舞，激情万丈。大概他们觉得很有趣？或是很认同自己在这场虚构游戏中所扮演的"匪徒"角色？

最不可思议的是关卡的态度，车辆既能"偷袭"，关卡也就将计就计，先放它们过去，再一路苦追围剿，待把违章车辆逼到路边，也不过是煞有介事地多开几张罚单、口头警告一下而已，据说态度还非常客气。

"从来没打过你们吗？"我们问。

"没有。"

"也没有没收车辆？或是把你们关进局子里？"

"他们敢吗？——"一个村民轻蔑一笑："第一，他们也是违章；第二，他们主要为了这个——"拿大拇指捏了捏食指中指，做了个点钞的动作，"有什么大不了的，不就为几个钱吗？他们敢用枪支弹药，我们就不会造土枪土炮？"

"什么？你们在造土炮？——"我吓了一跳，话还没完，早引得屋子里一片哂笑。他们笑什么？是笑我见的世面太少？

村长朝人群瞪了一眼道："你们不要乱讲，什么土枪土炮，传出去那是要杀头的——"又转头向我们解释道："别听他们胡扯，他们就喜欢开玩笑！"他一脸诚恳，把手掌搓来搓去的，一副心神不宁的样子。

他这样一副形貌，反使我两位师兄也坐不住了。其中一位狐

暖与凉

疑地问道："怎么听着不像是玩笑？"

"没有，没有，"村长连忙否认，"确实是开玩笑。"

"那枪炮的事？——"

"他们放的是空枪，"村长无奈地承认道："这种事你们也当真的？我们偷袭，他们开枪，都是闹着玩的，还不是为找点乐子，图个热闹！唉，关键不在这个！"

那么，关键在什么呢？——关键在偷袭之后的那笔"追加罚款"上，不难想像，那笔罚款自是数目惊人，比平常费用高出十数倍不止。

既是这样，我们又问：为什么还要偷袭呢？

得到的回答是：十之二三他们是能闯过去的，这于他们就有侥幸心，于关卡则说不清，也许是偶有两次佯追不得，兵法里所谓"欲擒故纵"计？

总之，在这场"猫捉老鼠，斗智斗勇"的游戏里，双方都心照不宣，乐此不疲；关键是成本问题，村会计算了一笔账，发现半年来他们挣少赔多，若再不悬崖勒马，全村经济将面临崩盘的危险；况且不久前村里刚遭过一次重创，被罚巨款五千元——主持罚事的是关卡里两个面生的年轻人，大概初来乍到，还不知其中游戏规则；这使得村民们一下子心灰意冷，觉得"这帮孙子太狠，陪不起"，因此一怒之下，单方面宣布退出这场游戏，"不跟他们玩了"。

我们的到来正是在这一时期，整个村子偃旗息鼓，作休养生息。村民们无所事事，情绪低落；村长更是心力交瘁，他已经三天三夜没合眼了！

是啊，形势确实不容乐观：蔬菜疯长，瓜熟蒂落，许多果实已经烂在菜田里，以至于那天我们坐在村公所里，隐隐约约总闻见一股馊腐的气息，那气息似有若无，远兜近转，先是充塞于我们的鼻腔，口腔，胸腔；后来日渐变浓、变臭——浸入我们的身体：每一寸肌肤、每一个毛孔，直至最后直冲脑门，控制了我们的大脑……我们初来乍到，自是不觉得，但住下来不久，便觉精神恍惚，多疑易躁，看人待事总有一种梦幻色彩，情绪时而萎靡，时而亢奋——这种症状在医学上怎么说？大脑皮层失控？

而在此之前，听说村里一部分"少壮派"的态度也尤为激烈，责怪村长无能，责怪村长的忍气吞声实为"村耻"，况且不跟关卡玩"飙车大战"已有多天，直令他们心手俱痒，怒气冲天……我们后来知道，这才是村长真正担心的：村民们心中有风暴，稍有不慎，后果将不堪设想！

而这种内心的风暴，又岂是村长所能控制的？那天在村公所里，他跟我们诉苦，言及村官难当，言及在这蛮荒之地，民风蒙昧，得个由头就生事，——"改革开放，经济搞活"谈何容易！关键是，他外出闯荡多年，也算是见过一番世面的，"有些事情我不能做！"

我们便问什么事不能做，他摇了摇头，似有难言之隐。

他只告诉我们，现在村里的情况就是这样，家家顿顿吃瓜果蔬菜，并且说"这是一道命令，人畜不得例外"。

"什么，畜牲也吃这玩意儿？"

"是啊——"村长苦着脸说，"这是村里最不值钱的东西了。再加上现在情况紧急，我们必须能省就省，以防将来万一……"

见我们露出惊讶的神色，他指了指自己的脸色说，"难道你们没看出来吗？"

"看出什么？"

"一脸菜色！"他严肃地说。

"啊，难道你们不吃粮食？"

村长叹了口气，颇为悲壮地告诉我们，他已经有好多天不沾米粒了，吃饭对他来说就像一场梦；然而现在"村难"时期，他必须以身作则，跟村民们共度难关；况且家家户户的粮食都已收

沿河村纪事

归公有，就是想吃也没的吃了。

"什么？"我们再次惊讶地叫出声来，"这是谁的命令？是你吗？"

"当然不是！"村长扬声说道，"我怎么会做出这种荒唐事来呢！我受党的教育多年，最起码知道人民享有吃饭权。现在都什么时代了——"他声音沙哑，神情悲愤，"他们这样做是犯法的！"

"他们是谁？"

"激进派。"他低声地咕哝了一句。

他说得如此煞有介事，我和两位师兄互相看了看，突然如坠五里雾中；而就当时的情形而言，有一点是真的，村长的权力被架空了，民间有一股新生力量正在生成，与他对峙，逼他就范。我们也似乎预感到了什么，这预感直令我们浑身颤抖，血脉贲张！

而此时，屋里屋外已挤满了数圈村民，他们定然地站在那儿，多是面黄肌瘦，神色庄严，他们在干什么？难道是在"请战"？下午的阳光照得屋子里明晃晃的，也不知可否是背光而立，使得那一具具矮小壮实的身躯，落在地上是人影幢幢，落在眼里则显得面目模糊。那一瞬间，我突然有种亦真亦幻的感觉，似乎我眼中所见，并不是现时代的村民，而是古战场的勇士。

我的心紧锣密鼓地跳了几下，几乎近于窒息。难道一场"战争"即将爆发？难道汤先生在战乱时期也未能目睹的场面，将在我们这个时代被模拟复制？一想到这里，我便感到喉咙紧涩，血液沸腾。是啊，那时我们多年轻，青春，狂想，热血，革命……从来都是同一个词汇，而这个词汇，某种意义上又是和沿河村紧密相连的。

4

晚餐之后，我们三人到寨子里转了转，发现整个村寨规划整齐，有欣欣向荣之气：村舍，猪圈，农田，水渠……有两户殷实人家已住上了小楼，实现了机械化——拥有像手扶拖拉机、电动三轮车等货运工具——想必这就是所谓"先富起来的那部分人"？

村里有一所小学，几间旧教舍，外墙上刷有"改革开放好！好！好！""一胎生，二胎扎，三胎四胎杀杀杀！！！"等标语口号；村民们忙忙碌碌，看不大出异样；或见一两村童光着身子跑来跑去，肤色黑亮，闪着油光，身形上很像我小时候见过的泥鳅；其眼窝深陷，神情灵异，乍一看又如同小动物。

我们一路走来，想起下午在村公所的一幕，又对照眼前的村寨风光，如何能衔接得上？难道村公所一幕是我们旅途劳累产生的幻觉？但何至于三人都有同样的幻觉？难道村公所一幕，是我们夸大了某些细节而作出的误判？

走至一口古井旁，见一妇人正在冲凉，光着上身，奶子瘪瘪长长；两位师兄相视一笑，慌忙逃走；而村民们却熟视无睹，经过她身边时竟不忘打个招呼；我一旁看着，简直傻掉，想着是否要为我们的文明感到羞愧，想了半天，也没有得出结论。

我们被安排住在村公所里，晚上冲完凉，便坐在屋前乘凉，坐小竹椅，摇芭蕉扇，抬头看满天繁星，似乎又回到了小时候，那童话一般纯净简朴的年代，那时夜更黑，星星更亮，四周静得人发慌，只听得一片片蝉声蛙鸣，使黑夜越发漫长……多少年过去了，这一幕早已消逝不再，不想今夜却在村寨的上空复活，怎能不叫人身心荡漾，忍不住跳起来，对着茫茫夜空发一声长啸！

我们正在说笑，却见一束手电筒的光芒从远处射过来，那光芒摇摇晃晃，左冲右突，恰如鬼魅一般。我们都愣了一下，正在狐疑，却听得一阵杂沓的脚步声正爬上坡来，星光中也来不及辨认，只见得黑影团团，总有三四人不止；那光芒越逼越近，走至身边突然熄掉，跟着是一阵呵呵笑声，原来却是胡性来。

胡性来先领几个人进了屋，点上煤油灯（其时村里还没通电灯），作了一番安置之后，出来和我们聊天，他坐在走廊牙子上，手里把玩着一串钥匙，不停地颠上颠下。

我们问："你们这是干什么？"

他回头看了看那间屋子，里头传来摔扑克的声音；笑道："还能干什么？斗地主呗！"

"我们不是问这个！"

"那你们想问什么？"他伸手接住钥匙，看了我们一眼，说："有些事不要知道得太多，真的，这对你们不好！"他说得蹊跷，我们反而不知如何作答了。

隔了一会儿，他又幽幽地说道："知道得太多，我怕你们走不出这个村子了。"

"有这么严重吗？"我突然觉得一阵阴风飕飕的，也许是夜深人静的缘故？

"现在村里的情况非常复杂，"胡性来收起钥匙，点上一支烟，沉吟了一会儿，说："我们是来站岗的。"

"站岗？站什么岗？"

他朝十米开外的地方努努嘴，那儿泊着那辆旧货车，"有人想抢去当战车用——"我们三人面面相觑，下午村长办公室的一幕又回来了，似真？似幻？远远传来几声狗吠，隐隐约约又是几声鸡鸣，才晚上九、十点钟光景，乡村的夜显得更加寂静。

"他们想袭警。"胡性来淡淡地说。

我们"噢"了一声，这才恍然大悟："你们是村长的人？"

胡性来摇摇头，一本正经地说："我们是主和派。"

我们越发好奇："难道村长不是主和派？"

"他？"胡性来冷笑一声，"他是骑墙派！"

我们三人"扑哧"笑了，顿感兴味十足；看来当前的局势确实十分混乱，战争还未打响，内乱已经来临；而作为一村之长的胡道宽同志，其态度摇摆软弱，直令全村上下都不满意！

"到底怎样，你也放个屁，吱一声，"胡性来抱怨道，"可他倒好，整天忙着调停！老实说，这事是你能调停的么？"

"村长不想打——"我们说。

"那当然，也不能打！"胡性来抢过话头，说："他要是连这点都看不清，还当什么村长！你们看看——"他把双肘支在膝盖上，跟我们分析当前的经济形势，"打下去怎么办？还要不要改革开放？还要不要奔小康？当然了，有人不在乎，他们穷得叮当响，他们是赤脚不怕穿鞋的，可是我们就完了！"

我们都点头称是。确实，战争从来多由穷人发起，而胡性来是村子里的富户，是少数几户拥有手扶拖拉机的人家之一，所以，谁发动战争，他就跟谁玩命。他把钥匙串掏出来，再次颠上颠下的，左手抛，右手接，跟小孩儿玩杂技似的，一边说："人在车在，想在我的眼皮子底下把车弄走，却是不容易，我们现在是二十四小时轮班站岗！"

原来几天前，"主战派"的几员干将曾对该车实施过抢劫，出此下策实在是迫不得已；村长既已指望不上，他们就想跳过村长的授权，独自发动战争，本来这是可行的，他们人多势众，有雄厚的群众基础，有舆论，有纲领，有明确的战争口号："为名誉而战，为生存而战"；某种程度上控制了村政权，对全村实行军事化管理：粮食收归公有；禁止夜间赌博；禁止打架斗殴；备战备荒；全村十四岁以上男子必须加强体格训练……总之"万事俱全，只欠东风"：他们现在急需一辆车，否则就无从发动战争！

"当心你的手扶拖拉机！"两位师兄提醒道。

胡性来笃定地笑了笑，原来他早有防备：现在村子里的富户早已团结在一起，他们保村护车，俨然成了一家人；再加上他们的七姑八姨，外县的，邻村的……都纷纷加入到这个利益共同体里来，站在村口，把持关隘，成了阻碍战争发生的强大力量……所以胡性来说："我不是一个人在战斗！"

沿河村纪事

我们大开眼界，这才知道，战争从来不是孤立的存在，越来越多的人将被卷入其中，到末了变成一场混战！而且战争也改变了村里的人际格局，原来的朋友反目成仇，原来的敌人变成了战友……或许，真是验证了那句古话：这世上只有永恒的利益，没有永恒的敌友？

就连我们这些外围看热闹的，此时也身不由己地搅和其中，第一，我们反对内战；第二，作为村长和胡性来的朋友，我们将随时准备就"两派关系"进行斡旋，商量和平解决的途径，尽量保持中立，做到客观公正……事后想想，这想法虚妄得很；战争期间，非敌即友，我们即便有中立之心，最终怕也被归入进"统一战线"，成为村长和胡性来的说客！由此得知，人活一世，做到公正谈何容易！

我们正在讨论，却听得身边几声"蝈蝈"叫，正在纳闷，却见胡性来站起来，从腰间摸出对讲机，一路"哼哼哈哈"的，踱步到几米开外的地方；我们看着他的背影，但见他虎背熊腰，一手叉腰，其阔气豪迈颇像老板手拿"大哥大"——那时普天之下还没几个老板能拿上"大哥大"！

胡性来说："好！好！我知道了！"他挂掉对讲机，直奔"棋牌室"，还未至门口，便听他一声令下："弟兄们，准备开会！"

两位师兄跟在他身后，一路惊问："什么会？"

胡性来只简单地回了句"支部会"，便背着双手，在走廊上踱来踱去；偶尔他也会倚着廊柱，抬头遥望灿烂的星空，小眼睛一眨一眨的，看上去很是焦虑。原来，这场"支部会"是在"主战派"的胁迫下召开的（支部里多是他们的人），这正是胡性来感到疑惑的：这些人到底想干什么？难不成会有一场阴谋？

此时，几位牌友已把胡性来团团围住，在走廊上，正紧锣密鼓地商量着什么（方言听不太懂）。胡性来点头，挥了挥手，牌友们立即兵分几路，向寨下奔去，想必是去搬兵或发动群众。我们情急之下也跟着他们走，却被胡性来一声喝住："干什么去！"

我们一下子懵了，半天不能反应：怎么一刹那就换了副腔调？难道是怕我们当叛徒？突然明白现在形势危急，胡性来也不再是个普通农民，俨然成了一方将领；少不得踅回身来，跟他请示：我们想去看个究竟，希望他能批准！

胡性来这才认出是我们，拍了拍脑门笑道："我真是糊涂了！"他再次挥了挥手，声音温柔："夜太黑，路上当心安全！"很像一副长官的口吻。那一瞬间，我们心里头那个热乎，差点错把自己当成他的下官！

我们跟着一个牌友进了村，发现整个村寨已倾巢出动，村民们手持火把、铁锹、锅铲、大刀，正你推我搡往村公所方向跑；一时也分不清哪个派别的，也来不及问什么。挨家挨户地砸门，开门的或有老人，或有孩童，叽叽哇哇说上几句，也听不懂说什么……如此一来，大约半小时以后，我们才赶回村公所，发现坡上坡下早已人头攒动，直把周围一里地围得水泄不通！

待挤进会场，发现里面更是乱成了一锅粥，屋子里济济一堂，各自分成几个片区，有站着，坐着，蹲着……总有几十口人，互相嚷得不可开交——也有拍桌打板的，也有哭爹骂娘的；一时也没闹明白，这到底是什么名目的会议：支部会？干部会？党员大会？人民代表大会？

会议由村长主持（他在村里是党政一肩挑，也兼任书记），议程很长，议项很多，概而言之可归为一条：论目前沿河村经济发展与安定团结之辩证关系……我们饶有趣味地听了一会，发现一个有趣的现象：村长正在装佯！此刻，他正坐在一张桌子旁，昏黄的煤油灯底下，很分明看见他的脸，双眉紧锁，神情凝重，他一会看看这个片区，一会听听那个片区，不时在本子上记着什么。

他装得很像，一脸忠厚，貌似无辜；是啊，不装佯他又能干

沿河村纪事

什么？在目前的形势下，他是既不能战，也不能和，手里没几个兵力，因而也不敢"安内"，只能采取一个方式：拖！他是能拖一刻是一刻，拖不下去怎么办，那就只有天知道了。

也正是在这样的场合里，我们得以见识了"主战派"的英勇风姿，他们个个都是勇士，前退伍军人出身，血统高贵，彪悍异常，领头的是一个名叫胡道广的年轻人，村长的堂弟，此刻正闲适地倚着墙角，双手抱胸，面带微笑，很悠然地看着沸腾的会场，我心里一动，觉得大人物就该是这副模样，一时怀疑自己是否爱上了他。

这胡道广生得黑瘦精干，浓眉杏眼，一看就知是条好汉。他是前消防队员，身手敏捷，体魄健壮，曾因救死扶伤受过某武警消防支队的嘉奖，以至于退伍多年，仍沉浸在过去的荣光里不能自拨；他深得村长器重，委以民兵营长一职——村里的体制颇有些怪异，有不少是沿袭了"文革"的设置，也许这里是边地，军防之外还需民防？

这胡道广手里既握有军权，务农之余便不忘带兵操练，然而和平时期毕竟不同于战时，上面既不拨经费，他们也就无从配备服装军备，因此练来练去还是农民。而与此同时，村民们多忙于发财致富，一年年眼看有些人家已经当上了"万元户"，而他则穷得娶不上媳妇，怎能不叫人气闷！

概之，若不是这场意外，道广也就是村子里一普通的穷人，种田，带兵，怨天尤人，他将含恨终老于街巷，为找不着自己的身份；然而谁能想到呢，当下时势突变，属于道广的时代终于来临——村长临战畏缩，而人民需要领袖；道广振臂一呼，就这样成了救世主。

今晚这个会，是"主战派"蓄谋已久的，这是他们最后的机会了：不惜一切代价逼促村长抗战，成立临时政府。手段包括：软禁村长；武装夺取村政权；打倒"主和派"；消灭一切"地富反坏右"……具体怎样，还要视会场情况而定——会场细节，种种可能性，临场应变措施，早在几天前就已密谋就绪。可是道广却谋而不断，迟迟拿不定主意是否真的要对他的村长堂兄下手——两人关系一向极睦。他这才知道，革命是要付出代价的，道义的，情感的……革命不是请客吃饭！

开会前两小时，道广还在自家的院子里转圈；他的身旁，乌压压站了一地的好汉，双手握拳，志在必得；篱笆墙外，是自发来参战的人民群众……道广很知道，事已至此，已经由不得他作主了——革命的火种既已播下，即成"星火燎原"之势，倘若他逆历史潮流，胆敢说个"不"字，则这火首先扑的就是他！

道广是个聪明人，最会应变；况且在短暂的领袖生涯中，他已经尝到了一呼百应的好处，这好处带给他尊严，信心，勇气，谋略……"说穿了，它就是权力。"道广后来告诉我。

临出发前，道广抬头看了一眼遥远的星空（像胡性来一样，他也看不到今晚"会议"的结果），轻轻地吐了口气，以他一贯的寡言少语，说一句"走吧"——那一刻，没有人知道他作为领袖的孤独、彷徨。

所以那天晚上，我在会场上看到的道广并不是真实的道广，——真实的道广，他慈悲，悲壮，他站在他堂兄的对立面，胸怀牺牲精神，今晚"不是他死，就是我亡"，因而对于家族而言，无论如何都显得悲凉。而且他看到了，他的队伍受控于某种情绪，越发变得疯狂，会场内外，不时听到"打倒反革命""打倒胡道宽"的口号……道广不喜欢这些，可是又无能为力，他感到自己很小很小，突然意识到，历史是由人民创造的，而不是他胡道广。他觉得悲凉。

而与此同时，胡性来一派也在摩拳擦掌、暗中布派；可怜的村长还在演戏，至少这一刻，他还是名义上的会议主持人，该履行他的职责。听，革命的号角已经吹响；看，内战的风云正写在

沿河村纪事

141

每个人的脸上！可是村长临危不惧，他把眼睛看了看会场，知道今晚"战和两派"必有火拼，搞不好甚至会出人命！至于他自己，那就兵来将挡，由它去了！但是有一点他心知肚明，就是宁愿引起内乱，他也不能答应战争！

"你们说是不是这个理？我担不了这责任！"那天晚上，我们刚进会场，便挤过去嘱咐他两句，他表态说，他有数，他还没昏到那程度！

然而谁能想到呢，后来情势突变，战和两派并没有火拼，而村长的表现也够让人吃惊的！不过我们都佩服他的镇定，在情势一触即发的情况下，他犹能装作一副懵懂无知状，把会议主持得像模像样，指指一个正在奶孩子的妇女说："你，起来说说看，当前的局势是要抗战还是要安定？"

"安定你个头！"那妇女懵懵懂懂地说："我是出来上厕所的，听说这儿有宵夜吃，现在宵夜在哪儿，什么时候开吃？"

全屋子的人都笑了，我们也跟着笑，心里却不由得犯嘀咕：这样下去该如何收场，村长能控制得了局面吗？再看道广，此刻正眼波流转，在对身边的马仔使眼色，也许他觉得时机已成熟，擒贼先擒王，是到了该对村长下手的时候了？

我们情急之下，正待上前交涉；然而村长何等人也，何需我们出手！他眼观四路，耳听八方，那一刻，但见他脸色铁青，腮上的肉"骨嘟骨嘟"在跳！他突然拍案而起，发表了一通慷慨激昂的演说，大意是：现在外敌当前，全村人民更加要团结一致，万众一心！他作为一村之长、村支部书记，现在代表全村人民宣誓——打倒关卡！誓死不屈！

全场一片哗然，接着是一阵震耳欲聋的欢呼声——可能连"主战派"自己也没料到，形势竟扶摇直上，变得一片大好，甚至都没等他们来造反！

我们也瞠目结舌，没想到村长突然转向，这就是说，要开战了？

我们眼前一黑；深知这仗打不得，以弱敌强，以寡敌众，最后的结果必将是灾难性的！奈何民众的激情已经燃烧，那恰如黄河决堤，一泻千里，使得一向稳妥、坚强的村长，最终没能顶住压力，屈从了民意，由理性走向疯狂。

那么胡性来呢，胡性来在哪儿？直到这时，我们才想起他，把他视为沿河村最后的希望！我们转头找了半天，好不容易才在人群里看见他：哥儿几个正缩在墙角，面色仓惶，交头接耳；只见他微皱眉头，原本机灵的小眼睛呆呆地看着村长，一边听群下意见，一边摇头，摇头，再摇头。

我们一阵绝望，难道事态已经没救了？

然而就在这节骨眼上，却见胡性来拨开人群，向村长走去；那一瞬间，我的心突然停止了跳动：胡性来想干什么？他可不能冲动！留给"主和派"的时间不多了，我们三人脑子里一片空白，确实不知道下面该怎么弄！

胡性来走至中途突然停下，原来村长又一次发表演讲，开始"战前总动员"，他把手心朝下压了压，示意大家安静！

我们趁机挤到胡性来身边，跟他握了握手，发现他手心冰凉，微微颤抖；他朝我们惨然一笑，一副豁出去的样子，又反过来安慰我们："没的事，我有办法让他收回命令。先听听他放什么屁！"

原来，所谓的"战前总动员"，不过是排兵布阵，论功行赏；而他胡道宽，"作为一村之长、这次战争的总指挥"——

胡性来听了，从鼻子里哼了一声，骂道："听听，狗尾巴翘起来了！就知道这人靠不住，心心念念只想保住他的官位！我以前说他是墙头草没错吧？哪边风大，他就跟着哪边跑！"

我们一听也对，思前想后，觉得胡性来的说法也许更靠谱：村长屈从的并不是民意，而是他的领袖地位。或者这两者本来就

沿河村纪事

是一回事？

胡性来又说："他下面就要封官了。"

我们侧耳听了一会，差点没笑出声来！果然，作为这次战争的总指挥，村长正式宣布，把全村定为团级编制（他倒不贪大），从此，村长摇身一变为团长（跟他在军中的职位相同），下面政委、副团……均是原村委会的核心成员；应该说，作为老练的政客，村长成功安抚了老部下，重新稳住了局面。

稍微头疼的是胡道广，不难推测，村长恨他的堂弟！但既已掌握了政权而手里又没有军权，他决定既往不咎，以大业为重，人才该用还得用！最后他宣布：任命胡道广为一营营长，任命胡道阔为二营营长，任命胡方善为三营营长——他顿了一下，抬眼扫视全场，以一种更加坚决、肯定的语气：任命胡性来为四营营长！

会场再次哗然；我们也吓了一大跳，初以为自己听错了；别人尚可，胡性来是地道的"反战派"，这事跟他有什么关系？

转头欲问胡性来，他大约也吃惊不小，脸上顿现惊愕的神情，慢慢的，却是眉眼舒展，嘴角上翘，他突然笑了——这是今天晚上他第一次露出笑容，愉快，神秘，微妙——堪称蒙娜丽莎微笑之男性版！

唉，经过这一天一夜的周折，我们已经长了见识，所以对胡性来那一副喜悦陶醉的神情，也就不以为怪，反报以同情和理解。是啊，位高权重谁不爱？换位想想，假若我们是胡性来，一个普通的前士兵，一个现任的老百姓——虽是"主和派"将领，毕竟未经官方认可，算不得数——现在突被委以重任：由草根变精英，由民间入主流，我们会怎样？就一定比胡性来做得更漂亮？

同时对村长也愈加佩服：此人深谙人性，善于平衡各方关系，且又反应机敏，以一己之力，当机立断，终得以把沿河村从内战的边缘拖了回来！可是这样一来，又回到了老问题上了：和关卡的战争！

突然想起半小时之前，胡性来留下的那个悬念：他有办法让村长收回决定！——他能有什么办法呢？转头看他，却见他半痴半傻，仍在微笑；推他一下，也是半天没有反应；我们三人一声长叹，知道沿河村完了，这最后一根救命稻草已被招安，此刻得了魔怔！

正一筹莫展时，却听得胡性来转过头来，问："什么事?"

我们说："真的要打呀?"

胡性来把眼睛眯成一条线，沉思良久；他慢慢地摇了摇头，半晌才道："打不得——"他朝会场看了一眼："有人会要我命的!"

我们看过去，果然，"主和派"那边早已群情激奋，几双眼睛正盯着胡性来，虎视眈眈，面呈怒色！我们叹了口气，看来内乱远没有结束，现在"主和派"内部又出现矛盾——领袖既被招安，手下却没得到惠处——如此分配不公，怎能不引起仇恨！

我们看了一眼胡性来，苦笑道："你现在麻烦了，一旦接受军职，他们第一就革你的命!"

胡性来"唉"了一声："所以说呢，基层工作最难搞！哪个都不能得罪!"

"那下面怎么办？打还是不打?"

"现在不是打不打的问题，"胡性来说，"现在是打也流血，不打也流血!"

"那怎么办？推翻村长的决定重来?"

胡性来摇了摇头："来不及了，看能不能修改一下?"

"啊？修改?"

"是的，修改!"胡性来点点头，"要改到所有人都满意，要照顾方方面面的利益，你的，我的，一切人的！这是避免流血冲突的唯一路子了!"

"这怎么可能?"我们提出质疑。

"没别的法子了,"胡性来叹了口气,"你们也一块想想吧,救救这帮狗娘养的!"他把眼睛看了一眼会场,低声骂道:"全是一群蠢猪,疯狗! 成天就知道打打杀杀,逞一时之气,各打各的小九九,全不看后果! ——"说到这里,他声音打颤,满怀悲愤:"而这就是人民!"

"人民?"我们都愣了一下,这是哪朝哪代的词汇? 听来新鲜得很!

"也包括我在内!"胡性来嘀咕了这一句,便扭头看向窗外,大概致力于他挽救沿河村的伟大构想里去了。

那一刻,我们三人都非常感动,且心里五味杂全,感慨丛生。是啊,这才是我们熟悉的胡性来——相识虽短,相知却深——可爱,真实,也有自己的小算盘;虽一介平民,却肩负责任,现在,他首先要避免流血事件,而后要照顾方方面面!

作为一个前军人,一个彻底的和平主义者,一个万元户,一个新任不久的四营营长,他正在想一个万全之计:拥有这一切! 他要满足所有人的愿望:主战派,主和派;他要恢复村里的秩序,维持安定团结的局面,坚持改革开放不动摇! 他要当官的当官,发财的发财,他要让军人回到战场,重新找回热血和尊严——那风驰电掣般的酥麻感!

现在,他仍在发痴发呆,把眼睛看向虚空的某个地方,偶尔也会眨一眨;他脸色潮红,汗流满面,神秘的微笑挂在嘴边;突然,他把右手握成拳状,朝左掌心猛地一撞——惊得我们一身冷汗! 难道他已经得计了?

他摇了摇头,轻轻地吐了口气,似乎在考量这个修订版的决定是否具有可操作性;然后,他朝我们看了一眼,目光遥远而坚定,像个赴死的烈士;我们急忙问道:"有了?"

　　他点了点头，还不待我们说什么，便拨开人群，向村长走去。那一瞬间，我看见他做了个小动作，把右手放在胸前，划了个"十"字！——天啊，他竟需要神的祈福！无庸置疑，这是个疯狂的创意，估计能把一些老弱病残给吓死！

　　首先是村长，他的反应让我们感到很紧张，他呆呆地看着胡性来，好像没怎么听明白。胡性来再次凑近他耳下，村长的脸色开始泛白、泛青，有了红晕，直至满脸胀红；他突然推开胡性来，把他打量了一番。

　　此时，屋子里早已安静了下来，大家都意识到，沿河村的命运将再次转向，是"战"是"和"还说不定！

　　胡性来说："决定权在你！"

　　村长擦了擦汗说："太冒险了！"

　　胡性来说："试试看吧，除非你不想搞经济！"

　　村长把眼睛眨了眨，看上去很是动心，——"搞经济"是他的至爱！作为一个紧跟形势的基层干部，他懂得这个词在当前的意义！他把手指不停地磕着桌面，似乎仍拿不定主意，看着胡性来，似笑非笑地问道："你是说化装?"

　　安静的屋子一下子炸开了，大家都不明白怎么回事，却又预感这件事一定比战争更带劲儿！"主战派"那边首先沸腾了，自然，他们脑子里闪过的第一个念头是化装成军人——平时，他们只敢想着和关卡去拼命，却从不敢奢望有一天他们还会返回头去再做军人！——而这，正是他们的梦想和目的地！

　　那久违的青春年代：营地、男子气、驳壳枪，野战训练……此刻，全都连在一起了，记忆开始苏醒，神经突然受刺激，人群中有人在嚎叫，有人开始哭泣！即便冷静如胡道广，此时也一阵头晕目眩，需把双手扶着墙壁！他看着疯狂的人群，这才知道自己这些天来的努力，并不为别的，只为重温往昔那峥嵘岁月愁，为当一个士兵，哪怕仅仅看上去像个士兵！

沿河村纪事

147

　　"主和派"这边也稍稍安了心，第一，他们的领袖不受名利的利诱，关键时刻挺身而出，想出这等馊主意，无论如何，替他们争取了和平，使他们可以继续做点小生意；而且化装嘛，假扮的，非男子汉所为！可怜"主战派"一腔热血，现被玩弄至此却不自知——他们笑了，为自己的胜利，因而也开始大喊大叫，击掌庆贺！

　　村长很受鼓舞，他环视全场，看群魔乱舞，听"化装"一词像鼓点一样在人群中有节奏地响起，从"主战派"到"主和派"，从屋里到屋外，这个词可谓异口同声，从不同的嘴巴里吐出来，形成一股热浪，掠过人群，飘出窗外，震荡在村寨的上方，直至响彻云霄和山谷！

　　而此时，天就要亮了，一颗启明星遥挂夜空，闪烁，迷离，从窗口便可看得见——村长的眼里突然浸满了泪水：是的，漫长的黑夜过去了，黎明即将来临！现在，沿河村的村民们又重新站在一起，载歌载舞，单纯如初民……此情此景，纵是石头见了也难免动情！

　　村长决定顺从民意（天地良心，这次是真的），采纳这个"化装版"的修订方案，于是再次把手心朝下压了压，示意大家安静，可是村民们早已陷入狂欢之中，——究竟连"化装"是怎么一回事他们也没搞明白的。

　　村长喃喃地骂了一句粗口，手搭桌面，只纵身一跃，便站到了桌子上，这个漂亮的动作非但没能使人群安静，反而把狂欢送进了高潮，于是他不得不手持喇叭状，用尽平生力气喊出了几句话——我们立即挤过去，也只听得几个关键词：军人，军车，关卡，免费……连起来便是：军车进出关卡无需交费！

　　一下子明白了，胡性来的"化装"正是利用了这一点：村民扮成军人，货车改为军车，这样既做回了士兵，又避免了战争，既报复了关卡，蔬菜运输也得以通行无阻！

那一瞬间，我们三人再也憋不住了，加入了狂欢的人群。村长再次纵身一跃，向人群扑去；胡性来索性躺倒在地，作昏倒状，直到被人群架起来，把他和村长一起扔向空中！我们一群人自动围成一个圈，对着他们大声喊叫："化装！化装！化装！"

伟大的胡性来，他今天晚上立功了，——他立功了！伟大的沿河村村民，他继承了中国农民的光荣的传统！他超越了人智的极限，挽救了沿河村，他把人民从一种疯狂带进另一种疯狂，他是全村人民的大救星！

这个化装对于关卡而言，是一个绝对理论上的绝杀，一个点球，一个死角！沿河村人民从此站起来了！"伟大的胡性来万岁！"——人群中有人开始喊口号，其歇斯里底、神魂附体堪称很多年后黄健翔在世界杯赛场上的预演！确实，这次胜利来之不易，它属于沿河村，属于村长，属于"主战派"和"主和派"，属于所有"被侮辱和被损害的"中国农民！

我们仨也激动得彻夜不眠，除了跟村民们一起狂欢，还不忘自己的责任所在，想着要给这次化装命名，以期让人们记住这一天，这个地点，这个人，这件事，所以它的命名分别是："7·23事变"，"村公所事变"，"胡性来方案"或"胡性来决议"，"和平演变"。

5

接下来的几天里，村子里一片混乱，我们也由此见证了一个村庄在改制为兵团的过程中所经历的艰难、曲折、迂回、纷扰。首先是村民们，他们需要恢复体力，是啊，"狂欢"消耗了人们太多的激情，他们得歇一歇，透透气。

而且随着"化装行动"的筹备，军管结束了，粮食又分还给村民，家家户户可以吃上米饭、腊肉——堆得满满的一海碗——

沿河村纪事

蹲在家门口，站在村路旁，见人就打招呼："吃了吗？来家吃一会？"这场景不啻于过年。

我们眼见得村民们如此自足，个个脸色红润，神情愉悦，不像要是有行动的样子，整个村子洋溢着一股祥和、饱闷、慵懒的气息，难道他们已经忘了化装这回事？

两位师兄认为这是有可能的，想来这是人民群众的特点：盲从，健忘，行止具有即时性。

胡道广也唉声叹气，悔不该答应村长先把粮食分还给村民，"都是吃饭惹的祸，"那天他跑过来找我们聊天，商量下一步该怎么走。现在村里的情况是，村民们已经失去了斗志，米饭和腊肉使得他们心满意足。

"不管怎么说，得让他们饿一饿，"那天道广坐在门槛上，若有所思地说，"你们说奇怪不奇怪，一旦有吃有喝，他们就全指望不上了！"

两位师兄笑了起来。本来嘛，饱暖思淫欲——他们告诉道广，群众的力量并不来自吃饱喝足，而是来自饥饿，来自有人承诺他们摆脱饥饿、走向吃饱喝足的过程中。

道广想了想，问："你们的意思是发动群众？"

"你已经错过机会了。"两位师兄坦诚相告。

道广摇了摇头，他认为问题不在这里，发动群众方面他可是高手，——问题在于"上层的某些领导"现在又开始犹豫了！

"这事怎么能犹豫呢？"道广在屋子里踱了两步，试图向我们说明一个道理，凡事都需要一点冲动，从决定、动员、化装、出发，各个环节都得趁热打铁，不能深思熟虑。道广的意思是，思想是可怕的，一旦有时间思来想去，"化装"的荒谬性就显示了——虽然它本来就是荒谬的。

道广的原话是这样说的："你们不觉得这事很荒唐吗？"

——是的，我们有时这样觉得。

"我也是，"道广指了指脑子："这就是想出来的结果。"

我们都叹了口气。说什么好呢？时局呈现了太多的复杂性，试想，连道广这样的一介武夫都在"思考"，得出一个荒唐的结果，更何况村长？一夜狂欢之后，村长很快就醒了，第二天跑过来找我们商量，问这事能不能做？我们也如梦初醒，觉得此事不妥，可问题是，决议既出，而且兵团的编制已经宣布了——

"我可以不认账的，"村长把手抚着桌面，看得出他有点激动，那只粗糙的大手在微微颤抖，"我就说这是闹着玩的，这是在开玩笑！看他们能把我怎么着！"他看了我们一眼，狡黠地笑了。

村长自然可以不认账，群众也不能把他怎么着！——想来，出尔反尔是他这一行的职业要求，无关乎他的人品道德，因为在后来的兵团生涯中，我们将会看到另一个村长，——届时是团长，他一言九鼎，奖罚分明，军靴踩得叭叭响，他友善、严厉，强调纪律和秩序，当然这是后话了，总之他把团长做得很像，跟现在的村长不是一个人。

这是一个很奇怪的现象。

是什么造就了这种奇怪的现象？老实说，我们也不知道。

总之，在村长还是村长的这两天——只剩下两天了，村子里乱糟糟的，大家都晕头转向，谁也看不到沿河村未来的走向。在经过一番艰难、困苦、惊险的讨价还价之后，谁都以为事情解决了，可是一觉醒来，原来它只是开玩笑！

而且事后回想，整个改制过程也是一笔糊涂账，直到那天黄昏，村民们点燃了一支炮仗，在震耳欲聋的鞭炮声中，几个民兵腼腆地换上军装，一边嘻嘻哈哈、打打闹闹；直到他们跳上军车，紧一紧捆菜的绳子，然后"呜"的一声汽笛响，十几个小孩跟着车屁股跑；直到村民们手搭凉篷，看着军车和孩子们消失在漫天尘土和黄昏中——直到这一刻，村民们仍半信半疑："这么说，现在我们是当兵的了？"

村长在走廊上来回踱步，又是不安，又是激动——无法表达这复杂的感情，他只好搓了搓手，骂了一句："狗娘养的，这下玩大发了！"

就是说，全村上下，只有村长知道这意味着什么，——意味着他们迈上了一条不归路；全村上下，只有村长还没有发疯，虽然局势早已失控，以至最后连他自己也没搞明白，军车怎么就上了路。就是说，一切都是在混乱之下发生的，村长一直坚持到最后。

村长该对这起"化装事件"负责吗？说不太好，这是一个谜语。我们一方面认为他半推半就，一方面也理解他的苦楚，——后来当他回首往事，也觉得他在村长任上的最后几天不堪回首，像一场噩梦。

他的意思是，他这村官当得很辛苦，首先他要平衡各方关系，上有经济指标，下有利益诉求，"我顾哪头？"问题还在于，他一个人说了根本不算数，村民们动不动就跟他要民主，鸡一嘴鸭一句的，反不及他当团长来得干脆利落。

"我还算个讲民主的人吧？"他认真地问。

我们都点了点头。确实，他性格妥贴、稳当，为人也还算厚道，平时很注意照顾村民的情绪——生怕出纰漏——干群关系算是处理得不错的。

"可是我告诉你们，坏就坏在这里！"他把手一挥，在团部（原村长办公室）踱了两步，"结果怎么样？结果失控了，变成团部了！"

团长说错了吗？没有。很多年后，我还记得他给我们上的这堂"民主生活课"，他痛心疾首地说："这东西没用处，误事不说，而且没一点效率。"——很多年后我都记得他这句话，很多年后，每当有人大谈民主的时候，我一般是不说话的，因为我到过基层，我知道他们的难处。

总之那两天，我从来没见过像村长那样痛苦焦灼的人，一方面"化装行动"正在紧锣密鼓地筹备，一方面他又不分昼夜地找我们开会，论证这事是否存在哪怕一点点"政治上的正确性"，——当然没有，这一点他比我们更清楚！他只是需要信心和帮助，尤其是我们三个人，两个硕士，一个博士，在他看来就是"知识分子"了，不用说"脑子够用"。

村长说："再想想看，找出一点我就干！"

我们搜肠刮肚，根据自己所掌握的不多的一点经济学常识，以及对当前局势的判断，告诉他"冒险也许是必要的"，毕竟发展是硬道理，至于如何发展，上面也莫衷一是。两位师兄又举例说明，目前珠三角、长三角也都在摸石头过河，胆子大得很，总之犯错误是难免的——不犯错误如何搞得了"市场经济"，只能去搞"社会主义"！

村长茫然地问："难道它们有那么矛盾？"

两位师兄摆摆手，告诉村长，"姓社姓资"那是上边的事，目前正在讨论，会有人给出标准答案的，我们现在要做的是发展经济，让村民们过上好日子——

村长怯弱地说："可是我不能去触底线——"

"你不试怎么知道那是底线？"

"那还用试？假冒军人那是犯法的事。"

"那你就等着村民们发动一场战争！"

村长把头抵着墙壁，痛苦地摇来晃去，"我只是想搞经济——"这时一阵微风吹过，送来瓜果蔬菜腐烂的气息，浓郁得直使我们打喷嚏。

"谁不想搞经济？"两位师兄沉痛地说，"关卡也要生存，也讲效益。"

村长抬起头来，拍了拍脑门，说："我这里乱得很——"

沿河村纪事

　　两位师兄叹了口气："所以凡事不能深想，——"这也是胡道广的观点，不过两位把它说得上了一个层次，"我们这个时代尤其是，充满了各式各样的矛盾，它不支持深度思考！要紧的是先做起来，化装是唯一的一条折衷之路，虽然它不妥当。"

　　村长把两位师兄看了看，开始对他们五体投地，他赞叹道："到底是知识分子，胆子大，有见识。"

　　而与此同时，我的脑子早已一片浆糊，各种观念撕杀相抵，以至很多年后也没理清其中的头绪，只记得它的惊心动魄，那是怎样的时代啊，纷繁，热烈，激荡，真是"乱花渐欲迷人眼"，至今想起来仍觉得头晕目眩，手心盗汗。

　　我跟两位师兄讨论，我承认他们理论上是对的，但是若把他们的理论付诸实践，则肯定是错的——

　　"那就先犯错，"他们激动地说，"让别人纠正去！"

　　村长一拍大腿站了起来，说："好，我听你们的，杀头不过风吹帽——"

　　我吓了一大跳，突然想起导师的紧箍咒，汤老师一直不赞成学生参政预政，他并不是所谓的书呆子，可是坚持认为，要把知识限在一定的范围内，"否则准会出乱子"。有一次他告诫我们："做你们分内的事，你们要是掺乎到政治里去，先不说别的，政治首先就乱了套。"

　　我及时把这一点提醒两位师兄，他们烦躁地在屋子里走来走去，似乎不得已也在进行某种"深度思考"，最后无奈地告诉村长，这事再容他们想一想，毕竟"心急吃不得热豆腐"。

　　村长愣了一下，竟然笑了："我就知道！什么话都让你们说了，横竖都有个道道儿。"

　　那一瞬间，我们三人都有点尴尬，接下来便觉无地自容，这才反思自己这些天来的表现，其实并不比任何一个村民更有判断力，我们犹疑，彷徨，既天真又世故，既软弱又激进，总之翻手云，覆手雨——是怕承担责任吗？说不清楚。恐怕这一切的背后，皆是脑瓜子转不动，思想苍白紊乱，因而少立场，少决断。

尤其是我，毫不夸张地说，这世上就没有我不能理解的事，我一忽儿同情村长，反对"多数人的暴政"，一忽儿站在人民群众一边，认为村长是官僚，反正不管怎样，我总能找到说辞——也许玩文字游戏是我这一行的专长？

这是困扰我至今的一个问题。

总之，村长用他的微笑使我们看到了自己：分析问题头头是道，处理实际却摇摆晃荡！以至很多年后，我仍不能忘记他那微笑，淡淡的，优越的，高高在上的，很有涵养，也许他心里在说：知识分子就该打倒？

正胡思乱想时，胡性来跑进来了，汇报这两天化装的筹备情况，原来他刚从百里之外的军营考察刚回来，"情况不太好，"他说，"军车和军服都搞不到。"

村长看了他一眼，不置可否。

胡性来挠了挠头："那就实施第二套方案？"

村长还是不言语。

胡性来只好继续汇报："道广已去镇上买油漆了，旧军服村里总可以找到，不过样式跟现在的不一样，但是夜里嘛——"

我急忙问："油漆是怎么回事？把货车漆成军绿色？"

"正是！"胡性来朝我们伸了伸舌头，调皮地笑了。看得出他现在放松之极，完全是在帮忙；他最大的责任是避免了一场流血事件，至于军车是否上路，想必不是他关心的事！

村长点了点，说："知道了，有情况及时汇报——"他朝胡性来挥了挥手，转头跟我们解释道："让他们搞去吧，实在不行再漆回来，你们说呢？"

我们无奈地笑了，跟村长一样，开始抱着一副听天由命的态度，又含而糊之地聊了些沿河村各阶层的分布状况，诸如胡道

沿河村纪事

广、胡性来等派别的立场，再次把村长佩服得五体投地，他直夸说得精辟："嗯，这倒是你们擅长的。"

6

现在来介绍一下兵团的情况，严格地说，它跟村寨只是名称上的区别，这是一场不彻底的改革，混合着妥协，旧习惯，新希望，一路蹒跚走来，走得破绽百出，那叫一个惊心动魄！

然而有一点却勿庸讳言，兵团成立之初，确实给村寨带了可观的变化，这变化首先是秩序上的，也不知是否是错觉，从军车上路的第一天起，村里就洋溢着一股简洁、硬朗的气息，在经过短暂的混乱迷茫之后，村里的一切开始上头绪了，变得井井有条了，而且节奏明快，雷厉风行，到处充满了旺盛和生机。

就连空气也焕然一新，清新得使人无端想放声歌唱；庄稼也长势喜人，瓜果蔬菜绿油油的，微风吹拂之下，保持着挺拔矫健的姿势。

在团长的默许下，几个营长开始带兵训练，从走路、站姿、说话、神情，务必要保持军人的体面和神气；常常在小学校的操场上，我们看见村民们在练习"正步走"，他们是那样的新奇，兴致勃勃，夕阳的余晖照着他们年轻的脸孔，那脸孔上混合着阳光、汗水、尘土，使得他们看上去越发有生气。一样都是黝黑的五官，眼窝深凹，高颧粗唇，看得我们某一瞬间竟会生出一种幻觉，难道这是一群邻国的士兵？

个中或有忍俊不禁的，或有调皮捣蛋的，被营长一声断喝，不由分说走上前去，一脚踢出队列罚站去。士兵们都愣了一下，余下的继续正步走，呐喊声也越发嘹亮。

就是说，村民们变得听话了，守纪律了，较之从前的懒散饶舌，完全是脱胎换骨，重新做人！是的，他们放弃了平等自由，若自由只使人散漫、抱怨、萎靡不振，那么他们宁可选择被约束！说到底，这里头有艰难的取舍：平等诚可贵，自由价更高，若为健旺故，两者皆可抛！现在他们朝气蓬勃，对未来重又燃起信心和希望，这才是一切。

这里尤其要说说道广，自兵团成立以后，他整个人就像喝了鸡血似的，浑身就有使不完的劲儿，连走路都要带小跑。我最喜欢看他指挥大合唱，总是在清晨，似醒非醒的时候，我的耳边就响起了那悠扬美妙的曲调："东方红，太阳升……"这不是村里的小喇叭在广播，我知道，这是道广军训结束了，正领着他的士兵们在歌唱！

这时候，我就会从床上一跃而起，脸都来不及洗，我要去看看道广，看他怎样打拍子、领头唱，看朝阳怎样映红了他的面庞，——那年轻的、充满朝气的面庞！看他唱到投入处，怎样闭上眼睛，看他把眼睛突然睁开，朝倚在树下的我微微一笑！我要走到近处，亲眼看，亲耳听，我要让歌声整个把我环绕，我也要微微闭上眼睛，整个人突然挺拔，有一股向上、向上、腾空而起的力量。

道广的拍子打得非常漂亮，手里拿着一根小树枝，权当指挥棒；他把身子轻轻摇晃，偶尔会踮起脚，两只手这边一按，那边一抬，歌声便在他的手指间起伏；有时，他会把手臂收拢、上抬，我看明白了，他是在托起心中的红太阳；突然，他把身子整个提起来了，手臂疯子一样挥舞，这是暴风雨来了，人类在和自然作博斗，几番摔倒，爬起，再爬起，最后，道广把手臂猛的一收，小树枝高高戳向天空，他脸色苍白，汗渍淋漓，歌声结束了，人类站在风雨之上。

所以你就不难想像，那阵子我为什么不睡懒觉，因为道广的歌声总催我起床；你也不难想像，当我倚在小学校的一棵老树旁，一边看他们，听他们，身心一阵痉挛般的激荡；当沉郁的

《国际歌》在我耳畔响起，当我跟着他们一块唱："起来，饥寒交迫的奴隶；起来，全世界受苦的人，满腔的热血已经沸腾……"我竟泪流满面。

我浑身簌簌发抖，只好蹲下来，怕肉身再撑不起心中新生的力量——"这是最后的斗争，团结起来到明天，英特纳耐尔一定要实现！"——我一边唱，一边扭头看向朝阳，霞光中不得不眯起眼睛，这时我看到了一个女学生的形象，跃然于霞光之上，她一头飒爽短发，长得有点像罗莎·卢森堡，神情平静，目光坚定。

这是我理想中的自己，一个女神的形象。她生在一个很遥远的年代，全世界都污垢不堪，她却出淤泥而不染。她天生负有使命，追求进步、光明，愿为理想而献身。她看到世间有太多的不公正，因此越发相信真理、公义、进化论、理想国！她一点都不怀疑！

你看她也在唱："是谁创造了人类世界，是我们劳动群众！"——她面带微笑，那样的自信昂扬，年轻的脸上熠熠闪金光。我把脸捂起来了，不敢再看她。有什么办法呢？时代不一样了，现在我再做不到她那样纯洁、无私，正大，我内心有太多的人类的蝇营狗苟、小情小调，我也不敢回头看道广，——我怀疑自己是爱上这家伙了。

确实，这是道广最好的时光，在他的指挥下，整个村寨都被歌声所环绕，村民们沉浸在一种乐天、向上的氛围里，他们情绪饱满，热情高涨，不唱歌的时候心里也有歌声。大家被一种看不见的东西所引领，穿梭于菜田和果园间，浇水的、施肥的、喷农药的、采摘的……各有分工，有条不紊。他们的动作是那样的灵活，富有节奏，充满舞蹈的韵律！与此同时，军车每隔两天就上路，满载果蔬发往广州！

我和两位师兄惊叹不已，对此不能作出合理的解释，因为那阵子，我们自己也神魂颠倒，一头砸进村寨的建设中，而且生怕落后，急欲直追村民而去！两位师兄成了团长的左右臂，定规划、作统计，整天忙得昏天黑地；闲暇之余，他们又加入我所在的宣传队，帮忙写横幅，刷标语，诸如"时间就是金钱""大干快上""一万年太久，只争朝夕""向深圳看齐"……都是我们的手笔，字写得也许不漂亮，可是每当看见自己的劳动成果，充斥于村寨的各个角落，挂在树权间，刷在墙壁上……我们是多么自豪啊！

团长更是意气风发，恨不能"一个身子扳开八瓣用"！他说话高声亮语，看见人就远远地打招呼，而且那阵子，他最喜欢跟人握手——其实多此一举，因为都是熟人；但是作为一种情绪的表达，我们都心有同感。不拘看见谁，他便大踏步地走上前去，捉过人家的双手便摇来摇去，一边不忘鼓励加油："同志，好好干！"他因声如洪钟，那口气就像咆哮。说完这一句，他也不及停留，再次大踏步的、甩开膀子跑远了，他的手臂漂亮地摆动，步履是那样的坚实、有弹性，既像一个训练有素的军人，也像长跑运动员。

就连万元户胡性来也受到了感召，置他的小作坊于不顾，加入集体生活里来了。有一天，他急冲冲地跑来找我们，嘴里嚷着"再也不能这样活了"，——原来是，他太孤独了！是啊，此情此境，再心系自己的一亩三分地是可耻的，他要跟大家共同致富，若做不到这一点，那就宁可回头再当一个穷人，总之，他要跟村民们在一起，成为他们中的一分子，一荣俱荣，一损俱损！那天说到动情处，性来竟然眼泪涟涟，哭得跟个小孩儿似的，他不放心地问："我是不是回来得太迟了？他们会不会接纳我？"

两位师兄给予了肯定的答复："浪子回头金不换啊，性来同志，欢迎你回到穷人的队伍里来，带领大家共同致富！"

我一旁看着，感动得一句话也说不出来，只在心里嘟囔了一句："多好的同志啊，他有着一颗金子般的心灵！"我看到他对

沿河村纪事

穷人充满了感情，富裕并不是罪，可是他却为此而忏悔！有一瞬间，我怀疑他是不是爱上了贫困，也许他爱上的是贫困背后的东西：集体主义、向心力、对美好生活的向往、未被污染的干净纯洁的心灵！

总之那阵子，整个村寨都有点疯疯癫癫，每个人都纯洁得要命，患上了和胡性来一样的相思病：身处贫困中，却对贫困怀有一种不可遏止的激情！只在夜深人静的时候，我和两位师兄才敢承认这一点，把这现象拿来讨论。——你看，我们的老毛病又犯了，我们凡事喜欢讨论，对一切都要怀疑。

我们最大的怀疑是对自己：村民们倒也罢了，他们无知无识，为何我们三个人，既是外来者，又是读书人，却也身陷这场"热病"中而高烧不止？问题还在于，这到底是不是一场热病？激情对于村寨建设是否是必要的，它在多大程度上是可靠的？这种对自己的审视有价值吗？我们的怀疑是否是适时的、正确的？它对村寨的经济建设有何帮助？

可想而知，这种追问是不可能有什么结果的，除了给我们带来难堪和痛苦。

我们的谈话又是那样的小心，因而显得喊喊喳喳，鬼鬼祟祟：第一，这样的谈话与村寨整体气氛不相符，某种意义上，它是对村寨精神的背叛；第二，谈话即便被允许，于我们的内心也是一种折磨。

怎么不是折磨？我们看到了身心分裂的自己：相信美好的事物，却对一切美好的事物怀有警惕和不信任；晚上这般否定自己，一俟白天，却又投身热火朝天的劳动场面，干得比谁都带劲儿！

我跟两位师兄说："你们说说看，这到底是怎么一回事？"

其中一位想了想，说："也许是赎罪心理吧。"

我说："我们何罪之有？"

　　另一个无奈地回答："思想不纯，信仰不够坚定！"听得出他口气里的内疚。

　　我叹了口气，一时无言以对；抬头看了看深邃的星空，此时村民们已经睡去了，村子里万籁俱寂，不远处的小树林里，偶尔能听见几声猫头鹰的叫声……多么美好、安宁的夜啊！我却焦灼、痛苦得想哭泣，为我们三个孤魂野鬼，为我们自造的、今生再也不能突围的困境！这是我们的宿命吗？

　　我说："这样的怀疑有意义吗？"

　　两位师兄摇了摇头，给出了否定的答复。

　　我突然心灰意冷，把身子往小竹椅上缩了缩，以为这样自己就小了，小到无，如空气可以忽略不计！生命对于我这一类的人而言，该是一场浪费吧？即便闭上眼睛，我也能看见那个可怜、可悲、可叹的自己，从那天晚上起，我知道世上有这么一类不幸的人——所有不幸中最不幸者：他们清醒地活着，意识到自己的无能、无用、于事无补；他们痛苦地活着，因为他们孤独、摇摆、无所依傍！

　　这是一种气质性的不幸，没有谁可以解救他们！这也是后天的不幸，我怀疑，跟我们所从事的专业和身份紧密相联。

　　说到底，我并不为自己感到羞愧，这是命运所带来的不公正，平静地接受它，不躲避，不改变，我以为这是尊严。

　　我只是有一点点自卑，尤其是心系道广的时候，那天晚上，我无数次的欲言又止，只是想在嘴里呷一下这个人的名字，但是我以惊人的毅力克制了自己，我不能在两位师兄面前露出一点破绽：我爱上了另一个阶级的人。这注定是一场无望的爱情，在四目交汇的一瞬间，什么都发生了，只是在心里。

　　只有一次，当两位师兄试图讨论，是什么造就了目前村寨的这场"大跃进"？

　　我忍不住说了一句："是歌声。"

"是什么?"他们没听清楚。

我笑了笑,我不会再说第二遍了。把手拍了拍自己的小腿肚子,心里满足得要命。

我当然不会傻到,以为几首歌就能把村庄唱进共产主义,但是这些耳熟能详的歌儿,像《红星照我去战斗》《在希望的田野上》《打靶归来》《团结就是力量》……确实节奏明快,风格昂扬,很恰当地体现了村寨的精神状态。

我不知道是歌声找对了地方,还是村寨选对了它的形式,总之在无垠的时间的荒野里,不更早一步,也不更晚一步,它们碰上了,产生了一场化学反应。

最关键的是,这些歌声是由道广而引起,——啊,亲爱的人儿! 我把眼睛闭了闭,两位笨师兄怎会知晓我的心意,我再次面露微笑,在黑暗中,他们谁也看不见。

那两天,我拼命追寻道广的足迹,我走遍了村寨的各个角落,各个角落里都充斥着歌声、劳动的号角、村民们笑逐颜开的脸,他们在田间劳作的身影……我今生所能见到的最动人的一幕全在这里了,在这里,又岂能缺少爱情!

我开始发足狂奔,风吹进了我的眼睛里、鼓荡在我的头发和衣裳里,老实说,我并不在乎能否见上道广一面,我知道他在某个地方,与我共此时,我要把我的爱情转化成对这片土地的浓情蜜意。

有一天我做了个梦,梦见我和道广漫步于北方的一个风沙小城,这城里有一座山,山上有一座塔,塔下有一条河,这一天,我和道广就沿着河边走。我们两人都背着手,打着绑腿,那样子既像是恋人,也像是革命同志。那许是傍晚时分,河面上波光闪烁,古塔的倒影落在河中心。偶尔我们会驻足河边,当道广抬头凝视河对岸的古塔,我则侧头看着道广,我的眼里突然汪满了泪水,因为道广与古塔是连在一起的,我却与道广隔着很遥远的距离。

　　我慢慢地转过身子，为的是让风儿拭干我的眼泪，我不想让道广知道我的心理，他会说：这是小资产阶级思想在作祟。

　　在爱上道广的那些日子，我确实苦头吃尽，我把自己从头到尾否定了个遍，思来想去，觉得自己难以配上这位淳朴、纯洁的男子，是啊，我的灵魂布满坏垢，既不健康，而且多疑，难道所谓的"洗澡"就能把我洗干净？好在不久，我便走出这种沮丧、自责的心理，许是出于某种安全考虑，团长作了一次人事变动，安排我和两位师兄轮流押车上路。

　　"你们也跟一跟吧，"有一天他诚恳地发出请求："你们都走南闯北，省城里总有些同学关系，万一路上碰上什么事，还能有个照应，唉——"他叹了口气，"这些天我担惊受怕，右眼总跳个不停，只担心会出什么事！"

　　我们欣然领命，从此以后，我和两位师兄踏上征程，把自己扮成一个兵，到外面闯花花世界去了。即便很多年后的今天，我也记得我第一次穿上军装、离开村寨的那个傍晚，我们在路上走了一夜，于第二天凌晨到达位于广州郊外的一个农贸集散市场，又谨守昼伏夜出的规定，在广州消磨一个白天，直到夜幕降临，这才月黑风高地赶回沿河村。这一趟少说也需三十多个小时。

　　这是怎样的三十多小时啊！惊险，刺激，节外生枝，虎口脱险……就好比一场蹦极体验，从此以后，我们知道了什么叫欲仙欲死。每次上路，我们都把它当作最后一次，那是置死地而后生的心理；每次上路，又都是第一次，因为险境各有不同，经验于我们全没用。

　　尤其是我们三个"知书达理"的人，自踏进村寨的第一天起，就再也没有出过门，全身心地把自己献给了这个小环境：革命、改制、理想主义精神……一时竟丧失了现实感，全然不知身外事。

沿河村纪事

暖
与
凉

　　所以不难想像，当我们第一次踏上军车，奔赴前线，沿途所见的荒诞场景，非但使我们瞧着新鲜，对我们的智商也造成了一定的压力，需要应付以"脑筋急转弯"一类的游戏。

　　我还记得两位师兄第一次凯旋归来的情景，那是一个早晨，天刚蒙蒙亮，道广指挥的大合唱已经开始了，我应声而起，打开了门，却见其中一位正痴痴傻傻地坐在走廊牙子上，看上去像是进入了魔幻状态。

　　我上前招呼了一声："你回来啦？"

　　他皱了皱眉头，咕哝了一句："你听，这歌声！"

　　我没有说话，察言观色也知道，此兄定是碰上了社会形态上的难题，这一趟该是"村寨一日，人间十年"吧，两相对比，怎能不使他产生信仰危机，生出一种"梦里不知身在客"的时空错综感？但是我对他并不担心，以他的冰雪聪明，相信不久的将来，他必会放弃沉思，以一种活泼的姿态适应我们这个大时代，就像小鱼儿游进了大海里。

　　另一位师兄则是激动得要命，他是我们中第一个当兵的人。那是在更早些时候，也是清晨，我尚在睡梦中，便被他的砸门声吵醒，他实在等不及了，急于要我们分享他的奇妙心情。他先是暴两句粗口，简洁有力地代替了感叹词，然后一屁股坐在行军床上，把大腿一拍："过瘾啊！无与伦比！"

　　他表达力如此之差，急得我们直问："到底发生了什么事？"

　　他只是摇头咂嘴："我算是长见识了！"

　　原来这一趟，他把关卡摸了个遍！后来，及至我自己也上路了，这才明白是怎么回事，同时也心有释然：也许我们并没做错，只有"化装"才能自救！否则凭一辆民用货车，如何能走完那三里一关、五里一哨的漫漫长途？那该是我一生中走过的最破敝、壮观的旅途了：关卡之密，彼此甚至够得上说话唠嗑！

　　这些关卡多设在桥头、路边、荒郊野岭、繁华小镇的十字路口……装置也不一而足，有亭舍，茅屋，也有就地取材的——专门蹲守在路边的小吃店、洗浴房，一番吃喝玩乐以后，便来到马路上罚罚款，散散心。

更绝的是，他们有时会化装成便衣，踩着摩托车踏板，抖得像个二溜子；或者躲在某个阴暗角落里，眼神炯炯有如夜光灯，看准了一个目标物，冷不防一个箭步冲上前去，亮出身份，直把司机吓得一声尖叫，来一个紧急刹车。

司机虽不明就里，却跳下车来，一阵作恭打揖，好话说尽，那些关卡人员也不理会，不由分说，便掏出纸笔开罚单，或有几百，或有数千，数目全凭他们一时高兴。倘若有人问起名目，——是啊，罚款是为哪一出呢？

那关卡人员便看了他一眼，心想此人该是个二愣子，不知"欲加其罪，何患无辞"吗？他们笑了笑，回答简短而有力，一般都是两个字："超载""超速""违章"不等。

倘若司机继续纠缠，他们便撅撅屁股，意思是少废话，家伙全在后面藏着呢，这时他们的大盖帽也戴上了，那徽章里自有威严。

当然，也有一些关卡人员还是比较客气的，他们会跟"主顾们"称兄道弟，讨价还价，拍拍人家的肩膀，说一声："哥们，公家的吧？"

原来这里是有说项的，分公家、私人、开收据、不开收据、要回扣、不要回扣不等，其中有一个复杂的计算体系，恕不一一列出了。

接着他们就开始大倒苦水："你以为这钱就归了我个人？深更半夜的，谁不想在家搂着老婆孩子睡觉？——"伸出一只手来，手心朝上，意思是给钱吧，"你也犯不着心疼，反正都是国家的，换了个部门而已。"听上去似乎也不无道理。

有一次，我们正行驶在一条城郊马路，看见前方有几个穿制服的人正在晃悠，他们双手叉腰，腰束皮带，路旁停着几辆摩托车，还有一辆已经开到了路中心，悠闲自在地正在兜圈自娱，一边回头打量着我们，一边举了举手。

司机骂了一句："瞎了眼的东西！什么车都敢拦！"并转头征求领队胡性来的意见，"怎么样？下来聊一聊？"

胡性来懒得罗唣，说了一声："理他呢，往前走！"

军车一声怒吼，把车身抖了抖，拼足老命往前冲去，一时间我耳边只听得呼呼的风声，几声怪叫，以及摩托车引擎发动的声音……我把头探出窗外，这一看吃惊不小：他们追上来了，他们越来越近，他们贴紧了我们……我还来不及反应，却是一个趔趄，整个人已经摔到车头上！军车既已停下，四五个民兵不由分说，匕手、短棍、绳索早已插到了裤腰上，他们兴奋得简直要发抖。

胡性来理智地阻止了他们，先是作了一番部署，几个人这才跳下车来，一边颠着腿，一边把对手看来看去。

双方先是交换了证件，——叫我吃惊的是，这事竟由我方先提议！敌人大约也是没想到，拿着手电筒朝本子上晃了晃：竟是军方！那手电转了个向，在车身上又照了照，还有什么好说的呢？认栽吧！

胡性来也认真地接过对方的小本本，看了又看，照了照人，他把本本往脑后一扔，微微一笑："化装的吧？"

"什么？"敌人露出惊讶的神色。

胡性来并不计较，拍拍那人的肩膀，叹了口气："干什么不好，偏干这个！——"又伸手把那人的皮带扶扶正："怎么可以把制服穿成这样！"

他朝几个士兵努努嘴，示意他们先上车，临行前又不忘一番教育："回去好好做点小本生意！碰上老子今天心情好，先饶过你们一回，下次再让我见着，先抽几个大嘴巴再说！哼，正经关卡还需让我三分，别说你们几个！"

后来我也问过性来，这几人的成色到底如何？难道真是我们的同道？

性来拿不准地说："有点像。"

原来类似的事情，他们已遭遇过不止一起，试想，既然执法人员能化装成便衣，那么，平民为何就不能弄来几套制服穿上，站在马路边拦车收钱？

性来苦恼地说："关卡倒没什么，怕就怕这帮人渣，全没了王法了！"说这话时，他俨然是真把自己当成现役军人了。

而作为军人，我们经过关卡时，确实颇受待见：一条军车专道，关卡人员朝我们点头微笑，没有路障，不交款项！

我们自然心情舒畅，原来，人是可以被这样对待的！不自觉的，连身子都抬高了许多，腰板挺得笔直，双手放在膝盖上，眼睛齐刷刷地转向关卡，投之以僵硬、多情的微笑。——乍一学做人，简直学不像！

再看那边，一辆辆民用货车被叫停路边，排起了长龙，司机大佬们围着交警，又是敬烟，又是哈腰，一边大声嚷嚷，又是委屈又是微笑——表情拿捏得丰富微妙！就连肢体也用上了，或是拉拉扯扯，或是摊手耸肩……我们一旁看着，只觉得怜惜，也深为自己脱离了这一阶层而感到庆幸。

直到今天，我也不知道关卡为什么就不睁亮眼睛，把我们打量一下：有太多的破绽，连我们自己都觉得不像话，尤其是在道广治下，他手下的兵向来胆大，又喜欢场面堂皇，能把"行军曲"唱得震天响，一路"轰隆隆"地趟过关卡——因为是破车，速度上不能带来飙飞的快感，但是你看：他们一脚踏着车踏板，一手扶着车窗，那姿势好一个潇洒！在经过关卡的那一瞬间，他们还不忘抬了抬右手，致关卡以一个军人的敬礼！

关卡人员简直觉得莫名其妙，追出来，跟着军车跑了几步，

沿河村纪事

一边笑着骂道："我丢你老母，什么意思啊，一群疯狗！"

士兵们也不理会，回身跟他打飞吻。

有一次，在两广交界地带，我们被一个关卡拦下了，其时场面极度混乱，几十个警察全副武装，把枪口对准了四面八方；一时间只听得警笛长鸣，警犬狂吠，远方零零落落几声枪响，原来，三个越狱者已劫持一辆警车，在周遭的丛林里转圈，方园数百里地正处在戒严中。

我们简直要昏倒，一时车里慌作一团，哪儿还有什么主张？司机把车开往路边，一路抖抖索索向前滑了十几米，道广脸色煞白地说："停吧，注意别把刹车当油门踩！要刹要剐由人说了算！"他还不及开门下车，三四个警察早已扑上前来，把他堵在门口，只说了一句："快，抄小道走！上车再说！"

道广也软弱地跟了一句："快，抄小道走！"

军车顺着小径一路狂奔，我紧张得汗毛直竖，几乎要窒息，非常奇怪的，在这样的时刻，我竟然还会生出一个念头：我们追捕的可是一辆警车啊！——这一念，只使我头晕目眩：历史正在发生惊人的倒错，而现实却不管不顾，只管自己往前走。

我的意思是，我们并没有分明的快意恩仇，也早忘却了自己的不法身份，只把警方当作自己人，希望老天能保佑我们不要出什么差错。

可是警察却禁不住一阵狐疑，其中一位把我看了看，咦了一声："怎么还有个女的？"

道广顺势拍了拍我的头，亲热地说："我女朋友，是战友。"

警察笑了笑，不再言语。

我不由得浑身瘫软，心里想，他若是再看我一眼，我一定会崩溃！

也许我早就崩溃了，面上肌肉痉挛，心里想呕吐；也许从上车的那一刻起，他就嗅出这车里的气味不对，但是他并不介意，这不是他的管辖范围，而且事有轻重缓急，总之，我们有惊无险地度过这一关，至今想来仍觉得不可思议。

后来他们终于下车了，沿途拦了几辆警摩，在匆忙跳下车的那一瞬，他们还不忘跟道广握了握手："谢啦，兄弟！一路好自为之！"说完便扬长而去。

我们都松了一口气。

没想到他们走了几步，却又停下了，回头打趣道："回去跟你们首长反映一下，这身军装都换了，还有这车，不像样啊！"

道广向他们抱了抱拳头，呲牙咧嘴，脸露难堪的笑容。

谁知另一个人也来了兴致，和蔼地说："找个地方歇着吧，今夜你们过不去！生活不容易啊！——"一脸意味深长的笑容："有些事我们也看不惯，可是又能怎么办呢，互相将就着吧。"

道广简直无所适从，直至这几辆警摩消失在远方，他这才一头磕在车身上。

因为这次意外，我们抵达广州比平常晚了两个多小时，也正是这次意外，连带我发现了另一件事，这件事带给我的冲击不亚于警察上了我们的车。

平时，我们在广州的时间是这样安排的：上午睡觉，下午进城闲逛，顺带干点私活儿，捎些衣帽鞋袜、打火机、太阳镜一类的回去倒卖；我极少跟他们一起活动，也许是出于性别考虑，只把自己安置在驾驶室里，从没有光顾过他们的落脚点；这天清晨，在办完果蔬交易之后，我跟道广说："我跟你们一块过去！找个地方好好补一觉！"

道广"啊"了一声，懵懵懂懂地说："你去那儿干吗？"

我再次强调：我要去睡觉，我现在身子骨都快散架了！

道广其实很老实，这是很多男人的特性，坏事照做，可是又不会撒谎；他完全可以敷衍我的，把我稳在汽车里睡觉，或是另找个地方，可是他偏不干，他直统统地说："你不能去！那不是你待的地方！"

这下我不干了，凭什么我不能去啊，"除非你们有事瞒着我！"

道广软弱地笑了，"也没有啊，"他搔了搔头皮："他们在掷骰子，都是男的，还有外人——"

我越发好奇了，铁下心来要去看个究竟。

就这样，道广在前面带路，我跟在后面大踏步；他越走越快，我不得不跑起来，七弯八拐来到了一片居民区里，这一带都是些老房子，虽拥挤破落，却是独家独院，两三层小楼，自住兼开小旅馆。道广一阵风似地冲进一户人家，不由分说就往楼上跑，一边回头笑道："你在这等着，他们可能在洗澡。"

我急于要抓现行，三步并作两步赶到他前面，一边笑道："我不在这儿等，我到门口等。"

道广叹了口气，无奈地把我领到了 301 房。

其实房间里很正常，四张上下床铺，也有躺着睡觉的，也有围着小方桌打牌的，屋子里吵吵嚷嚷，烟嘴扔了一地，也有两个年轻女人，身穿家常裙衫，收拾得干干净净，与我想像中的娼妓不是一回事。此刻，她们正坐在一群男人堆里，凑首看牌，看见我跟道广走进屋来，勾头把我看了又看，跟道广说："你女朋友？"

道广嗡声嗡气地说："不是，一块卖菜的。"

另一个说："不像哎，——"又问我："要不要喝茶噻？"

我拘谨地摇了摇头，把自己安置在床铺边，我不好意思看他们，只把眼睛看向水泥地，屋子里乌烟瘴气，熏得我眼睛疼。十分钟以后，我便告辞了。确实，这不是我呆的地方，他们也很不自在，我看得出来。

我重新回到了军车里，脑子昏昏沉沉，一时心里五味杂陈：

有新鲜，也有失望，我应该感慨吗？我那年二十四岁，还没正式踏上社会，娼妓这件事，虽略有耳闻，却不在我概念里。我不知道当时的人们怎么看这件事，也许是，没经历过的想跃跃欲试，经历过的也就那么回事，反正在广州，这事确实"也就那么回事了"。

后来，道广追过来解释："你都看到了吧？什么事也没有！"

我说："我看到什么了？那两女的是干什么的？"

道广支吾了半天："搞不清楚，邻居吧？不太熟。"

我说："怎么可能是邻居，一口湖北话！"

见他不吱声了，我又笑道："你别装了，真的，我早看出来了，你心里虚着呢！"

道广一拳砸在方向盘上，骂了一声："妈的！你怎么什么都知道？"——如释重负地吐了口气。

我眼前一黑，这一下真是铁板钉钉了！没想到他这样禁不起问，几句话一套，就全出来了！——这些可都是我出生入死的革命同志啊，大家一块经历了多少事？！把几十年的中国历史照搬过来演了个遍，而且特别入戏，不惜牺牲、胸怀理想，为的是什么？为的是生活得更美好，不是为了叫他去嫖！

"这是两码事！"道广急得直嚷嚷，他现在思想开放，俨然一个现代人士——他来广州这才几次？他也许觉得，眼前这个女的简直不可理喻，需要给我洗洗脑，于是便从头说起："喏，首先你要这样想，她们是做生意的，她们需要有主顾，要不她们就得挨饿！这个你听明白了吗？"

我似乎是听进去了，勉强点了点头。

"那好，第二条，"道广点了支烟："你以后不要用那个字，嫖不嫖的，这说明你心理有问题、太肮脏！大家都是人，职业无贵贱，人品有区分，你要学会尊重她们。再说了，嫖怎么了？嫖也就嫖了，嫖完就忘了，所以等于没嫖。"

沿河村纪事

　　这个我没听明白，一下子又自卑了，我跟道广说："你看，我真的转不过弯来，我刚从小山寨里走出来——"

　　道广叹了口气："你在那儿才待了几天？现在时代不同了，出来就是一个新天地！你怎么就不能与时俱进？——"他把眼睛眯向空气中，沉吟了一会："这么跟你说吧，好比一个人正在睡觉，外面来了一个人也想睡觉，那么大家就一块睡啰，虽然他们是一男一女。"

　　我也学着他的样子，把眼睛眯向空气中，尽量以一个男人的视角来思考：好像真是这么回事儿！于是我便问："你们都是这么想的？"

　　道广说："都这么想，包括你两位师兄！"

　　"什么？"我一声惊叫，我把这两人给忘了，我不能想像他们也会！前天我们还在一起长聊，他们是那样的纯洁忧伤！

　　道广耸了耸肩，嘀咕道："又不影响的，他们现在也纯洁忧伤，呵呵，他们忧伤得要命，巴不得天天来广州！"

　　"不是，不是，"我把手扶住脑门，一时语无伦次："你听我说，他们都有女朋友，她们是我的好朋友，他们特相爱，他们快要结婚了——"

　　道广都懒得看我，一脸不屑的神情。

　　"他们还自称理想主义，他们整天把它挂在嘴边！"

　　"不要跟我讲什么主义！——"道广大喝一声，他终于不耐烦了："我不懂那玩意儿！我只懂男人，男人你明白吗？我发现你这人满脑子浆糊，真是要命！理想主义就不能嫖了？嫖完照样还是理想主义！"

　　我把头靠在车窗上，我想应该结束这场谈话了。确实，男女之事讲不清，很多年后的今天，我对这类事早已见怪不怪，口头上也表示了这层意思，——正如道广所言：它不是个事儿！但是在心里，我始终认为它是个事儿，以一个女性的视角，它是个天大的事儿!

　　因此，我把这一节记在这里，作为对人性的一个存疑，以供探讨。

7

　　后来，我们便离开了沿河村，重返学校做回了学生；直到几年以后再返回，我们三人都已毕业分配，两位师兄，一位留校任教，一位去了某科研机构，我则被分配到一家晚报，负责跑跑新闻会场。

　　这几年，我们的社会生活发生多大的变化啊，真可谓"敢叫日月换新天"！这几年，我们与沿河村也保持着紧密的联系，得知在我们离开半年以后，军车就停开了，原因是风险太大，村民们也多没有长兴，主要是他们没的蔬菜可卖了，村里的一个大户包下了菜地，在上面办起了木材加工厂。这大户也姓胡，兄弟两个，做木材生意已有些年头了，正是在他们的影响下，村民们陆陆续续改了向。

　　后来，我们又被告知，村里的电通上了，路也拓宽了。

　　再后来，我们的联系就不靠写信了，而是电话。

　　有一天，留校任教的那位师兄接到团长的邀请，希望我们过去看一看："奇迹啊，你们来了就知道了！这两年，我们在县里连续夺了几个第一：GDP 第一，先进工作者，优秀党员，精神文明示范村……这些就不说了！不容易啊，尤其是这个时代，人人都向钱看，我们还在搞精神文明！"

　　这位师兄也是好奇，而且又是他的专业范围，因此便约我们一起同行，是啊，我们三人早就盼着这一天了，这可是我们心心念念的沿河村啊，我们在其中投入了太多的感情。

　　这次，我们是直飞南宁，团长派车来接我们，从机场出发，

沿河村纪事

一路高速，穿过丛林，我至今还记得丛林里的阳光，恍惚得很，阳光底下也有军车绵延，士兵们身穿迷彩服，夕阳的光影落在他们的眼睛里……我一时犯迷糊，心里想，可知是我们从前见过的那一茬人？

团长早早地迎接在村口，一身军便装，裤脚卷起来，他张开双臂，以一个军人的豪爽拥抱了两位师兄，并跟我握了握手，笑声朗朗。

他先领我们去看了看军车，军车被安置在村公所隔壁的一个角落里，经过几年的日晒雨淋，它老了，报废了，可是团长告诉我们，村民们仍对它心存感激，想着将来有条件的话，要给它盖一间房子，做一个展览馆，以便告诉子孙后代，他们的祖先在走向工业化、现代化的过程中，经历过怎样的无奈、荒唐！

团长深情地踹了踹车轮，说："靠着它，我完成了资本的原始积累。"

我们也都叹了口气：是啊，军车完成了它的历史使命，它的这一页算是翻过去了。

团长又领我们爬上一块高地，鸟瞰全村，我们顺着他的指点，发现村寨确实气象大变，哪儿还有一点传统乡村的迹象，俨然一个现代小镇：小桥，流水，别墅，工厂的烟囱在排放废气，轿车、货车、商务车川流不息……这不是我们见过的最富裕的村庄，这是我们见过的用最短的时间走向富裕的村庄！

那天晚上，团长作东欢迎我们，村公所的干部们都到齐了，我们很奇怪地发现，这里头没有性来、道广他们，于是便问："几位营长呢？"

团长似乎困惑不已，一时竟没有反应。

"营长？"他想了半天，突然拍拍脑瓜子："天哪，你们说的是道广几个吧？哈哈，他们早不是什么营长了！喏，这是我的新班子——"指了指在座的几位，给我们一一作了介绍。

"道广他们？——"

"他们现在好得很！"团长想了想，斟词酌句地说："个个都是工厂主，我已经好长时间没见到他们了！"

我们便不好再问什么了。

那天晚上，席间觥筹交错，一派欢声笑语，可是我们只觉得落寞，是啊，铁打的营盘流水的兵，团长的干将已经换了一批啦！遥想性来几人，当年何其英气勃发，一路过关闯将、出生入死，直把团长送到今天，可是今天又怎么样呢，听团长的口气便知道了！

难道性来几人也落到和军车一样的命运，完成了他们的历史使命，又恢复了平民身份？可是，军车尚有建展览馆的一天，性来几人却是连"叨陪末座"的资格都没有！心里不由得"格登"一下：团长和性来他们该有矛盾，后者又岂是省油的灯！难道团长邀请我们，是另有用意？否则便不能解释他的热情过度，一连好几个电话相催，并早早替我们定了飞机票。

天哪，但愿不要再闹事了，我们是再不想搅这趟浑水了。

那天晚上，我们刚回宾馆不久，性来几人便兴冲冲地找上门来，大家一阵狂呼乱抱，性来说："怎么事先也不招呼一声，我们刚听说。"

道广坐在沙发上，一拍大腿说："来得正好！正想给你们打电话呢！倒叫他抢了个先！"

"怎么样？"研究所的那位师兄问道："听说营长被掳了？"

性来两人笑道："不是一天两天的事了，老实说我们也不在乎，狗东西最近太张狂了，我们一琢磨，想一并解决算了。"

我们一时没听明白：解决？解决什么？

道广朗朗有声："推翻兵团体制，恢复村寨民主！"

我们一听跳了起来：又来了，搞什么搞？！

道广摇了摇头："闹得不像话了，现在大权在握，谁的话都

沿河村纪事

听不进去了，他是真把自己当团长了，全村人全忘了这回事，只有他记得牢牢的！"

我笑道："这可是你们逼出来的！他当初是一万个不愿意！"

性来说："我们逼他，是为了叫他搞经济，不是叫他玩独裁！现在军车既已停开，兵团还有什么存在的必要！他凭什么还要当团长，回去给我当村长去！"

原来，在我们离开的这几年，团长利用兵团的名义，一步步地将权力收归己有，这其中包括政权、财权、军权……从前他在这方面栽过跟头！又鉴于道广几人从旧村寨带过来的坏传统，动则喜欢提意见，发牢骚，讲民主，又不听管束，又居功自傲，况且手里又握有兵权……因此，在军车停开不久，团长就找了个由头，把这几人开掉了。

起先，道广几人也闹过一阵，但无奈群众不合作，那一阵子，家家户户都像疯了似的，纷纷办起了木材厂、家俱厂、运输队……狂奔于发财致富的康庄大道，道广纵有天大本事，也使唤他们不得！无奈之下，道广也只好跟着他们一块跑，没想到，这一跑竟跑到前面去了，这几年来，道广几人成了村子里响当当的富户，五六家厂子创造了全村五六十家厂子70%的利润！

我说："这不是挺好的？"

"好什么好？"道广叹了口气，他觉得问题就出在这里：他到顶了！当然他还可以更有钱，把他的厂子开到县里、省城、首都、世界各地，可是那又有什么意思呢？财富原是无止尽的，但财富的目的只有两个，一是舒适，二是为了体面尊严。现在他都满足了。

我说："你也可以到更大地方满足的。"

他笑道："没那个必要，我又不认识他们。"

是啊，沿河村才是他的根，生于斯，长于斯，也将葬于斯——他的体面尊严的最终指向，原是他的父老乡亲。他说：

暖与凉

"我这人本来就没什么志向，下半生也就是维持一下厂子，养活一拨穷弟兄，我自己能用几个钱？走哪儿算哪儿吧，老实说，我对赚钱没多大兴致，引不起我激情。"

我们便问，什么东西能够引起他激情？

"斗争！"坐在灯影里的道广轻轻哼了一声，他的声音是那样的平静，平静而有力："是时候了，钱我是挣足了，下面要跟村民们挣点权益！"

我一听，坏了，沿河村怕真是没安宁日子了，一拨有产阶级正在崛起，以群众的名义跟团长要权力！

且说团长这边，自从铲除了道广等异己，又安置了自己的一批亲信，做起事来真是如虎添翼，他把这些亲信派上村寨的各条战线：政治，经济，思想，纪检，治安，工会……这些人也确实尽心尽力，协同作战，以部队的标准严格要求自己，这样一来，村寨越发像兵团了。

较之于道广时代，现在的兵团更加紧凑，务实，不搞形式主义，他们诚心竭力地服务于村寨的经济建设，前沿的，后勤保障的……把各种力量拧成一股绳，叫村民们的精气神更加旺盛，不断地提醒他们：挣钱，挣钱，挣钱！

诚然，现在村里再听不到歌声了，因为领唱的那个人歇了，自己也成了生意人！再也没有军训、号角，再也看不见身着旧军装的半吊子士兵在晃荡，就连团长的几员干将也从不以军人自居，但是在我们看来，他们比军人更像军人，那就是无私、正直、勇敢，他们常常西装革履，一阵风似的从我们身边掠过，他们到哪里去？他们到群众需要的地方去！

私下里，我们也问过团长，他是怎么带兵的？

团长笑了笑，秘而不宣，只说了一句："现在正是村里最好的时候，一切都上头绪了！"

那两天，团长领着我们在村子里转了转，工厂，商铺，街

177

市……无一不给我们留下深刻的印象，这印象就是民众激情的回光返照：到处都是人来车往，机声隆隆，人们在大太阳底下挥汗如雨，所不同的是，从前是在菜田里，现在多站在机器旁。无论是老板，工人，小商小贩，个个都像打了激素似的，面泛红光，精神抖擞！

对此，我们并不感到奇怪，反觉得踏实，因为这一切的背后，原是利益的驱动，而不是什么精神的鼓舞。

我们稍稍奇怪的是，在经济发展如火如荼的今天，村民们还保留一种近乎清教徒的气息，这里没有贪污、腐化、堕落，没有偷盗抢劫，没有夜总会，一俟晚上，整个村子就静悄悄的，偶尔能听到几声狼狗的狂吠，——这是村里的巡逻队在行动，他们站在村子的各个要道口，或是挨家挨户地走过，看看可有哪家丈夫彻夜不归、哪个老板在做假帐、哪些在行贿受贿、哪个在渎职，可有欺贫现象？工人工资拖欠了没有？……他们一天二十四小时在行动，杜绝一切犯罪现象，别说村外的那几个"飞车党"，单说村民们或有路上捡到钱包的，也不好意思不上交！

两位师兄也能一觉睡到天亮，因为宾馆里没有小姐骚扰，五楼倒是有一间按摩房，有一天晚上，我们三人实在无聊，便过去泡泡脚。小姐们个个神色端庄，不苟言笑，两位师兄躺在床上，不由得要跟她们开两句玩笑，谁知她们竟柳眉倒竖，怒声呵斥道："先生，请您放尊重点，我们不是那号人！"

我忍不住要笑，可怜两位师兄，这些年也是经过一番灯红酒绿的，哪儿见过这种阵势？又想，在物欲横流的今天，村民们却单单把欲望用在挣钱上，别的路径全堵上了。挣了钱干什么呢？又不嫖，又不赌，没个出处呀，把它放在家里收着？很是困惑。

金钱带来了它该带来的东西：感官享乐，人心叵测，浮躁沉沦……这是铁律，我们讨厌这样的铁律：心找不着归宿！可是一旦进的这个小山村，却发现这里一尘不染，清心寡欲，似乎也叫人亲近不得！

是啊，这世上从来就没有完美的生活，怎么样都是错的。在跟团长一席谈话之后，我们决定抛弃道广，支持团长实行专政！——这是他痛定思痛的结果：把权力收回自己手中，带领沿河村带向繁荣富强！

那天晚上，团长到宾馆找我们，直言不讳地聊起了他和道广几人的矛盾，他困惑地说："我错了吗？换位想想，你们会怎么样？"

两位师兄诚恳地说："换位想想，我们会跟你一样！"

"就是！"团长笑了笑："我必须拿掉他们，因为我有前车之鉴！其实每走一步，我都在问自己，我是出于公心还是私心？这样一问，我心里就敞亮了！"

我们解释说，道广几人也未必就是私心——

"说得好！"团长笑了笑："但中国的事情你们也知道，往往出发点都是好的，但搞到最后，就变成个人之间搞来搞去！"

我们一时沉默了。

"积怨太深了！"团长长叹一声："找你们来也就是这个意思，是到该解决的时候了，要不成天净搅事儿！你说我怎么弄？哄着他们？跟他们斗？我没那么多精力呀！我给你们丢个底，解决他们，但我并不想把事情搞大！"

我们不知道团长的解决是指什么，可能他自己也不知道。

"成天说我搞独裁，玩专政！也不看看我治下都是些什么人！——"指的是全体村民："哪个是歪种？嗬，个个都是好汉哪！先祖的血正在他们身上淌着呢！要搁以前，这些都是拼刺刀、堵枪眼、当炮灰的主子！对付这帮王八蛋，我跟他们讲民主？——"说到这里，团长又好气、又好笑："难道我会跟他们说：胡性来，我派你去炸碉堡好不好？——"弯下身子，声音是温柔的、探寻的；接着口气一转，变成了娘娘腔，身子扭来扭去："嗯，

179

不嘛!"其实胡性来也不是这模样。

我们都笑起来。

接着团长继续表演:"那么我只好去找胡道广,我说道广,你看,兄弟我遇上麻烦了,你今天去把这阵地给我拿下!你猜道广怎么说:滚你妈的蛋!这下我不让了,我得有个团长的样子呀,于是我把桌子一拍——"果真把桌子一拍:"来人哪,把他拉出去给我毙了!"学得惟妙惟肖,末一句话,是扁着嗓子、一字一字从牙缝里蹦出来的。

"当然我不会这么做,这只是打个比方!我只能自己冲锋陷阵,我把手一挥,回头说:弟兄们,跟我上,冲啊!——"说到这里,团长顿了顿,竖出三个手指头,正色说道:"三年!"

"三年啊!"他大发感慨:"我把一个穷山沟带到今天这个样!谁能做得到?我应该进吉尼斯世界大全,因为我做到了别人三十年做不到的事!为什么?——"他站起身来,背着手在屋子里蹀了两步,突然回身,攥了攥拳头。

我不知道他这拳头是什么意思,强权?专政?

他放下拳头,一边低首蹀步,一边自言自语:"三年来,我每天都在打仗!"他突然停下,跺了跺地板,看定我们说:"我把这儿当作战场!明白我说什么了吗?这儿从来就是战场,以前是,现在是,永远是!"

他又蹀回窗边,一下子落在椅子上,架起腿颠了颠,问:"知道我这三年是怎么过来的?"

我和两位师兄都不说话,完全被他吸引了。

"三年来,我就没睡过一次安稳觉!因为我身后跟着一只老虎,这老虎每天都在吼叫:效益,效益!那好,我也不管三七二十一了,我身先士卒,带领弟兄们就上!什么招没用上?军车就是一例子!好了,等到我把效益搞上去了,这老虎又改口了,他说他要公平!"说到这里,团长朝我们睐了睐眼睛,他被自己的这番演讲给搞笑了。

他朝我们摊了摊手，说："难道我不知道这两样此消彼长，就不能放一块扯？但是没办法，服从是军人的天职！于是我又不管三七二十一，带领一班弟兄们就上，我干什么呢？我组织了一支特别行动队，简称别动队！"

"什么？"我们吓了一跳，又禁不住想笑。

"别吓着，"团长摆摆手，说："也就是你们见到的巡逻队！这帮兄弟可是惨啰！又要管治安，又要防腐败！他们是什么都得管呀！没办法，现在人心这样坏，大伙儿怎是看什么都不顺眼！——"他把手越过头顶，反手推开窗户："可是我这村子，却是全县最干净的地方，吃喝嫖赌全没有，贪污腐化死光光！"

"为什么？"团长开始设问，他的声音是那样的铿锵、有力、富有韵律："因为我自己做得好，我不贪，不嫖，不赌！因为我是当家的，我得带头做个榜样！因为我有理想，我要把沿河村领到一个繁荣、干净的地方！"

我第一次知道，团长的口才竟这样好，声音并不大，但字正腔圆，语速张驰有度，再兼表情丰富，或诚恳，或诙谐，极富有感染力。

接着他把话题绕回来了，——兜了个圈还没转向："这别动队是干什么的？这别动队可不是个玩意儿！他们不光要抓小偷、贪官、淫妇，他们的设立本是为了维护工人阶级的利益！这么说吧，我这边命令老板拼命剥削工人，那边命令别动队反对老板剥削工人！这就是我现在干的活儿！我拿我的矛攻我的盾！"说到这儿，团长笑了笑，既无奈又轻佻。

"那么好了，"他站起身来，一脚踢开骑子，面向窗口，那姿势就像将军站在他的前沿阵地，长长地叹了口气，说："等到我把这些都搞定了，精神的，物质的，效益的，公平的，我受到了县里的表彰，忽然又有一个声音响起——"

沿河村纪事

他转过身来，问："什么声音？"

我们摇了摇头。

他尖着嗓子说："有人说我侵犯了人权！嗬，他们要搞什么民主！——"说到这里，他弯了弯腰，拿眼睛觑着我们，颇有点舞台作风，我想他是不是入戏太深了？这是晚上，而且房间里的灯光也不是太明亮，他极有可能振臂一呼，喊一句"打倒胡道广！""反对资产阶级自由化"什么的，就像当年人们对待他一样。

好在他适时地控制了自己，只平静地问了一句："你们说吧，我该怎么弄？让位给他们搞民主，叫村子乱得像无政府？或是跟他们斗一斗？"

那天晚上，我们三人又是一个彻夜不眠，商量了一个结果：站在团长一边，支持他实行威权统治！这是一个冒险的结果：哪怕像团长这样一个品行端正的人，权力一旦发作且不受约束，它将长成怎样的庞然大物？也正因此，这也是一个无奈的、权衡利弊的结果：沿河村再经不起折腾了！

那几天，我们走访了一些村户，想听听他们的意见。没想到村民们困惑得厉害，半天没明白怎么回事。我们只好直话直说："你们支持哪一边吧，是兵团还是村寨？"

"兵团？什么兵团？有这回事？"

我们大吃一惊：难道这是我们在做梦？还是他们记性太坏？

突然想起了一个物证，于是便提醒他们："军车呀，村公所大楼旁的那辆军车呀！"

他们确乎想起了什么，笑道："有冇搞错？那不是什么军车！你以为屎壳郎穿上马甲就变成了乌龟？哈哈，那不过是辆绿色货车！"

两位师兄摆摆手，示意我不要再纠缠这问题了，他们问："村长和道广他们有矛盾，你们总知道吧？"

　　这下他们听明白了："嘻，说的是这个呀，干吗绕来绕去？都是整顿引起的！——"并且高屋建瓴地给出了总结："官商矛盾，不足稀奇！由他们闹去吧，我们只挣自己的小钱！"我不由得放下心来，群众不参与，看道广几人怎么和村长斗！

　　我们又问：那他们可有倾向性？如果一定要站队，他们站在哪一边？

　　他们是这样回答的：站什么队？两边都不是好东西！

　　我们很是头疼：可怜村长鞠躬尽瘁，先人后己，三年来把全村引向小康路，到头来却仍不落好，弄了一身不是！我们不明白是怎么回事。

　　村民们暧昧地笑了："你们当然不明白了！管得太宽了，什么都弄得干干净净！"

　　其中一个直言不讳："又不让嫖，又不让赌，就连搞个婚外情都不允许，现在男男女女都压抑得要命！"

　　我和两位师兄忍不住笑起来，原来这么回事！

　　那么道广呢？道广几人可正在想方设法为他们争取权益啊！没想到村民们更来气了："别跟我提这个人的名字！一听就上火！这个吸血鬼！暴发户！他的钱哪儿来的？那是榨取我们的血汗得来的！三年来，他剥我们的皮，抽我们的筋！叫我们加班加点，还不长工资！现在还说给我们争取什么权益，谁稀罕！我们现在好得很，我们不需要权益，我们需要的是钞票！"

　　另一个挥挥手说："叫他们搞去吧，最好两败俱伤才好！——"歪头想了想，似乎不对，恨资本家更多一点，于是便说："我是支持村长的，早该下手了，最好把他们的钱没收了，拿来大家分一分才好！"

　　后来我们又找到道广等人，还没说上几句，道广跳起来便骂："这帮小人、愚众！我好心好意为他们着想，倒落了这个下场！这绝对是仇富心理！我可以告诉你们，哪天我一高兴，我千

沿河村纪事

金散尽，我出家做和尚去！你看我做不做得出来！但这事我得自愿，谁要是逼迫我，动我一个子儿，我跟他拼个鱼死网破！——"冷笑一声："我明白了，肯定有人在调唆劳资矛盾，好掩饰他的独裁统治！"

我们只是摇头，沿河村要出事啦！一个唾沫星都能引起一场大火！有一天，我们正在跟团长商量对策，几个别动队员闯进来报告：道广正在发动群众搞民主测评，想把团长给搞下去。

团长不介意地笑笑："叫他们搞好了！群众会听他的？不自量力！还以为这是从前哪！"

别动队员说："他们正在花钱买选票，一百块一张！"

我们一听"啊"了一声：这招太损了，能成事儿！

团长激动得一蹦三尺高："好，好！狗娘养的，跟我玩这套！来人哪，去把他们给我拷了！就说聚众闹事，防碍生产！"

正说着，另一批别动队员又跑进来报告：道广的厂子已经被封了，正待停业整顿！

我们吃了一惊，怎么团长事先不知会我们一声？这等于是，两边同时出手了！

还来不及问什么，突听楼下一阵吵嚷，我们扑到窗前：浩浩荡荡的游行示威已经开始了！领头的举着标语横幅，上写"失业工人大联盟""我们要吃饭""打倒独裁"等字样，一路直奔村公所而来。而楼下已是人山人海，有站着，坐着，有喊口号的，有往楼上冲着，有爬上电线杆的，就连军车上都站满了人。

先前的两个别动队员又跑回来了，团长问："道广呢？拷了没有？"

回答是："人没了，找不着了。"

团长掉头就往楼下跑，被别动队员一把拉住："这边走！"

我们也跟着他们跑，楼道里的人越来越多，推推搡搡竟然也下了楼，回身一看，团长没了，周围全是人，挤进挤出都不可能了！再往上看，整个村公所大楼都被占领了：各个楼层都站满了人，或交头接耳，或东张西望，也有人手伏阳台作领袖状的，挥挥手说："同志们好！"楼下也一阵狂呼乱叫："首长好！"有人搭着人梯爬阳台，阳台上的人把他们往下推！顶楼的平台上，有人摇着小红旗在四处奔跑！没有人关心结果会怎样，全民狂欢的场景又开始了。

我们急得团团转，拉住几个人问了问，什么说法都有，有说团长被绑架了，又有说道广、性来被制服了，又有说三人都在村公所里，被群众给包围了！

后来才知，三个人都不在村公所。最先出现的是性来，也不知怎么就在人群里遇上了，彼此都很惊讶。性来汗渍淋漓，一问三不知，只说："那个人跑了，找不着了。"那人是谁？团长？

又问："道广呢？"也不知道，走丢了。

"那你是哪儿来的？"也不知道，被挤到这儿来的。

直到这时，性来还不当个事儿，四下里看看，笑道："乖，瞧他们高兴的！一帮无政府主义！"一边还安慰我们："没事儿，他们堂兄弟一家人，道广这人也不好，性子太急，太耿！"

又议论团长："玩得确实过份了点，这几年尤其厉害，整一个暗无天日！但这种事也别太认真，他人不坏的，又没什么私心——"我们很感动于性来如此宽宏、体谅，谁知他话锋一转："搞搞他也可以的，给他提个醒！"

正说着，人群那边一阵骚动，原来道广出现了。道广不知怎么已经站到了一张桌子上，正鹤立鸡群对着群众喊话，他一手放在腮边作扩音器，一手紧握拳头，——隔得远，我们听不见，有人立马给我们传话，喊的是：打倒独裁者！民主村寨回归了！

我们一阵茫然：就这么回归了？

还不及明白怎么回事，那边又是一阵狂欢。

我们急问：又说了什么？

沿河村纪事

那个传话的人也勾过头去问，总之，一传十，十传百，传到我们这儿的是：以后自由啦！可以吃喝嫖赌、乱搞男女关系啦！

性来上前把那人踹了一脚，笑骂道："我叫你胡说！他会说出这种话！"

我们也直笑，怎么也搞不明白，政治运动怎么就变成了一场娱乐！

最精彩的是团长的出现，团长的出现引来了万民欢腾，那是帝王一般的待遇，首先出现的是两列威风凛凛的别动队员，他们手持棍棒，硬生生地从人群里拼出一条御道来，我们都屏住呼吸，在翘首期盼的那一刹那，有人熬不住了，一个嘶哑的声音开始呼号："胡道宽，我爱你！"

话音未落，整个广场开始地动山摇，有跺脚的，有尖叫的，有竖起拳头喊口号的："胡道宽万岁！""打倒资本家！"……团长就是在这样的场合闪亮登场的，他一身旧军装，脚蹬解放鞋，整个人神采奕奕，仿佛刚冲过澡！他一边大踏步，一边向群众挥手致意，妇女们开始掩脸哭泣，广场一片如痴如狂！

很多年后我都在想，团长的情绪也许是从这时飞起来的，他进入了忘我的状态，步伐一纵一纵的，像是在飘，当看见道广还戳在人群中的时候，他愣了一下，喝令别动队："去！把竖着的那个人给我绑了！"说完便沿着御道走向村公所。

我们愣了一下，赶紧挤过去，跟上了他。

团长踏上二楼，此时，整幢大楼没什么人了，别动队员已把人群撵了干净，各楼层正在实行戒严！团长把双手搭在楼沿上，开始了一场即兴演讲："是的，同志们，民主村寨确实回归了，因为我又回来了！从来就没有什么兵团，这是臆想的产物！一小撮别有用心的人阴谋推翻村政府，逼着我成立兵团，但是我拒绝了！"

楼下传来道广的怒骂声："我操你八辈子祖宗，胡道宽！我跟你没完!"

我们回过头去,却见道广已被绑架上楼,趔趔趄趄地停在楼梯口。

团长侧身把他看了看,笑道:"我看你还是免了吧,那也是你的祖宗!"

这时发生了一点小意外,已被架往三楼的道广突然挣脱了别动队员的手臂,转身往楼下跑,他踏着跨栏运动员的步伐,三步并作两步,飞身扑向团长,我们一声惊叫,道广已经架住了团长的脖子,手里攥着一匕手,两个人在走廊上扭了几回,十几个别动队员围着他们转,只是不敢近身。

道广架着团长面向群众,一边说:"这些年你翻了天了,无法无天! 看整个村子被你弄成什么样,谁还敢说一句话? 动不动就封厂,你还让不让人活?"

团长气喘吁吁地说:"你别逼我啊,我当兵出身,可是什么事都做得出来的!"

道广笑了笑:"我这身手,从前飞沿走壁,可真叫一个了得! 哈,现在权当练练手!"

团长一反手,把道广的匕手给打落了,两人抱成一团,滚到了地上。别动队员这才一窝蜂地跑上来,按住了道广,团长一下子跳将起来,撸了一下头发。

团长围着躺在地上的道广直转圈,他脸红脖粗,我想他这时可能已经晕了,身子跟跟跄跄,步伐也不稳,他弯下腰来,把眼睛睖着道广,瞄了又瞄,突然直起身来,发出了我这一生所能听见的最歇斯底里的一声呐喊:把他拉去给我毙了!

我们大惊失色,原先狂欢的人群突然安静了,此时天色已近黄昏,路灯还没有亮,一阵微风吹过,我浑身抖了抖,很分明的,感到四周有一股苍凉、肃杀的气氛,那是团长在剥夺一个犯了错误的士兵的生命! 不远处能看见几户人家,灰色屋顶,平台

沿河村纪事

上晾着夏天的衣服，一只老猫走在灰色的屋檐上，也有炊烟……这些都是生命，都慢慢隐于夜色里了。

别动队员站着不动，远远看上去就像一桩桩雕塑。

我慢慢地蹲下身来，把脑门磕在膝盖上，虽然头晕目眩，其实也知道，这是和平年代，我身处的这个边疆小寨正在热火朝天地奔向现代化。

两位师兄走上前去，拿手碰了碰团长。

团长像触了电似的，再次跳起来，挥起手臂，一连串地嚷："毙了，毙了，把他们拉出去统统给我毙了！"

广场上的人群一下子作鸟兽散，团长扭头看了看他们，静静地笑了，他笑了好长一会儿，只是不出声，然后他把身子前倾，膝盖一软，磕到了地上，他一直跪在那儿，即便在黑暗里，我也能看见他那散淡的目光，有如夜游……

8

第二天，我们便离开了沿河村，而且走得很不体面，等于是不辞而别，于这个村庄而言是消失得无影无踪。这件事对我们打击之大，以至于后来再没有回过沿河村。我们后悔当初的选择吗？老实说，不！我说过，这世上没有完美的生活，无论选择谁都是错的。

很多年后的今天，我们三人都已隐遁于生活中，只做一个看客。偶尔，我们还能听到这个村庄的一点消息，村长、道广、性来也总有电话过来，抱怨各自的苦闷和烦恼，我们听着，也只是笑。

家　道

一

父亲出事以后，生活的重担就落在母亲一个人身上，其时她四十出头，我年方十九，正在大学里读书。父亲出事的当天，我没在现场，据母亲说，市委王伯伯打来电话，通知父亲参加一个重要会议，那是周末的一个晚上，夫妻俩正在吃饭——他们俩实在难得一起吃饭的，因为父亲总是很忙。

王伯伯是市委秘书长，和我们家关系一向不错；我印象中他是个胖子，走路一阵风似的，说话却是慢吞吞的，而且最会敷衍小孩子，丫头长丫头短，问问你的成绩，摸摸你的小辫子——小时候，他常来家里走动，当然那时他还没有"入仕"，和父亲一起在中学里任教。

电话是我母亲接的，很多年后，她都不愿提起这一幕。她说，他怎么就做得出呢，他声音没有一点异样。

　　原来，那天晚上并没有什么会议，王伯伯受命设了个圈套，待父亲急匆匆地赶到市委招待所，看到门廊里转悠着几个便衣，会议室里端坐着几个"上面来的人"，他就明白是怎么回事了。父亲在被捕前是我们那地方的财政局长，俗称"财神爷"的。接下来的事情我就不多说了，无非是立案，审判，抄家，程序上的事我也不是很懂。父亲被判了八年，罪名是行贿受贿，这成了我们小城最轰动一时的案件之一。

　　"轰动一时"是什么意思呢，说的是此案涉及面太广，不少省部级的大人物都被裹挟其中，相比之下，父亲的官阶卑微如草芥（他是处级），他不过是环环相扣中最不起眼的那一环，而且是顺手牵羊得到的"战利品"。

　　那么"之一"呢，说的是那些年，我们城总有一些官员落马，上至市委书记，下至银行行长、电视台台长……明白了吧，都是一些小城"要人"，媒体上的说法是："连挖几条蛀虫，百姓拍手称快"这一类的，其实我估计，百姓拍手称快也谈不上，因为这类事太多，在父亲出事的前后五六年间，每年总有人家在鬼哭狼嚎，也有死的，也有疯的，他们都是我母亲所说的"官宦阶层"。

　　我母亲很喜欢说政治术语，其实她于政治上并不很通，我也不通，但我至少不像她那么天真，比如在王伯伯打电话这件事上，她就很感"冷风彻骨"，其实，这有什么好心寒的呢？换了父亲，他也会这样做，他们不过是人手心里的一粒棋子，想把他们放到哪里就放到哪里，所不同的是，父亲很早就被吃了，而王伯伯笑到了最后。

　　王伯伯后来官运亨通，调至省城，升至副厅，现在应该是退休了，我想这也是常情，他本来就比父亲更适合当官。当官这件事，照我的理解，也有适合不适合的，就像有的人适合当诗人，有的人适合演戏，有的人适合练田径一样，我父亲适合当中学语文老师。

老天爷，你不知道我父亲的课上得多好，他是我们城里著名的四公子之一，尤以博览群书、出口成章著称，我没福成为他的学生，却有幸做了他的女儿，很多年后，我遇上他早年的一群学生，还跟我遥想起当年的小许老师，何等的风流秀雅，遥想起他带他们去野外踏青、吟诗作赋的情景，那是他们一生中的好时光，可是我想，那何尝又不是父亲一生中的好时光呢？

父亲培养的学生中，有几个是"文革"后的第一批大学生，还有一些是考上北大清华的，有经商的，从官的，务农的……据我所知，父亲待他们一视同仁，我想那是因为他爱他们，这其中，父亲尤其赞赏那些教书育人的，他说，教育，兴国之本啊！可是后来，他自己却八杆子打不着地当了个财政官员。

父亲的"发达"可能连他自己都没想到。很多年后，我还能记得我七岁那年的夏天，他坐在院子里，和一群学生在畅谈诗书、教育的情景。他穿白府绸衬衫，黑长裤，戴黑框眼镜，那样子也就是个读书人。他安于做一个读书人，我猜想，也乐意把这种清高古朴的气息传递给他的学生；这气息隐隐伴随他一生，在他得意的时候，失意的时候……我现在想来直犯怵，不知父亲该怎样的身心分裂，因为无论"入仕"还是"入狱"，他身上的气息于这两处环境都是格格不入的。

我记得有一年冬天，那时他已是市委书记的红人，好像也熬到市委办副主任这样的位子上；那天晚上，他大概是喝了点酒回家，脸色泛白，可是特别想说话，便把我从被子里摇起来，借故检查我的功课，说，给爸爸背两句论语。

我那年小学四年级，还没有学论语。

他说，那爸爸给你背。

他站在床边，摇头晃脑地就背了起来，像个学童一样。很多年后我都不能想起这一幕，因为想落泪，因为那天晚上他神色痴

家
道

迷，实在背了些什么，他自己并不知道：那些字句已刻到他的记忆里，成了他的潜意识；——因为那些字句于他已派不上用场。

即便后来做了不相干的财政局长，每天晚上他也必回书房坐上一会儿，他那些线装书早就不看了，取而代之的是经济、政治、现代企业管理这一类的书，摆在书橱最显要的位置，究竟这些书他看了没有，我也不知道。他整天忙得昏天黑地，恐怕也难得静下心来读点书，或许他也意识到，读书对于他这个行当，非但是无用的，反而是有害的？

很多年后，我父亲总结他失败的一生，得出一个结论，除了授课，他别无用处。

那么现在，让我们把视线再转回那年夏天的午后，看看父亲和他的学生们，怎样坐在葡萄架底下，一边摇着芭蕉扇一边说笑的情景，这清寒、平静的时光所剩不多了——我父亲并不知道，早在两个月前，他的材料就被有关部门调走，其时百废待兴，求贤若渴，正值提倡"干部年轻化、知识化"的春天，那也是父亲的春天啊，他三十四岁，英气勃发，因写得的一手好文章——《关于高中语文教学的几点思考》等——被组织部门看中了，说，这是个很好的干部人选嘛，先过来给领导写材料吧。

父亲就这样成了领导的秘书，开始了他短暂、疲惫的飞黄腾达之旅。

也就是这年夏天，我奶奶说，她看到一片紫云从我们院子上空流过；紫云当然是吉祥之云了，我奶奶心想，莫非儿子就要走鸿运了？大太阳底下她把双手一合，咕哝了几声"阿弥托佛""菩萨保佑"，一颗心跳得"咚咚"作响。

我父亲笑她的附会，因为紫云也流过别的人家了。

我奶奶说，那不管，谁看到了谁作数。

不管怎么说，我父亲的升迁给奶奶带来了极大的安慰，她只有这么一个儿子，每天烧香拜佛，为的就是让他升官，发财，养儿子（我父母只有我一个女儿）。

父亲的升迁也给我们家族带来了荣光，我们许氏家族洋洋上百口人丁，几十年间就很少出过官绅、秀才、有钱人，现在父亲一步登天，"把这些都占了"。我有个堂爷爷颇有点见识，告诫父亲说：小心点，共产党的官可不是那么好做的！它既能抬你，就能灭你。

多年以后，这话竟成了谶语！

想必父亲在那年秋天，也听到了这句谶语，但是他没往心里去。那年秋天，来家里贺喜的人络绎不绝，亲朋好友，紧邻旧交……我们全家迎来送往，断断续续忙了一个多月，就连七岁的我也被当个人用了，端茶送水，偶尔也被支使出去买糖果糕点——我简直是满怀喜悦，一路飞奔跑到小卖店，再一路飞奔地跑回来，末了还不忘向母亲报账，我买的是最便宜的糖果。

全屋子的人都笑了。

就有人说，你很快就会吃上最贵的糖果了。

也有人把我拉进怀里，搓揉我的头发，捏捏我的小手，说，这丫头真漂亮，你看这双大眼睛，哎呀，真是可爱死了。

我也略微有些疑心，觉得人家是在奉承我——当时，我还不知道有"权力"这一说，可是我分明就看见了它，在我父亲身上荡漾着，闪着光，我知道这是个好东西。我从七岁那年渐知人世，因为父亲的发达，把我卷进了一个纷繁嘈杂的群体，家里常常门庭若市，一群人走了，一群人又来了，是从这一年开始，我额外得到太多人的疼爱关照，直到十二年后父亲入狱，一切戛然而止。

我从来没有责怪过这些人，这是真的；即便很多年后，我也记得当年的自己，怎样沐浴在屋子的日光里，家里充满欢声笑语，简陋的客厅也自蓬荜生辉。才七岁啊，可是我的心也因晓得感激而颤抖。有那么一瞬间，我想我定是抬起了头，我要看看他

家道

们，他们的笑容，友善的眼神，嘴里喷出来的烟的气雾……直到今天，我仍感念他们给予我的欢乐尊严，他们坚持了十二年啊；只是我的喉咙现在涩得发疼。

那年秋天，我父亲坐在客厅里，接受各色人等的祝福，他架着腿，微笑着，他的态度几乎是谦卑的，破例很少说话了。我想他一下子还不能适应。我父亲很少觊觎什么，他出身寒门，一没有关系，二不走后门，况且他也是个老实人，暂时还没那么多的想象力。至少在那年夏天，他坐在葡萄架下扯闲篇的时候，我们已注意到他恬淡无欲的表情，穷则独善其身，他在他的角色里深深地沉醉了。

可是突然一阵晴天霹雳，我父亲抬头看看天，简直忍不住要笑了。嗯，他也想"达则兼济天下"了。

二

很多年后，当父亲刑满释放，拎着包裹走往回家的一条偏僻小路，当他看见夕阳，小草，野花；当他走累了，索性坐下来，回头看看身后的山峰，高墙，电线杆……这些孤寂的物件陪了他八年，层恋叠嶂的让他想起自己雾蒙蒙的一生！当他的眼睛掠过蓝天白云，终于能看到更久远的往事——他所经历的荣华富贵，以及他从荣华富贵中焐吸到的冬阳的温暖，我父亲闭了闭眼睛，他后来跟我说，那一刻他脑子有点闷。

我父亲的脑子坏掉了，八年的牢狱生活使得他根本不在现实里，人生的荒诞感其实在很多年前他从中学老师一跃而成为市委办秘书的时候，他就略微感觉到了；所以晚年的父亲常说，越想越觉得是一场梦啊！这几乎成了他的口头禅。

我也有种做梦的感觉，人世亦真亦幻，若不是亲身经历，恐怕很难有这种体会。父亲永远也不会知道，在他身陷牢狱的那段日子里，我和母亲过着一种什么样的生活，对比过往的繁华，那不是荒诞又是什么呢？

我母亲是个很有身份感的女人，以前是一家工厂的会计，在父亲发达以后，她就辞了职，过起了相夫育子的官太太生活。其实父亲的发达，最大的受益者就是我母亲，这使她的虚荣心得到了极大的满足，依我看，她的满足与其说来自物质，倒不如说是精神上的自尊自足。我举个例子，在我们家门庭若市的那些日子里，由我母亲经手的小恩小惠总是有一些的，比如冰箱，彩电，洗衣机，照相机（这都是那个时代的奢侈品）……过年过节时我的压岁钱，全家的吃穿用度：羽绒衣，羊毛内衣，进口水果，乡下的土特产品……

我们果真需要这些贿赂么？需要也是需要的，但最让我母亲喜欢的，恐怕还不是这些物件本身，而是它背后所散发出的人世的光辉，这光辉里有整个的人情世故，使人忍不住就想回味叹息：送礼也需讲究的，话不能明说，但又不能不说；坐在富贵人家的客厅里，首先笑容就不能寒缩，言谈可以谄媚一些，但必须得克制，否则就是下作了。坐在富贵人家的客厅里，最讨巧的不是巴结奉迎，而是要跟这户人家的主妇取得联络，比如适当的时候，可以推心置腹，说说爱情、婚姻、孩子等诸多烦恼，说说烹饪和时装，当然了，要是熟了，那便是什么胡话都说得的，比如乡野趣闻，男盗女娼……

我记得好几次，我母亲坐在客厅里咯咯地笑，她是真的开心了。权势人家的尊贵她想要，市井小民的粗鄙热闹她也喜欢，而这两者，在父亲当权的那些日子里，竟然有机地结合在一起，相得益彰。

不得不说，我母亲一生所能体味到的幸福全在这里了，它是欢乐，体面，尊严……你明白了吗，当她意识到自己高高在上，而她又不惜屈尊，愿意平等待人；当她知道，自己的枕边风很有

家道

暖
与
凉

可能改善一个人、乃至一个家庭的命运和境遇，我母亲的满足感油然而生。于别人，她是一个有用的人，还有什么比这个让她活在世上更有滋味的呢？

我母亲绝不是个愚笨的女人，事实上她非常精明，对人世的转弯抹脚处，她闭着眼睛都能安全通过，我父亲后来的发达，一部分是由于她的督促携助。

她也不算贪婪，比如在受贿这件事上，她绝对知道哪些是非收不可的（否则就太不近人情了），哪些是可收可不收的，哪些是收了有危险的……她把眼风稍稍向上一抬，芸芸众生全在她脑子里流过。为丈夫的仕途计，她一直都小心翼翼，也为他挡了不少事；适当的时候她也会回送一些小礼，这就有礼尚往来的意思了。

做官不是为了受贿，但做官躲不过受贿，一直以来，我母亲都以为，她已为丈夫找到了一条安全路径，所以对他后来的出局，她也只好感慨命运不济了。

我母亲所说的命运不济，是指父亲领导的犯事，很多年后，她还忍不住向我抱怨说，黄雅明是真糊涂，他在官场混了那么多年，什么钱能收、什么钱不能收；什么人能交、什么人不能交，他怎么就没数了呢？他哪怕稍微小心点，你爸也不至于今天这样！

黄雅明是父亲从前的领导，以前是我们这里的市委书记，后来升任副省长去了。早些年，我曾在电视上见过他，一个高高瘦瘦的中年人，戴着眼镜，喜欢背着手，稍稍有点驼背。总之，他天生一副为官者的派头，表情严肃，性格果决，我至今还能记得，他发表电视讲话时的严厉口气，坐在主席台上，一拍桌子就站了起来。

还有他赶赴抗洪救灾第一线，穿着雨衣，双手掐腰站在河堤上。

　　或是大年初一，他率领四套班子成员，驱车赶往乡下，给贫困户带来"党的温暖"，他坐在破旧的房舍里，膝上放着一个孩子，手拉着一个老太太的手，也不过是说些家常，问问收成怎样，家里有几口人，这时候，他亲切得就像这户人家的亲戚。

　　这些，我们都是从电视新闻里了解的。他所到之处，难免人头攒动，而他背着手，只是静静的。有那么一瞬间，这世上好像只剩下他一个人，而他的目光遍及四野，到处都是。总之，他向我们老百姓展示了一个官人所应该有的气魄和和魅力，使我们唏嘘向往，使我们满足叹息。

　　有一次，我母亲竟在人群里看见了父亲，他穿着单衫，胳膊底下夹着一个公文包，在离黄书记不远的地方挤进挤出，忙得不亦乐乎。

　　我母亲喜得直推我，说，快看快看，你瞧你爸的样子，屁颠屁颠的。

　　可是镜头一闪而过，我竟错过了父亲"屁颠颠"的模样。那天晚上，我们全家莫名其妙都有些兴奋过度，想来父亲不过是千百人群中的一个，他的电视形象怕也未必好，忙得汗流浃背的，那样子也就一个小喽罗，然而我们都为他感到激动，就好像他挨着领导近，他身上总归也能沾上一点官气。

　　从此以后，我们全家定点收看电视新闻，只是我们再没看到父亲，看到的都是黄书记。

　　照实说呢，黄书记这人还是不错的，他虽然会做些官样文章，在我们这一带的声名却相当好，因为亲民，也毕竟做过一些实事。他在任五年，关于国企，引进外资，安置下岗工人，都进行过卓有成效的改革，而这些，都是他的庸碌无为的前后任不能及的，可是他的前后任平安无事，他最后却死在了监狱里。

　　他被判了二十年。由于他的东窗事发，带来了一大群人的家破人亡，这些人多是他从前的部下，或是亲信，这其中也包括我

家
道

父亲。

他是得癌症死的。他死的时候，我父亲还在服刑，当我们把听来的消息转告给他的时候，他舔了舔干燥的嘴唇，也没有说什么。

是啊，还有什么好说的呢，人世如此，直叫我们无言。

三

我奶奶死于父亲入狱三个月以后，享年六十八岁。她本来身子骨柔弱，咳咳嗽嗽总是难免的；起先，我们把父亲的事向她瞒过了，只推说他去省里学习了，怎么着也要有半年才能回来。她瞧了我们一眼，也没有说什么。

她是何等敏感的老人，把什么都看在眼里了，可是她什么都不说；她不说，这事还留有余地，她一说，这事就成真的了。

她说，你不好好在学校呆着，这时候跑回家干什么？

我嗫嚅道，回来搞社会实践。

那阵子，我和母亲都快疯了，因为父亲的量刑还没下来，我们不得不游走于一些显赫有权势的人家，他们多是父亲的旧交，或是老上级。你可以想见，我们娘儿俩怎样徘徊于夜晚的街道上，或是孤零零地站在人家门口，为是否敲一敲门而犹豫不决。这些都是朱门大户啊，曾几何时，我们也该是他们的座上客，可是今天，我和母亲只感到自卑和巨大的压迫。

一切都变了呀。我不能想像当年的自己，寒寒缩缩地站在人家门口，那脸上一定有着贱民的表情，那是受了惊吓的，寒窘的，梦游一般的，既让人同情也使人厌烦的……若真如此，我想我一定会羞愧至死，落魄竟让人如此丑陋，没骨气！若非如此，我又很难理解这些人家为什么要从门缝里看我们，或是堵在门口，朝我们讪讪地笑着。

我们也只好低头讪笑，抱歉地说道，那就不打扰了。

只有寥寥几户人家接待了我们，所谓接待，也不过是把我们让进客厅，劝慰两句，并未能帮上任何忙。其中一个潘伯伯，时任监察局局长，倒是和我们感慨了一通世事无常。我们听着，难免就要掉泪，既伤心，又觉得宽慰，又像一切离得很远，是在做梦。我们懵懵懂懂地坐在人家的客厅里，很小心地说一些话，心里有一种奇怪的飘飘忽忽的感觉，就连痛苦也不太能察觉，更像做梦了。

潘伯伯说，光明是跟错人了呀。

我母亲说，依你看，这事就没指望了？

潘伯伯叹口气说，现在风声那么紧，案子又大——

我母亲突然捂住脸，失声痛哭。她真是被吓着了。她说，光明，我们家光明不会是死罪吧？

潘伯伯抬了抬眼睛，搭了她一眼。他虽然神色端正，然而我总感觉他脸上隐隐有笑意。他说，他是不是死罪，你应该清楚吧？

我母亲低了低眼睑，不说话了。我父亲的收入是笔糊涂账，我母亲虽精于算计，估计弄到最后她也糊涂了。后来母亲跟我说，老潘想套我的话，你发现没有？——她咻的一声发出冷笑：我还奇怪了呢，这个点上他倒不避嫌疑了，还有头有脸的把我们请进客厅，原来是跟我玩这套！

我听了，也不知该说什么。我母亲现在草木皆兵，她不再相信任何人了。对整个世界她都怀有芥蒂和提防。那阵子，她隔三差五就被纪检部门传唤，我能想像，她被关在一个小房间里，头顶上的日光灯发出刺眼的光，有时一坐就是一天，一夜，两夜，有时是她一个人，有时会进来一些人，问她一些话，他们都和颜悦色的，说，没关系，你再好好想想，我们有的是时间。

可是我母亲始终不说话，她抬头睬了他们一眼，她的眼神都

家
道

是直的。待她出来的时候，看见满世界的青天白日，她整个人差不多也要摇晃了。我想，那时她已经到了精神的临界点，父亲的案子再不判，她可能就要崩溃了。可是她也有神智清明的一瞬间，跟我说，你放心，你爸不会有大事的，最多判个五六年，我有数的。

我哭道，你就什么都招了吧，既然爸没事，你何苦要受这份罪？

她看了我一眼，竟然奇怪地笑了一声。她说，总有一天我会说的，但不是现在，我不想让他们过早称心如意。

我吃惊地看着她，不能想像她把眼睛看着空气时，心里到底在想些什么。那是一张平静到呆板的脸，几乎没有表情；若是附会一点，我可以说，她的神情是硬的，里头有恨；然而我不愿意这么说，因为这些东西是看不出来的。

我说，爸到底行贿了没有？他贪污了多少？

她又笑了。很奇怪，那天我们娘儿俩的密谈，有点像说家常，两人都心平气和的，虽然这事性命关天，也涉及到一个家庭的盛衰成败；所以我总相信，人在极端压抑、困顿的情况下，并不都是愁苦绝望的，某一瞬间，他们也会获得解放，身心悠远平静，那几乎可以达到"道"的境界了。

我母亲说，说你傻吧，你还真就傻了。入了这行当的，有几个是干净的，谁敢说自己是清白的，从来没拿过人一分钱，从来不送礼，从来不收礼，谁敢说？也就是量多量少，漏网不漏网罢了。

我说，那爸到底量多量少啊？

我母亲说，也就那么回事吧，只要盯上你了，几百块钱还能立案呢！再说了，你爸这人，你又不是不知道，胆子小得很，就他那么一窝囊废，让他给黄雅明送点美金，他还推三挡四，送了半年也没送得出去。

送美金的事我是知道的。那时我年幼，父亲也刚进市委办当秘书。那阵子，我母亲攀上了一门阔亲戚，是解放前她逃到台湾的舅舅，老先生做点小本生意，一辈子无儿无女，晚年思乡亲切，便壮胆回大陆寻亲来了（当时海峡两岸还少来往）。

我母亲分得几张百元美金，有一天跟父亲说，这东西稀罕，不如你给黄雅明送过去吧。

我父亲皱一皱眉头说，怎么送啊。

母亲说，你就说，这是亲戚给的，我们也用不上——她推了一下丈夫，嗔怪道，你这人真是的，这种话还要我教你的！

我父亲拉着脸，对妻子的这个提议明显感到不高兴。第二天早上，父亲还没吃早饭，就被母亲支使出去了，因为送礼"赶早不赶晚"。我后来猜测，我父亲压根儿就没去黄府，他径直去了一家豆浆店，在那儿一直坐到上班时间。或者呢，他去了黄府，看见铁门紧闭，也不便敲门，便沿着石阶坐下了。那是隆冬的早晨，时间大约六七点光景，天色还没有大亮，早起的环卫工人正在清洁街道。我父亲呆呆地坐在石阶上，袖着手，也不知他是否觉得冷，也不知他是否为自己感到凄凉。

我仿佛已经看到了这样的场景，因为我了解父亲，送礼会要了他命的，这一点我母亲从来不体谅；因为父亲跟我说过的，他说，丫头，世道艰难啊，官场根本不是你妈想的那样。

那段时间，他们两人总吵架，因为父亲没把美金送出去，理由是"不方便，黄书记家有客人"。我妈说，不可能，大清早他家哪来的客人！你去了没有？你说你去了没有？

有一天夜里，他们又吵起来了，我母亲口气严厉，历数丈夫的软弱无能之处，她说，许光明，你连这点屁大的事都做不好，我要是你，不如撞墙死了算了。

我一下子跳下床来，一脚踢开他们的门，朝母亲怒目而视。我父亲看了我一眼，苦笑了。我至今还能记得他那笑容，温绵

家道

的，难堪的。他不愿意我看到这一幕，——我后来想，他愿意在我面前保持一个完好的父亲形象，优雅的，风光的，无所不能的……我替他们掩上门，哭了。我不能哭出声音来，所以就拿被子罩住了脸，身体痛苦地蜷缩成一团。我父亲的仕途竟是这样的艰难，里面充满了辛酸，卑贱，屈辱……世人只知富贵好，可是我看到的都是富贵背后的凄凉。

可是父亲也有"好"的时候，比如说，在他被封了官以后，在他一步步往上爬的过程中，在他忙得穷凶极恶，被人追得到处躲藏，偶尔也必得应付一下各类宴请、交游；在他从一个会场赶往另一个会场的途中，有人主动跑过来跟他握手寒暄；当他终于混到能坐上主席台——开始是边上，后来就慢慢的往中间靠——当他的名字有一天也出现在报纸、电视上，而且排名也不算靠后；我猜想，这是我父亲一生中最感温暖的时光。

我不想说，父亲为此"神魂颠倒"，事实上，风光这东西，一旦得到了，也不过那么回事，他渐渐露出疲沓相来了。但是男人嘛，没这东西好像也不行。

总之，就是在这段时间里，我发现了父亲身上在他做中学老师时所不曾有的魅力，那时他也有魅力，只因长得好，气质淡雅清香，可那是书生的魅力，怎堪比"仕"的魅力：那是向外发散的，光芒四射的，热烈的，自信的，使人甘愿俯首称臣的……那是男人的魅力啊。你简直没法想像我父亲当时的样子，他戴着眼镜，神情笃定坚毅——我直好奇，因为父亲性格绵软，何曾有过这样坚毅的表情？我后来知道，那是因为他自信了；男人一自信，那真是身穿烂衫也好看，污言秽语也迷人。

也就是在这段时间，他的仕途局面打开了，各种人际关系调理到最佳状态。在我们城里，没有他办不成的事，一切可谓风调雨顺，手到擒来；家里常常高朋满座，人来车往——"谈笑有鸿儒，往来无白丁"说的就是这层意思吧？是啊，当父亲坐在家里接待来客，当他和同僚们一起叽叽咕咕谈些时局政治，当他把手臂一挥，偶尔也爆发出爽朗的笑声，这时候，他是多么的意气奋发，神采飞扬啊；这时候，我难免就会想，他还记得他曾作为一个小公务员的难堪屈辱吗？——我不知道自己为什么总对这些耿耿于怀：我为父亲暗中哭泣的日子，即便在他正处盛世的时候，我也时常想起。

或许我本是个穷孩子，却目睹了一场发迹的过程，我看见的权贵卑贱，从来是连在一起的，使我在熟睡时也会微笑，在微笑时偶尔也会心一凛——我这样的性格，我妈说，是有那么点神叨叨的——财富，地位，幸福，在那几年里，它们不是轻轻的，而是重重的砸过来，砸到我身上，发出金石的脆响。我闭了闭眼睛，甚至有点害怕了，我害怕这一切总有一天会失去，老天爷，"人无千日好，花无百日红"的惶恐，即便在那时我也有所体会。

那时，家里常来一些神情凄苦的客人，他们多是市民阶层，托张三拜李四，转弯抹脚就找到了我们家。他们是来求助的，或是想谋一份职，或是想换一家福利较好的单位，或是为孩子的升学……我父亲坐在客厅里，静静地听他们诉说。

我后来跟父亲说，爸爸，帮帮他们……我有点说不下去了，好像泪水已汪在眼里。我不能忘记，我曾经也是个穷孩子。

我说，帮帮他们，在你权力范围之内……但不要犯错误。

很多年后，我还记得父亲的神情，认真地打量我一眼，那眼神里有温和、肯定和笑意。我不能想起那一幕了，我差不多要为自己流泪，那是我还是个少年，却也晓得体谅父亲仕途的艰险！

那时，父亲和黄书记的关系也有了进一步发展，每天朝夕相处，再是铁人怕也难免生情吧？况且，老黄是"那么有人情味的一个人"（我父亲语），根本不是他外表那个样子的。他把"小许"当作自己人，小许呢，三天两头往他家里跑，跟他汇报工作，跟他聊心得体会，偶尔在他家吃个便饭也是有的……小许忙

家道

坏了，老黄家的吃喝拉撒，哪一样不是他管？比如换煤气啦，修马桶啦，院子里要铺个地砖啦……我父亲的眼头突然活了，他出入于黄家大门，实在比自家还要勤快；这一点连我母亲都很感奇怪。

很多年后我还在想，人在顺境时，绝对会"疯"的，那该是父亲的非正常状态。总之，一切机关全打通了，我父亲顺了。我估计，那几张美钞就是在这段时间送出去的，这时候送就对了，我父亲不会为自己感到羞耻，因为他们已经有了感情。

而感情这东西，嘿，谁又能说得清呢？

四

我们一家重新变回穷人，是在父亲入狱的那年秋天，那时我们已从机关大院里搬出来，那是我们住了多年的一户独立小宅院，此外我们还有几处私产：两套商品房，一幢行将封顶的郊区别墅……这些，大概都是房地产商以"明卖暗送"的价格相赠的；我母亲后来虽拿出房契合同，又搬出她已过世的台湾舅舅，以证明的财产的合法来源，但房子还是被没收了。

另外还有几张存折，也早于房产之前被冻结了，具体数目我也不是很清楚。

有些事大概真是说不清的。家道的败落非常快，几乎就在一夜之间，某种我们今生看不见的东西，就以"迅雷不及掩耳之势"掠走了我父母十多年挣下的家业，十多年啊，那是他们像蚂蚁搬家、像小鸟筑巢一点点辛苦攒下的——怎么不是辛苦的，有我父亲的屈辱为证。

有好长一段时间，我母亲对一切都恨之入骨，她咽不下这口气：这世上的贪官污吏那么多，怎么就偏偏落在许光明身上？后来她得出一个结论，我父亲的入狱，根本原因不在于他经济上的

暖与凉

污点，而在于他是官场潜规则的牺牲品。什么是官场潜规则呢，我至今也不甚明白，可是我晓得母亲的意思了：任何圈子都有规则，我父亲的失败，就在于他对规则是太遵循了，他还不能做到游刃有余，能进能出。

规则一定得遵循，我母亲跟我举例说，这就好比打扑克牌，你不遵守规则，这游戏就没法玩，你太守规则，最后的结果就是全盘皆输；我早提醒过他的——我母亲恨道：黄雅明这人不牢靠，迟早会出事，对他差不多就行了；可你爸就是个猪脑子。

我说，爸太看重感情。

我母亲拍掌道：让他看重啊，这下玩完了吧。

不得不说，在对黄雅明的感情问题上，我父母后来一直存在分歧。我母亲以为，为官者最不能讲感情，我父亲的落马就是明证；我父亲以为，感情还是要讲一点的，要不人心怎能平安？无论如何，我父亲的晚年平静而通达，他对一切都服气了；他牢狱八年，很多事情不知翻尸倒骨想了多少遍，他不后悔。

对黄雅明的怀想，成了他出狱以后的一个寄托，他常说，人非草木，孰能无情；他又说，我跟他之间，不是普通的上下级关系，鞍前马后的跟了他那么多年……他有点说不下去了，此时他已年近六十，坐在早春的院子里跟我回忆往事，偶尔有一两片树叶的阴影就飘进他的眼睛里，他平静地看着前方，腮帮子一瘪一瘪的。

我坐在他的脚边，不时也抬头看看远天，我想那一刻我看到的定是比远天更辽阔的人心；人活一世，总归要信一些东西的，就比如说感情、理想、精神……都是些空洞的东西，平时未见得有多大用处，可是到最后，它就会来救我们。我突然有些感激涕零，我父亲找到了这个东西，他安心了。

我母亲从不相信这些东西，她活在现世，当灾难来临之际，她不晓得以心灵去消化，而是以血肉之躯去迎接，当然她也不后悔，因为她是个彻底的唯物主义者。

当时我奶奶还没死，随我们住进了由一个亲戚腾出来的平房里。这房子位于老城区的一个大杂院里，不足二十平米；因久置不住（主要是放杂物用的），房间里有一股霉馊味。其实我们的境况本不至于此，这房子是我舅舅的；我这个舅舅年轻有为，在父亲的关照下，不到三十岁就升任交警队队长，他本来要接我们一家同住的，或是为我们另租一套房子，但是我母亲抵死拒绝了。

穷人也有穷人的尊严；这时，我母亲的自尊心突然起来了，她一向接济别人，等到有一天由别人来接济，她受不了。我想她一定是疯了，否则就不能解释她为什么要和自己的弟弟计较这个。她把手臂轻轻一挥，以一种大无畏的精神就把我和奶奶带进了赤贫者的行列。搬家的前一天晚上，她领我来清扫房间，虽然有足够的心理准备，但院子的嘈杂破落仍使我不住的唉声叹气。不大的一个院子，挨挨挤着十来户人家，昏黄的灯光，旮旯里临时搭建的棚舍，报纸糊贴的窗棂子……这就是我们一家的生活窘境啊。

及至打扫完毕，我母亲站在房子中央，四下里看看，"呼哧呼哧"直喘气，我有理由相信，她的喘气不是劳累所致，而是因为她在生气。造成我们一家衰败的如果是一个人，我想母亲定会找他拼命，她要叫他"白刀子进去，红刀子出来"，然而没有这样一个人，而是一个机构，一种关系，一团繁杂的我们根本看不见的东西。母亲的仇恨没能及时释放，积郁在身体里化成一股奇怪的力量，这就是激情，是"一荣俱荣，一损俱损"的激情。

那天晚上，我站在破旧的房舍里，身上涌起的也是这股激情。窗外是萧索的秋风秋雨，可是我的身体竟激动得簌簌发抖，我的眼里也因此而饱含泪水。穷他妈的算什么，我连死都不怕，我突然明白母亲为什么要使我们一家三代沦落到这副境地，那就是我们绝不接受别人的救济，要保存身上的这股元气，若不能东山再起，那就留着它跟自己拼命！

可是我奶奶死了，那时我们搬来这大院还不足三个月，离春节也很近了。其实奶奶的死，我和母亲早有防备，只是处在那种疯狂境地，我们实在也顾不上她了。等到一切尘埃落定，父亲也进去了，家也没了，回头再看奶奶，她差不多已经奄奄一息了。自从儿子出事那天起，老人家就卧床不起，也没什么大病，就是咳嗽得厉害，上气不接下气。有一次我要领她去医院，她冷漠地看我一眼，叭嗒了一下眼睛，意思是拒绝了。我不理她，径自把她从床上架起来，她把手臂抖的一缩，于我是绵软，于她是攒了一身力气的；我站在一旁呆了呆，知道老人家是在等死。

我去药店买来一些药，她从前一直是吃药的，自从儿子出事，她就拒绝吃药；我亦知道，老人家现在只求一死。

在我们搬来寒舍的那天晚上，她破例没有躺到床上去，而是坐在椅子上，双手扶着膝盖，那样的端庄肃穆，仿佛有个照相机镜头对准她一样。我趴在她的膝盖上淌眼泪；她是小脚，穿旧式的绒衣绒裤，她把手搭在我脸上，一双很老的手，麻皮掌掌的，然而有温度。我不由得浑身一凛，抬头看了她一眼，也未看出什么异常来，却有一种奇怪的人之将亡、大祸临头之感。

在我们的身后，母亲站在椅子上，往墙上砸钉子，挂挂钟。母亲跳下椅子，端详了一下挂钟，便双臂一抱，低下头只管自己踱步了。

有那么一瞬间，我们祖孙三代都往墙上看，我一生中恐怕再也不会经历那样清晰明净的时刻，这世界是冷静的，墙上的挂钟"滴滴答答"地走着，它是没有生命的。屋子里的三个女人，虽然身处绝境，那一刻她们也是平静的，也不疼也不痒，她们是平静的。

在生命的最后几个月里，我奶奶始终保持着这份庄重平静；

家
道

在我和母亲呼天抢地之时，她只是静静地看着我们，她甚至不和我们说话，因为儿媳孙女根本不在她眼里，她心心念念的只是儿子，可是她也很少提及儿子，她只是把他放在心里，脸上呈现出一股绝诀的表情……我想她是恨的，她也认命，她一生信佛，可是佛最后却不帮他的儿子，这真是讽刺。

什么叫"哀大莫过心死"，我是从奶奶身上得到了验证。一个真正悲哀的人，就应该像奶奶这样子的，相比之下，我和母亲应感到羞愧，因为我们还晓得啼哭，悲哀就这样被哭没了，只有奶奶在承受，当有一天她承受不起了，她就死了。

很多年后我还在想，母子可能是世界上最奇怪的一种男女关系，那是一种可以致命的关系，深究起来，这关系的幽远深重是能叫人窒息的；相比之下，父女之间远不及这等情谊，夫妻就更别提了。

我奶奶死在那天中午，母亲一阵慌乱，后来便抚尸大哭。看样子，这一次她是真哭了，为什么这么说呢？因为自从父亲出事，母亲的情绪便极端不稳，哭哭笑笑那是常有的事，我不是说她疯了，以她的承受能力，她还不至于此，她只是需要排遣。我举个例子，父亲的案子刚判下来的时候，她也假模假式的哭过一次，说是判重了；可是我想，她私下里没准感激涕零，因为父亲没死。那时我们一家的底线已迅速越过人界，滑向畜类：那就是不求富贵，只要活着。

婆婆之死，能让一个媳妇哭成这样，起先我觉得不可思议；老实说，我们许家这对婆媳处得也就那么回事，可是那天晌午，母亲跪在奶奶身边，哭一回就抬头看看屋脊，偶尔也会狗抖毛似的浑身一凛；我也抬头看屋脊，慢慢的便也觉得周遭确有一股肃杀之气，令我想到"灭顶之灾"这一类的词。我后来想，母亲哭的不是奶奶，她是在哭我们的处境，哭我们一家的灾难。

我之所以不惜浓墨重彩来描述奶奶之死，实在因为它是我们衰落过程中惟一有点"悲剧意味"的事：清寒的屋子里，一具尸体；冬天的阳光突然跳进门洞里来了，风一吹，像个小狗一样在那里调皮翻滚；一个蓬头垢面的中年女人；一个少女静静地睁着眼睛；邻居们跑进屋子里来了，影子像风浪一涌一涌的……"悲剧"到我这里，突然变得非常安静了，几乎很少触及感情；悲剧也还是"正大"的，但看奶奶的面容，那样的平静，堪称"正大仙容"。

后来我索性屈膝抱腿，坐到地上来了。我一生中所能体会到的"不幸"全在这里了：死亡，贫困，居无定所，牢狱之灾……我把这些放在脑子里过滤了一下，心里出奇的镇定。我无需再怕什么了，我们已经降到底了，我们不会再失去什么了。此时，幸福这个概念在我心中再次隐隐出现，我不是说，一个人遭遇不幸，他就是幸福的；我只是说，此时我非常的安心。

我这一生经历过"富贵"（我母亲的词汇），也遭遇过真正的贫寒，我在这里将以自己的亲历作证：世上最可怕的不是贫穷，而是富裕，以及对富裕的牵挂担忧。贫穷这东西没什么好说的，外人看着总归觉得撕心裂肺，其实当真身处其中，也照样安之若素，因为包容它的是阔朗的人的心灵，那就好比一粒石子砸向水中，哪怕掀起冲天巨浪，可是石子最终会沉入水底，湖面照样恢复平静。

我要说的正是人心，有了这个在，"悲剧"这东西其实是不存在的，因为人心把什么都化解了。我原担心母亲，她心气旺盛，在经历了一番安富尊荣之后，是否还能回头过安贫乐道的日子？事实证明我的担心是多余的，在贫富的转换过程中，她比我快多了。

我还记得为父亲奔波游走的那些日子；那天晚上，我和母亲从潘伯伯家走出来，走了一程子，不知为什么又都回过头去看。潘家的宅子位于市中心，是一幢仿古的两层小楼，外带一个庭

家
道

院；说老实话，这房子未必就比当时我们还住着的房子更气派，然而我和母亲都看出点别的来了。我看到的是我的卑微寒酸，我的敬畏艳羡，一户"官邸"对一个即将被贬为"庶民"的人的压迫；即便近隔一条马路，这房子的堂皇巍峨仍使我觉得像是身处梦中……我母亲看到的东西非常简单，那就是仇恨。

那天我们娘儿俩扶着一棵老梧桐站下了，当时夜色已深，路上行人稀少，风吹得梧桐叶满地乱跑。我母亲伸手裹了裹衣衫，看着潘宅说，这帮狗娘养的，拉出来个个都得杀头。

我说，他这是祖宅。

母亲朝我凶道，祖宅？翻新装修要不要钱？呃？他一个监察局长哪来的钱？你倒是跟我说啊！

我看了她一眼，心里堵着一口气：在我们还没沦为穷人之前，我们已经有了穷人的心态！我母亲尤盛，自从父亲出事以后，对这世上的富人她就怀有一种斩尽杀绝的革命心态；及至我们搬到穷街陋巷，开始生活在穷人之间，我们的身边都是贩夫走卒，一群地道的赤贫者，我才知道，真正的穷人根本不及我们这样疯狂下流，他们实在要高贵平静得多。

呵，我终于可以说说他们了，这拨穷人，我的邻居们，我们朝夕相处的时间也不过半年，可就是在这半年里，我们一家受过他们的恩泽：我奶奶的后事，是他们跑前跑后，帮着火化安葬；我母亲病了，是他们端茶送水，轮流服侍；我们母女俩偷偷地抹眼泪，他们看见了，也一旁抹眼泪。他们说，这就是命啊，好好的一个人家，怎么说散就散了呢？

他们叹道：世道啊！

我们是落难人家，他们从不把我们看作贪官的妻女，他们心中没有官禄的概念。我们穷了，他们不嫌弃；我们富了，他们也不巴结奉迎；他们是把我们当作人待的。他们从来不以道德的眼光看我们，——他们是把我们当作人看了。说到他们，我即忍不住热泪盈眶；说到他们，我甚至敢动用"人民"这个字眼！

五

在那段困难的日子里，我成了母亲惟一的希望。奶奶死后，我们也慢慢恢复了平静，在陋巷里过起了日常生活。我们与邻居们和睦相处，白天替他们照看一下孩子，晚上他们收工了，我们倚着自家的门框，与他们一递一声说些闲话。

我们也常常串门的，站在不拘谁家的屋子里，我母亲东看看，西看看；或是坐在小矮凳上，她把双手朝袖子里一放，整个身子就窝在膝盖上了。这时她已经很不修边幅了，阳光的反光里，她的蓬蓬的头发是挖着的，远远看上去，那样子也就是一个淳朴的农妇。那段时间，也不知为何她嗓门就大了，步子也快了，身上不知什么地方总有股结实的劲头；说到家长里短，她也能笑得嘎嘎的。

你明白我意思了吗，时间是件太奇妙的东西，不到半年，我们母女就认领了穷人的身份，身心舒泰的以穷人自居了。过往的繁华，我们差不多就忘了哩……嗯，我是说有时候。

有时候，我和母亲竟生出一种奇怪的错觉，就好像我们生来就住在这院子里，从来就是穷人；逢着这时候，我们的心就平静了，也不再怨恨了，对这世界也怀有慈悲和善良。

更不堪的是，我们甚至把父亲也忘了，说真的，我们已经顾不上他了；毕竟，生计是重要的，"吃"成了那段时间我们最犯愁的一件事，吃什么，如何吃，这全是问题。常见母亲歪在床上，手撑着脑袋，把一双眼睛"骨碌骨碌"转个不停；或是深更半夜，她突然就从床上坐起来，那感觉就像打了一个激灵。其实按照大杂院的标准，我们本不该这么愁苦，又不缺胳膊不缺腿的，哪儿就能把人饿死？但是你要知道，活着那时已不是我们的

家道

底线了，欲念这东西在我们身上已经醒了。

母亲常肿着一双眼泡跟我说，你要争气啊，回到学校一定得好好学习，要头悬梁、锥刺股，我们许家能不能翻身就全靠你了。

其实母亲应该知道，许家的翻身并不在于我成绩的好坏，而在于能否钓到一个"金龟婿"，这是她手里能打出的最后一张牌了；有一次，她拿这个问题试探过我，她说，学校里有没有男孩子追？

我说没有。

她抿嘴一笑，拿眼梢瞥了瞥我，也没再说什么。那阵子，母亲的脸上常挂着这么一种意思思的微笑来，不管她在干什么：在削土豆、在吃饭、在去公厕的路上……她随时都有可能停下来，把眼睛斜向虚空的某个地方，微笑从脸上绽放出来。总之你也看到了，我母亲并没有被生活压垮，经过短暂的痛苦，有一件事情让她对未来再次充满了希望。

母亲说，我们和他们没法比。——她朝窗外努努嘴，意即那些穷邻居们。

当时正值年关，家家户户都在忙吃的，有腌肉的、风鸡的，也有一车车大白菜往家里推的……破落的院子欢乐吵嚷，然而于其中，我也确实感到一种穷奢极侈的气息：单看他们酒足饭饱后胀得发紫的脸膛，他们的眼神是呆的，身子是飘的，突然膝盖一软，弯腰泄出一大堆的酒后物……我母亲呆呆地看了一会，叹气道，这种生活我是没法过的。真可怜，一年忙到头，就为了一张嘴，这跟动物有什么两样？

我把母亲的话放在心里过了一遍，隐隐觉得她的话好像也没法反对。她说，过这样的日子我宁愿死！俗话说"人往高处走，水往低处流"，人要是不往高处走，那还叫人吗？

我不满道：人跟人不一样。

　　她说，当然不一样，我们的成本要高得多。——别忘了我母亲以前的职业，她对一切都要计算成本的，就连人生也不例外。

　　有一点不得不承认，我母亲之所以能度过那段艰难的日子，并不是因为她坚强，而是因为她无穷尽的欲望，她对生活的贪婪，以及由欲望和贪婪派生出来的想像力。我母亲的想像力实在太丰富了，好像一本书里写过：人类丧失幻想，就好比鸟儿失去翅膀；总之，重新长出"翅膀"的母亲又活了过来，母亲一旦活过来，她就不再是大杂院里那个邋遢的落魄妇人了，她的言行重新变得精雅起来，她甚至很少出去串门了，成天躲在屋子里想入非非。

　　我们母女俩度过了一生中最清冷的一个春节，连一顿像样的年夜饭都没吃——母亲不饿，因为她顿顿吃的都是精神食粮；同时，母亲度过的又是她一生中最丰盛的一个春节：对过往繁华深情的追忆，对未来繁华狂热的想像，使她对眼前的窘境完全视而不见，单只是把眼睛意味深长地落在我身上。

　　我嫌烦，嗔怪道，干什么啊？

　　母亲笑了笑，然后严肃的说，你可要好好的，妈可只有你这么一个宝了。

　　那阵子，她最怕别人来打扰；当然除了穷邻居们，还有舅舅一家，也没人愿意再来打扰我们了。从前过春节，来家里拜年的人络绎不绝；今年过春节，这些人全如寒蝉一般消失了。母亲虽言称不在乎，可是有一次，她也忍不住感慨了一番世态炎凉，她抹着眼泪哽咽道：叫我说，这世上最可怕的还是人啊！

　　很多年后，母亲的话犹在我耳边回响，那真是声声泣血，字字带泪！这是母亲积她一生经验，对人世得出的一个最有力的总结。很多年后，我还记得那年春节，我坐在寒伦的房舍里，侧耳听窗外的风声，即便平静如我，亦生悲愤之心；家里连遭噩运，我都能平安度过；可是人的势利却轻易打击了我！大概就是从那

家
道

213

一刻起，我下定决心要力求上进；富贵这件事，为什么母亲总挂在嘴边，因为它的背后藏着人的尊严。

我前边已经说过，我从来没有责怪过这些人；设身处地，我自己难保就不是这等势利之人，那就是对富贵的趋近，对贫寒的逃避，这才是人世啊。

这就是我和母亲在离家之前的一段生活。春节后不久我就返校了，大约隔了一个月，母亲连个招呼也不打，就跑到南京找我来了。南京这个城市，我母亲是太熟了，父亲在位的时候，她一年里不知要来多少趟，从来都是专车接送，住豪华宾馆，品淮扬佳肴；有时候是来购物，有时仅仅是为去梅花山看一眼早春的梅花。

那年也是早春时节，中午我放学回来，看见母亲站在我宿舍门前的一棵樱花树底下，脚边放着一个大皮箱子，正在东张西望。我跑上前去问，你怎么来了？

她笑眯眯地说，我怎么就不能来？我还就不走了呢。

那天她穿一件紫罗兰的对襟线衫，深蓝的及膝裙，半高跟皮鞋；头发也稍稍做了一下；见我正在打量她，她说，怎么样？你老娘不会给你丢脸吧。

我笑道：怎么跟换了个人似的，好像又活回来了。

她附在我耳边说，傻瓜，我能不收拾一下吗，我要来给你挑男人。

概而言之，她这次来南京原是作长期逗留的，一是要挣钱供我读大学，二是要为我物色个未婚夫，因这两者都是我们的饭碗；对于后者，我母亲尤为自信，首先这是她的爱好，也是她最擅长的一项技能；只是这项技能在嫁给父亲之后，她再也没施展过，所以现在难免有些技痒。

现在你也看到了，在家庭"悲剧"发生还不到半年的时间里，母亲就迅速把它扭转了方向，使它变成了一场男女的较量。

直到今天，我也不愿意承认，这转变就是轻挑的，因为它的背后立着生的艰难；生存和男人都很重要，可是母亲抿嘴一笑，就把它们揉合到一块去了。很多年后，我仍禁不住要微笑：女人能把世上的一切关系最后都变成男女关系，这个实在是太奇妙了。

我们母女度过了一段愉悦时光，即便一个人呆坐着也忍不住要发笑；这世上大概没有比男女之事、以及对它的切磋探讨更让女人动心的了。总之，家破人亡之后，母亲领着我一个斑斓转身，使整个事件看上去就像一场幽默。由此我也知道，这世上是没有真正绝境的，绝境走到头，那必是不着边际的轻松荒唐；然而我们做的时候却是认真的。

没课的时候，我就陪母亲在校园里走走，或是找一个有树荫的地方坐下来；若是有男生走过，我和母亲总是要搭上他们一眼。我得承认，那时我不够纯洁，才二十岁，连男孩的手都没摸过，可是刚从重压之下逃生出来，人轻得简直要飘起来；我看男生的眼光，如果不是不三不四的，至少也有点玩世的。可是母亲及时纠正了我。

母亲说，喏，这个孩子不错。

我问怎么不错。

她说，他身上有一股气场，你注意看他的神情——看到没有？他是能沉得住气的那种，这会使他将来有出息的，即便时运不济，他也能安安分分地过日子。

我指着另一个说，这个呢？

母亲摇摇说，这个不行。

我问为什么？

她只简单地说了一句，这个太机灵。

有些话我不知道该怎么说，母亲利字当头，可是即便在我们最困难的时候，她也没有把我往火坑里堆，她没有让我嫁给一个老头子，或是暴发户，我想她秉承的是"利益最大化"原则，她的女儿还这么年轻，她应该有这个耐心，在校园里弄到一张"潜力股"，她对女婿的要求是，一是人品，二是能力——我问，那爱情呢？

母亲笑道，爱情嘛，当然也要有一点的。

下面的事情我就不多说了。总之，在母亲的默许下，我谈过几个男朋友，我爱过他们，幸福的时候也曾浑身发抖，失恋的时候也曾伤心欲绝，可是即便这个时候，我也很清醒，知道这全是过程；这就好比过河搭桥，人生的目的，是为了走到河对岸，而不是为了那几座桥；可是无论如何，桥于我们是必需的。

母亲的小饭馆不久就开张了，在我大学毕业之前，她就是靠这个来养活我，省吃俭用也要给我买漂亮的衣服——这于她是一笔投资，许家的"发达"在此一举也未可知！她说，要打扮得漂亮些，男人喜欢这个东西。

我迟疑道，也不一定吧，也有男人不看重这些的。

母亲笑道，扯淡，没有男人不吃这一套的，他们肚里那几根花花肠，我是太清楚了。

她常跟我叹道，许家是垮了，可是许家的女人不能垮，人活着就为一口气，精神头要足，平时把腰杆给我挺直了！——那几年我也确实争气，穷凶极恶去挣奖学金、去做家教，当过业务促销员，在街上散发过传单……稍微得一点空闲，就跑到母亲的小饭馆去帮工。

母亲的饭馆开在城南的一条陋巷里，说是饭馆，其实也不过是两间违章搭建的棚舍，以前这里是一家发廊，开倒闭了，母亲便从舅舅那里筹一笔钱把它盘了下来。母亲的饭馆什么都做：小炒，套餐，面条，饺子，桂花酒酿，鸭血粉丝汤……我母亲心灵手巧，她是边学边卖，一道工续也要费尽思量，炒菜时她也不忘要加一点罂粟。

母亲的顾客多是附近的居民，或是一些看上去农民工模样的

暖
与
凉

人；她又能言善道，生得又白皙端庄，每天又都收掇得干净利索的，所以你应该能想像，常来照顾她生意的还是男人们占多。母亲既做男人的生意，她就必得凸显她女性的特征，整天笑得咯咯的，把他们侍候得舒舒服服的，哄得他们既掏了钱，又不时来店里帮她做义工。我去店里帮忙的时候，母亲就把我往前台推，因为我年轻秀色，又是大学生，这都是小店的门面。我给他们端茶倒水，上菜点烟……其实就是一个女招待的角色了。

　　诸位看官读到这里，千万别起下流心思，以为我们母女是做什么的；其实我们还不至于此，生财也得有道；这个道就是利用男女两性的微妙，我母亲深谙其中的关节，她的分寸一向把握得好，——她利用了这个东西，又能使自己不湿脚，那真叫比疱丁解牛，游刃有余啊。

　　逢着店里没人的时候，我们母女便会坐下来，隔着半开着的玻璃门朝街上看，街上走过的或有男人，或有女人，而我脑子里晃晃悠悠的也不知为何全是男人。一个面色暗黄的中年人从门前走过，又退回两步，眼睛在我们母女身上眯了两眼；母亲一脸静容，完全视而不见，待他走过了，她才在地上重重"呸"了一声。我也抬头深思，想着对于女人来说，男人真是世上的一笔大单子啊。

　　只有晚上打烊的时候，母亲才恢复了她疲惫的面目，她白天的鲜活好看全不见了，我看到她老了，生活的辛劳把我母亲变成这个模样！可是她一会又活了，因为她开始盘点算账了，她数钱的手势真是可爱极了，五个手指头快速飞舞；蘸了一口唾沫，慢慢再数一遍；又把它递给我，说，毛利八百六十五，你再数数。

　　我一边数着钱，一边心在颤抖，白炽灯光下洋溢着我今生再也不能描述的幸福温暖；劳动如此庄严，可是我直想放声大哭，因为这里亦有我母女的含辛茹苦。我想母亲一定比我更能体会到"劳动"一词的份量，从前家底何等丰厚，她也没这么紧张过，

家
道

可是现在，一天区区几百块钱的进帐就使她丧失了从容！钞票的失而复得一定打击了她，使她变得胆小害怕了，这就是为什么在最穷困之时，她还能挺住，在挣到钱之后她却信了耶稣。

教堂离我们的饭馆不远，母亲每天买菜都要经过这里，偶尔她也会站下来，隔着红铁护栏朝里头看：彩绘玻璃窗，高高的拱形门洞，从门洞里出入的面带愁苦的人群……我猜想，这其中一定有什么东西让母亲感到了安全；大概就是从这时起，母亲才意识到，她也该为自己的心找个归处，她相信，只要她是虔诚的，上帝就会保佑她的钱财不会再次流走。一个星期天的上午，我陪她去祷告，她闭着眼睛，双手合十；我看着她，心一阵阵刺痛，同时又略微有些担心，她这么功利，上帝若是知道恐怕也会不高兴吧？

《圣经》里说，人要行善，戒欲念。行善她是愿意的，戒欲念却难；好在她是中国人，晓得变通，知道书上写的是一回事，现实却是另一回事；所以她一边郑重其事地画十字，一边亲切的跟上帝提要求，她说，你要保佑我女儿找个好男人，还要保佑我的饭馆不断地有客人……说来说去，都是男人客人。

有一天下午，几个客人喝多了，赖在店里磨磨矶矶不想走，不停地拍桌子，要酒上菜，我把一盆老鸭汤端上去，其中一人便涎着眼睛看我，口水哩啦的也不知说了些什么，我把汤盆放下，他顺势捏了捏我的手——也没什么，只是捏了捏我的手；我把手缩回来，带笑不笑地走到门外站了一会。

其时正是夏日的午后，暑气逼人，我抬头看了看树梢，盛大的阳光从绿叶深处掉下来，我静静地眯缝着眼睛，不由得就想到了父亲，想到他温儒的形象，想着在没有他的日子里，为什么我们母女与这世界的关系竟变得这样暧昧荒唐，我又想到我的男友，一个踏实上进的青年，在男女之事上一直有他清贞的道德操守……大学毕业不久，我就嫁给了他，现在父母与我们同住；有时饭桌上，两个男人难免就会提到那段清贫的岁月，我们母女是怎么度过的；然而我和母亲也只是云淡风轻，笑了一笑。

母亲的饭馆后来很是挣了一点钱，因为规模大了；她的女婿也很争气，现在是一家颇具规模的企业的老总，总之，我们又回到了"富裕阶层"，只是不再有欣喜，因为我们付出了艰辛劳苦——我们只记住了这劳苦，所以有时更觉委顿。

现在，让我们再回到那个夏日的午后，你将会看到，母亲怎样走出小店，在我身边惶惶站了一会，不时也拿眼睛打探我；有那么一瞬间，我们两人都回头看小店，隔着玻璃门，那几个客人也在睡眼惺忪地看我们，母亲不安的朝我笑笑，问，他们没把你怎么样吧？

我说没有。

母亲搭讪道，这些个死鬼。

我也会意的笑笑。

一辆卡车从路边疾驶而过，风浪掀起了阵阵灰尘，使这个真实的世界在那一刻显得模糊了；我站在漫天的灰尘里，脑子一片空白，后来微笑就漫到了脸上。

家
道